헬게이트
HELLGATE

김강현 판타지 장편소설

FANTASY STORY & ADVENTURE

dream
books
드림북스

헬게이트 6 (완결)

영광의 기사

초판 1쇄 인쇄 / 2014년 9월 24일
초판 1쇄 발행 / 2014년 10월 1일

지은이 / 김강현

발행인 / 오영배
책임편집 / 편집부
펴낸 곳 / (주)삼양출판사 · 드림북스

주소 / 서울특별시 강북구 솔샘로67길 92
대표 전화 / 02-980-2112 팩스 / 02-983-0660
편집부 전화 / 02-980-2116 팩스 / 02-983-8201
블로그 / blog.naver.com/dreambookss

등록번호 / 제9-00046호
등록일자 / 1999년 3월 11일

ⓒ 김강현, 2014

값 9,000원

ISBN 978-89-542-5379-6 (04810) / 978-89-542-5427-4 (세트)

* 지은이와 협의하에 인지는 생략합니다.
* 잘못된 책은 구입한 곳에서 바꾸어 드립니다.

이 도서의 국립중앙도서관 출판시도서목록(CIP)은 서지정보유통지원시스템홈페이지
(http://seoji.nl.go.kr)와 국가자료공동목록시스템(http://www.nl.go.kr/kolisnet)에서
이용하실 수 있습니다. (CIP제어번호: 2014027457)

헬게이트
HELLGATE

영광의 기사 **6**

김강현 판타지 장편소설

FANTASY STORY & ADVENTURE

dream
books
드림북스

차례

Chapter 1

문지기 한스

카이엔 일행은 가이아 교단을 떠나 다시 겔트 왕국으로 향했다.

그리고 놀랍게도 일행에는 티에라가 포함되어 있었다.

티에라는 가이아의 장막을 입고 징벌을 손에 낀 채였다. 그녀는 카이엔에게 징벌을 받은 이후, 씻을 때를 제외하고는 그것을 항상 손에 끼고 있었다.

"그런데 정말 이렇게 나와도 되는 거예요?"

에르미스가 걱정스러운 눈으로 티에라를 바라보며 물었다. 그녀는 교황이라는 자리가 얼마나 중요한지 잘 알고 있었다. 당연히 그 자리를 함부로 비워선 안 된다.

한데 티에라는 카이엔이 저택으로 돌아간다고 하자, 조금도 망설이지 않고 함께 가겠다고 외쳤다.

"걱정할 거 없어요. 이건 가이아의 뜻에 반하는 일이 아니니까요."

티에라는 그렇게 말하며 빙긋 웃었다. 그녀의 말에 담긴 확신이 어찌나 대단했는지 누구도 그 말을 의심하지 못했다. 정말로 그런 것 같았다.

"정말요? 신탁이라도 받으신 건가요?"

티에라는 교황이기 전에 성녀이기도 했으니 신탁을 받았을 수도 있었다.

"신탁은 없었는데요?"

"예? 그런데……."

신탁도 없이 어떻게 저리도 확신할 수 있단 말인가. 물론 일리오스 교단의 교황도 매사에 신의 뜻이 깃들었다고 확신하며 말하고 움직이긴 했다. 하지만 지금 티에라가 하는 것과는 뭔가 미묘하게 달랐다.

"그냥 확신이 들었어요. 가이아께서는 제가 이러는 것에 반대하지 않으신다고요. 물론 원하시는 건지는 모르겠지만요."

티에라는 그렇게 말하며 살짝 웃었다. 그제야 티에라가 좀 달리 보였다. 역시 교황은 교황이었다.

"이제 성녀는 사라지는 건가요?"

티에라가 고개를 끄덕였다.

"아마 그렇게 될 것 같아요."

"그럼 신탁은……."

"신탁도 사라지겠죠. 일리오스 교단도 그렇지 않나요?"

"그야⋯⋯."

사실 그 점에 대해서는 에르미스도 생각해 본 적이 없었다. 하지만 가만히 생각해 보면 그동안 교황이 신탁을 받았다거나 하는 일은 거의 없었던 것 같았다.

'아니, 아예 없었나?'

없었을 것이다. 그러니 이렇게 그 부분에 대해 무감각한 것 아니겠는가. 이건 교단의 역사서를 촘촘히 살피지 않으면 알기 어려울 듯했다.

"잘 모르겠네요."

에르미스는 솔직히 말했다. 그 부분에 대해서는 알 수 없었다. 그래서 흥미가 갔다. 왠지 티에라는 잘 아는 것 같지 않은가.

"원래 신은 인간 세상에 개입하는 걸 좋아하지 않아요."

"그럴 리가요."

교단의 역사서만 잠깐 뒤져 봐도 태고에 일리오스나 가이아가 인간 세상에 어떤 일을 했는지 수두룩하게 나온다. 불과 얼마 전에 가이아가 봉인한 마왕까지 겪어보지 않았던가.

한데 신이 인간 세상에 개입하기 싫어한다니, 믿기가 어려웠다.

"개입을 많이 하는 신은 아직 인간에 더 가까운 신이에요."

티에라는 차분하지만 명확하게 말했다. 그녀의 말에는 듣는 사람을 편안하게 하고, 믿게 만드는 뭔가가 있었다.

"인간에 가까운 신이라고요?"

티에라가 고개를 끄덕이며 대답했다.

"네. 신은 원래 인간이었거든요."

믿을 수 없었다. 에르미스는 눈을 크게 뜨고 티에라를 바라봤다. 대체 티에라는 그걸 어떻게 알았을까? 설마 교황이 되면서 알게 된 건가? 그렇다면 일리오스 교단의 교황도 그런 사실을 알고 있을까?

티에라는 에르미스의 심정을 안다는 듯 빙긋 웃었다.

"제가 특별한 경우예요. 아마 일리오스 교단의 교황 성하나 대신관님도 모르실 거예요."

"가이아께서 말씀해 주신 건가요?"

티에라가 조용히 고개를 저었다.

"아뇨. 그냥…… 그냥 알게 되었어요."

"그냥……요?"

믿기 어려운 말이었지만, 그동안 티에라를 지켜봐 왔기에 더 믿을 수 있는 말이기도 했다. 그동안 티에라가 몇 번이나 보여 줬던 모습이었으니까.

"성녀에서 교황으로 넘어간 첫 번째 사람이잖아요."

"그 말은…… 이제 성녀는 아니라는 뜻인가요?"

"네. 가이아 교단의 성녀는 이제 끝났어요. 전 교황이랍니다."

"그 사실…… 공표하실 건가요?"

티에라가 빙긋 웃으며 고개를 저었다.

"아뇨. 기록에 남기지도 않을 거예요. 아마…… 일리오스 교단에서도 처음에는 그런 일이 있지 않았을까요?"

에르미스는 대답하지 않았다. 하지만 충분히 예상할 수 있었다.

"혼란스러워하지 마세요. 어차피 달라질 건 없으니까요. 우리는 그저 마음을 열면 돼요."

확실히 맞는 말이다. 하지만 에르미스는 티에라처럼 그렇게 단순하게 생각할 수 없었다.

"잘…… 모르겠네요."

티에라는 빙긋 웃으며 고개를 끄덕였다. 지금은 이대로도 충분했다. 에르미스는 아마 모든 혼란을 극복할 수 있을 것이다. 지금까지 봐 왔던 에르미스라면 분명히 그럴 거라고 확신할 수 있었다.

그리고 그 혼란을 극복하면 에르미스는 껍질 하나를 깨고 나올 수 있으리라. 티에라가 그랬던 것처럼.

"우흐흐흐. 슬슬 서둘러야 하지 않을까요?"

딜룬이 두 여인에게 다가가며 말했다. 티에라와 에르미스는 고개를 끄덕이며 일행을 둘러봤다. 정말 든든했다. 이들과 함께라면 못할 일이 없으리라.

"가요, 우리."

티에라의 말이 떨어지기 무섭게 일행이 하늘로 휙 날아올랐다. 물론 티에라와 에르미스는 각각 카이엔과 딜룬이 번쩍 안은 채였다.

그렇게 그들은 바람처럼 겔트 왕국을 향해 날아갔다.

　　　　　*　　　*　　　*

　플레더는 눈살을 찌푸렸다. 로브 사내로부터 온 난데없는 명령도 황당했는데, 그게 어렵다는 보고까지 들으니 어이가 없었다.

　"고작 저택 하나 사는 게 어렵다니. 거기 왕족이라도 살고 있소? 아니, 설사 왕족이 살고 있다 하더라도 제대로 로비만 하면 충분히 살 수 있지 않소?"

　네 노력이 부족한 거 아니냐는 질책이었다. 하지만 하쓰는 표정 하나 변하지 않고 고개를 저었다.

　"어렵소. 나도 제법 로비를 했지만, 그 저택의 주인을 볼 수조차 없었소."

　플레더는 그 말을 듣고 잠시 뭔가를 생각하다가 물었다.

　"저택 주인이 누군지 알아봤소?"

　"일단 저택을 구입한 건 글란츠 상단 쪽이었소."

　"글란츠 상단? 에델슈타인 자작가 말이오?"

　하쓰가 고개를 끄덕였다.

　"그렇소. 하지만 그들은 저택의 주인이 아니었소. 그저 저택 구입을 대행하고 저택의 공사와 수리를 맡았을 뿐이오."

　하쓰도 알아볼 만큼 알아봤다. 그렇게 해서 내린 결론은 저택 주인은 절대 보통 사람이 아니라는 것뿐이었다.

"글란츠 상단 쪽에 선을 대서 알아보면 되지 않소? 규모가 줄어들었다고는 하지만 그래도 리겔 상단의 힘이 그조차 안 될 것 같지는 않은데……."

하쓰가 한숨을 내쉬었다.

"후우. 그랬으면 오죽 좋겠소. 요즘 글란츠 상단의 위세가 장난 아니오. 지난번 암흑가 토벌에서 빠진 이후, 왕국 제일 상단으로 올라선 것도 모자라 이젠 대륙에서 손꼽히는 상단으로 발돋움하고 있소."

"그래서 어렵다?"

"그렇다기보다는 그 저택에 관한 정보가 문제요."

플레더가 무슨 뜻인지 말해 보라는 듯 바라보자 하쓰는 잠시 뜸을 들이다가 말을 이었다.

"누군가 나서서 정보를 잔뜩 교란해놨소. 아무리 조사해도 이해할 수 없는 결과만 나오니……."

"이해할 수 없는 결과라고 했소?"

"혹시 브리케 백작가라고 들어봤소?"

하쓰의 물음에 플레더는 잠시 기억을 더듬었다. 하지만 언젠가 들어본 것 같기만 할 뿐 정확한 기억은 나지 않았다.

"그럴 줄 알았소. 그래서 이상하다는 거요. 그 브리케 백작가의 서자가 그 저택의 주인이었소."

플레더는 그게 무슨 문제가 되느냐는 듯 하쓰를 바라봤다. 그러자 하쓰가 고개를 저으며 말을 이었다.

"문제는 브리케 백작가를 몽땅 팔고, 그의 작위까지 싹 팔아도 그 저택을 구입할 수 없다는 점이오."

"그 저택이 그렇게 비싼 거였소?"

"수도 중심부에 있는 저택 여러 채를 동시에 사들여 벽을 허물고 건물을 새로 지어서 만든 저택이니 어마어마한 돈이 들어가지 않았겠소?"

그제야 플레더도 고개를 끄덕였다. 그 정도라면 분명히 엄청난 돈이 들어갔을 것이다. 한데 이름조차 들어보지 못한 백작가의 서자가 그 주인이다? 있을 수 없는 일이었다.

"글란츠 상단에서 고의적으로 정보를 조작했군."

"그게 분명하오. 그래서 백방으로 애써 봤지만……."

플레더는 심각한 표정으로 생각에 잠겼다. 아무리 규모가 줄었다고 하지만 그래도 리겔 상단은 과거 왕국 최고를 다투던 상단이었다. 그 정보력이 어디 갔을 리가 없다.

그런데도 알아내지 못했다면 글란츠 상단에서 상단의 사활을 걸 정도로 신경을 썼다는 뜻이다. 그렇지 않으면 이 정도로 꽁꽁 감추는 건 정말로 어려운 일이다.

"글란츠 상단이 감출 정도로 중요한 인물이라……."

아무리 머리를 굴려 봐도 떠오르는 인물이 없었다. 플레더는 조금 다른 방향으로 생각해 봤다. 만일 그게 인물이 아니라면? 저택 자체가 중요한 거라면?

그렇게 생각하니 뭔가 퍼즐이 맞춰지는 느낌이 들었다.

'가만, 그러고 보니 그자가 난데없이 저택을 사라고 하는 것도 이상한 일이로군.'

거기까지 생각한 플레더는 하쓰를 보며 물었다.

"그 저택은 어떻소?"

"뭐가 말이오?"

"저택에 이상한 점은 없소? 수상한 인물이 드나든다거나 아니면 분위기가 이상하다거나."

하쓰는 뭔가를 떠올리는 표정으로 턱을 쓰다듬었다.

"그러고 보니 좀 이상한 점이 있긴 하오."

플레더가 눈을 빛내며 상체를 가까이 가져갔다.

"그게 뭐요?"

"그 저택의 정문을 지키는 자가 무트 경이오."

"무트? 설마 에델슈타인 자작가의 그 무트를 말하는 거요?"

"그렇소. 그가 정문을 지키고 있소."

플레더의 눈이 번득였다. 이건 분명히 뭔가가 있었다. 그 무트가 고작 저택의 정문을 지키다니.

'그만큼 중요한 저택이거나, 아니면 그조차 교란책 중 하나이거나.'

어느 쪽이든 그 저택에 뭔가 비밀이 숨어 있다는 건 확실했다. 그리고 어쩌면 그 비밀이 자신에게 큰 도움이 될 수 있었다.

플레더는 손목에 찬 팔찌를 쓰다듬으며 의미심장한 미소를 지었다.

그리고 그 미소를 바라보던 하쓰는 왠지 모를 섬뜩한 기분에 몸을 부르르 떨었다.

*　　　*　　　*

카이엔의 저택 정문을 지키는 사람은 여전히 무트였다. 사실 무트가 카이엔과 약속한 한 달은 지난 지 오래였다. 하지만 무트는 굳이 에델슈타인 자작에게 부탁까지 하면서 이곳에 남아 있었다.

무트가 그렇게까지 한 이유는 오직 하나, 한스의 훈련이었다. 그가 보기에 한스는 정말 타고난 기사였다. 아니, 전사였다.

처음에는 그저 기초만 탄탄하게 다져 줄 생각이었다. 그것만으로도 한스는 충분히 강해질 수 있을 테고, 나중에는 무트는 물론이고 슈베르트 백작까지 넘어설 수 있을 거라 믿었기 때문이다.

한데 한스를 가르치면 가르칠수록 뭔가 묘한 매력에 빠졌다. 한스가 워낙 지독하게 훈련을 하니 성과가 높을 수밖에 없고, 그러면 그럴수록 그다음을 보고 싶은 마음이 들었다.

그 욕심을 못 버려 무트는 여전히 문지기 노릇을 하며 한스 옆에 붙어 있었다.

무트는 정문을 가로막고 선 채, 문을 통해 흘러나오는 소리를 듣고 있었다.

후웅! 후웅! 후웅!

빠르게 바람을 가르는 소리가 연달아 들려왔다. 한스가 검을 휘두르는 소리였다.

"좋군. 좋아."

검을 휘두르는 소리만으로도 현재 한스의 경지가 어느 정도인지 알 수 있었다. 이제 조만간 훈련 수준을 한 단계 높일 때가 되었다. 무트의 입가에 흐뭇한 미소가 어렸다.

처음 한스를 맡을 때만 해도 그저 카이엔과의 거래 때문에 응했을 뿐이었다. 물론 한스에 대한 관심이 아예 없는 건 아니었지만, 그건 그리 큰 부분이 아니었다.

한데 지금은 어떻게 하면 한스를 더 성장시킬 수 있을까에 대해서만 고민했다. 그리고 그렇게 고민해서 한스에게 적용하면 그 성과가 금방 눈에 보였다. 이건 정말로 재미있는 일이었다.

무트는 그렇게 가르치는 매력에 푹 빠졌다. 아마 지금은 굳이 한스가 아니라 다른 사람을 가르치라고 해도 즐겁게 가르칠 수 있을 것 같았다.

'그나저나 이젠 대련이 점점 버거워지니…….'

무트는 속으로 그렇게 중얼거리며 히죽 웃었다. 이대로라면 자신은 물론이고 슈베르트 백작을 넘어서는 것도 그리 오래지 않은 미래일 것이다.

'왕국 최강의 기사가 되는 것도 시간문제지. 그걸 키워 낸 게 나고.'

무트는 그렇게 생각하며 크게 웃었다.

"으하하하하!"

무트는 정문을 가로막은 채 허리에 손을 올리고 크게 웃었다. 근처에 지나다니는 사람이 없었기에 아주 마음을 턱 놓고 웃었다.

한참을 웃던 무트는 갑자기 웃음을 뚝 그치고 근엄한 표정을 지었다. 그리고 정면으로 뚫린 길을 똑바로 바라봤다.

멀리서 누군가가 다가오고 있었다. 한 사람이 아니었다. 일행을 거느리고 있었다. 그가 누구인지는 금방 알아차릴 수 있었다.

"베기 후작가?"

마치 중앙에 있는 사람을 보호하듯 선 기사들의 갑옷에 그려진 문양을 보면 베기 후작가에서 나온 사람들이 분명했다.

그들이 가까이 다가왔을 때, 무트는 더 놀랐다. 중앙에 선 자가 바로 베기 후작이었다. 물론 얼마 전까지 그저 후계자 후보 중 하나였지만, 이번에 새로 후작이 된 인물이었다. 전대 베기 후작은 가주 자리를 지금의 후작에게 물려주고 은둔에 들어갔다.

그 소문이 워낙 크게 났었기에 문지기를 하던 무트도 충분히 들을 수 있었다. 또한 후계자가 된 사람도 무트가 평소 눈여겨보던 인물이었다.

그렇기에 보자마자 알 수 있었다.

"역시 무트 경이었군요. 소문만 듣고는 믿기 어려웠는데……."

베기 후작이 뒷말을 흐렸다. 잘못하면 비웃는 걸로 보일 수도 있었지만, 베기 후작의 표정이 워낙 진지해 무트는 그렇게 느끼지 않았다. 무트가 본 것은 베기 후작의 눈동자 깊은 곳에서 일렁이는 호기심뿐이었다.

"새삼 이 저택의 주인이 궁금해지는군요. 무트 경이 이렇게 자처해서 지키고자 할 정도라면 필시 예사 인물은 아니겠지요?"

소문만 들은 척하더니 이렇게 자세한 내막을 드러내는 걸 보면 역시 보통이 아니었다. 확실히 치열한 후계자 싸움에서 승리할 만한 사람이었다.

"오랜만입니다, 후작 각하."

무트는 정중히 예를 취했다. 그러자 베기 후작이 빙긋 웃으며 고개를 끄덕였다.

"예. 오랜만입니다. 이 저택의 주인을 만나고 싶은데, 기별을 좀 넣어주시겠습니까?"

베기 후작은 예의를 차려 말했다. 그는 당연히 이 저택의 주인을 만날 수 있다고 여겼다. 감히 이 왕국 안에서 베기 후작가를 무시할 만한 사람은 그리 많지 않으니 말이다.

"죄송합니다만 저택의 주인은 출타 중입니다."

"알고 있습니다. 항상 그런 대답을 하신다는 걸. 하지만 이상하군요. 에델슈타인 자작은 불과 며칠 전에 방문했던 것 같은데…… 설마 딱 그때만 주인이 있었다는 건 아니겠지요?"

무트는 표정 하나 변하지 않고 대답했다.

"자작님은 이 저택의 관리를 부탁받으셨습니다. 전반적인 저택의 상황을 체크하시겠다고 방문하신 것뿐입니다."

베기 후작의 눈이 번득였다.

"관리를 부탁받았다고요? 천하의 에델슈타인 자작이? 그래서 직접 방문해서 체크한단 말입니까? 허! 대단하군요. 이제 정말 이 저택의 주인이 누구인지 궁금해졌습니다. 과연 누가 그런 대단한 권력을 가졌는지 말입니다."

베기 후작은 그렇게 말하고 무트를 똑바로 노려봤다.

"그래서, 누굽니까? 나도 좀 알아야겠습니다. 설마 비밀인 것은 아니겠지요?"

"물론입니다. 뭐, 소문도 웬만큼 난 것 같던데. 카이엔이라는 놈 아니, 사람이 바로 주인입니다."

"카이엔? 설마 브리케 백작의 서자인 카이엔을 말하는 겁니까?"

베기 후작도 조사를 다 끝내고 왔기에 무트가 이렇게 나올 줄 충분히 예상했다. 그래서 카이엔이라는 이름을 듣고도 전혀 당황하지 않았다. 그리고 무트가 자신이 한 물음에 대한 대답을 하기도 전에 말을 이었다.

"그런데 무트 경."

"말씀하십시오."

"제가 그 말을 믿을 거라고 생각하신 건 아니겠지요?"

무트는 여전히 담담한 표정을 유지한 채 대답했다.

"믿든 안 믿든 상관없습니다. 그게 진실이니까요."

"정말 이렇게 나오실 겁니까? 아, 뭐 좋습니다. 무트 경의 입장도 이해를 해 드려야지요."

베기 후작은 그렇게 말하고는 무트를 똑바로 노려봤다.

"하면 그 잘난 주인에게 전해 주십시오. 이 저택을 제게 팔라고. 그렇지 않으면 아주 재미난 꼴을 보게 될 거라고 말입니다."

"딱 그렇게만 전하면 됩니까? 생각보다 말귀를 못 알아듣는 사람이라서 어떤 반응을 보일지 잘 모르겠습니다만 돌아오면 그렇게 전해 드리겠습니다."

베기 후작은 빙긋 웃었다. 그 웃음이 어딘가 섬뜩해 순간 무트조차 흠칫 놀랄 정도였다.

"브리케 백작가의 서자가 주인이라고 했지요? 아마 브리케 백작가가 무너지면 저택을 팔 마음이 조금 들지도 모르겠군요."

베기 후작은 그 말을 남기고 돌아섰다. 그러자 함께 왔던 호위기사들이 무트를 무시무시한 눈으로 한 번 노려보고는 베기 후작을 따라갔다.

무트는 그놈들의 뒷모습을 보며 피식 웃었다.

"한주먹거리도 안 되는 것들이."

무트의 말을 들은 기사들이 멈칫했지만 이내 이를 갈며 발걸음을 서둘렀다.

"이거…… 뭔가 분위기가 심상치 않은데? 가주님께 알려야 하나?"

무트는 훙훙 바람 가르는 소리를 들으며 한동안 고민했다.

*   *   *

"부인, 정말 안 된단 말이오?"

브리케 백작의 눈에 결국 노기가 어렸다. 지금은 가문이 무너질까 말까 하는 위급 상황이었다. 한데 고작 그런 부탁 하나 못 들어준다니.

"미안해요. 하지만 저도 어쩔 수 없어요. 지금 슈메츠 후작가도 어수선한 상황이에요."

"어수선하다고? 지금 우리 가문은 망하기 일보 직전이란 말이오!"

그 말에 엘레나의 눈이 커다래졌다.

"그렇게 상황이 어려운가요?"

브리케 백작의 표정이 사정없이 구겨졌다.

"크윽. 이건 분명히 어떤 놈이 우리 가문을 노리고 흔드는 게 분명하오. 그게 아니라면 이렇게 동시다발적으로 사고가 터질 수는 없지."

엘레나의 표정이 심각해졌다. 하지만 지금 그녀도 사정이 좋지 않긴 마찬가지였다.

일단 반터가 사라졌다. 카이엔을 처리하라는 명령을 수행하러 나간 이후 다시 돌아오지 않았다. 그래서 그 뒤로 엘레나는 반터가 전해 주는 정보를 얻을 수 없었다.

반터가 사라지는 바람에 손발이 잘린 것 같았던 엘레나는 결국 다시 슈메츠 후작가에 손을 벌릴 수밖에 없었다.

그렇게 해서 새 하인을 얻었지만, 그는 반터에 비해 능력이 형편없을 정도로 떨어졌다. 물론 그 역시 실력이 좋긴 했지만 반터와 비교하면 하늘과 땅 차이였다.

엘레나는 반터를 잃음으로써 슈메츠 후작가에서의 입지도 상당히 좁아졌다. 아니, 사실 지금까지 슈메츠 후작가와 연을 유지할 수 있었던 것도 후작이 엘레나를 예뻐했기 때문이다.

한데 반터 일로 인해서 신뢰를 잃어버린 것이다. 그리고 그 여파가 이렇게 나타나고 있었다.

"안 그래도 도와 달라고 연락을 했는데…… 슈메츠 후작가도 지금 크고 작은 일들이 많은 모양이에요. 특히 상단 쪽으로 분란이 많아서 상황이 복잡하대요."

브리케 백작의 표정이 일그러졌다. 브리케 백작가도 심한 자금 압박을 받고 있었다. 이번에 만기가 돌아오는 어음을 막지 못하면 상황이 정말 어려워진다.

"사실…… 도와주고 싶어도 도와주기 어렵다고 하더라고요."

"그렇게 어렵단 말이오?"

"네. 마치 누군가 작정하고 개입한 것처럼요."

브리케 백작의 눈이 번득였다. 그 말을 들으니 뭔가 이상하다는 생각이 들었다. 지금 브리케 백작가가 겪는 일도 어딘가 자연스럽지 않았다. 엘레나의 말처럼 마치 누군가 뒤에서 조종하기라도 한 듯 말이다.

'설마 내가 슈메츠 후작가에 도움을 청할 것까지 예상하고 움직인 건가?'

브리케 백작은 고개를 저었다. 그럴 리가 없었다. 세상에 어떤 자가 고작 브리케 백작가를 치려고 슈메츠 후작가와 척을 진단 말인가. 그 반대라면 모를까.

'가만, 그 반대? 그건 가능한가?'

하지만 그것도 아니었다. 아무리 그래도 슈메츠 후작가와 브리케 백작가의 규모 차이가 있다. 슈메츠 후작가에 문제가 생기면 브리케 백작가를 들어다 바쳐도 상황을 바꿀 수 없었다.

브리케 백작은 혼란스러웠다. 뭔가 이상하고 의심스러운데 그게 뭔지 알 수 없으니 답답하기 그지없었다.

"뭔가 더 알고 있는 건 없소?"

돈 나올 구석이 없으면 결국 사채를 쓸 수밖에 없었다. 하지만 그건 소나기를 피하자고 폭포수 아래로 들어가는 것과 마찬가지였다. 사채에 손을 댄 순간 결과는 정해지는 거나 다름없었다. 더없이 처참

하고 처절하게 말이다.

엘레나는 브리케 백작의 말을 듣고 잠시 생각에 잠겼다가 뭔가가 떠올랐다는 듯 그를 바라보며 말했다.

"그러고 보니…… 좀 이상한 말을 들은 적이 있어요."

"이상한 말?"

"카이엔이 무슨 저택을 샀다는 소문을 들었어요."

"저택? 카이엔이 말이오?"

"네. 하지만 워낙 소문 자체가 신빙성이 없어서……."

수도에 저택을 마련하는 건 결코 쉽지 않은 일이었다. 그걸 카이엔이 구했다는 소문을 어떻게 믿겠는가.

브리케 백작도 고개를 갸웃거렸다. 아무리 소문이라도 그런 소문이 나게 된 데에는 뭔가 이유가 있을 것이다. 왠지 그것이 이번 일을 해결하는 열쇠가 될 것 같은 막연한 예감이 들었다.

똑똑!

노크 소리에 상념에서 벗어난 브리케 백작은 눈살을 찌푸렸다.

"중요한 얘기를 할 테니 아무도 들이지 말라고 했거늘……."

브리케 백작은 신경질적으로 문을 바라보며 말했다.

"들어와라."

잠시 후, 문이 열리고 시종이 겁먹은 얼굴로 들어왔다.

"무슨 일이냐?"

브리케 백작이 마치 잡아먹을 것처럼 사납게 묻자, 시종은 찔끔 놀라 얼른 대답했다.

"예. 소, 소, 손님이 오셨습니다."

"손님?"

"리젤 상단에서……."

리젤 상단이라는 말에 브리케 백작의 표정이 일그러졌다.

"후우. 이리로 들여라."

시종은 이마가 땅에 닿을 정도로 허리를 꾸벅 숙이고는 얼른 나갔다.

보통 이런 일은 집사가 직접 하는데, 안 온 걸 보면 리젤 상단에서 나온 사람을 대접하고 있는 모양이었다. 아마 이제는 집사가 손님을 데려올 것이다.

"우리 가문을 흔든 자들이 리젤 상단인가요?"

리젤 상단 뒤에는 베기 후작가가 있다. 베기 후작가는 최근 치열한 후계자 다툼이 끝났다. 그래서 약간 흔들리긴 했지만 그래도 여전히 왕국에서 손꼽히는 가문이었다.

"후우. 우리가 뭐 대단하다고 그들이 그렇게 손을 쓰겠소?"

하지만 의심스러운 건 사실이었다. 브리케 백작가가 자금 압박을 받은 시기가 너무나 절묘했다. 리젤 상단의 어음이 만기가 되는 순간 일이 이렇게 틀어지니 참으로 공교롭지 않은가.

잠시 후, 집사가 손님을 데려왔다. 그는 놀랍게도 리젤 상단의 총책임자인 하쓰였다.

하쓰는 정중히 인사를 한 뒤 자리를 잡고 앉았다. 하쓰 앞에는 브리케 백작과 엘레나가 앉아 있었는데, 두 사람의 시선에는 긴장감이 맴돌았다.

"그렇게 긴장하실 필요 없습니다. 브리케 백작가의 상황에 대해서는 대충 알고 있으니까요."

"하면 어음의 만기를 연장해 주겠다는 뜻이오?"

하쓰가 빙긋 웃었다. 왠지 사람을 편안하게 해 주는 미소였다.

"물론입니다. 하지만 무작정 연기해드릴 수는 없습니다. 제가 아무리 상단을 이끄는 자리에 있어도 마음대로 모든 일을 처리할 수는 없으니까요."

"원하는 게 뭐요?"

브리케 백작이 단도직입적으로 물었다. 이 질문을 하며 그는 확신했다. 뒤에서 리겔 상단이 손을 쓴 게 틀림없다고.

"별로 대단한 건 아닙니다. 그저…… 아드님에 대해서 알고 싶은 것이 좀 있어서 그렇습니다."

"내 아들? 플리게를 말하는 거요?"

하쓰가 다급히 고개를 저었다.

"아닙니다. 제가 알고 싶은 건 둘째 아드님에 대해서입니다."

"카이엔?"

순간 옆에 앉아 있던 엘레나의 얼굴에 불쾌감이 스쳐 지나갔다. 하지만 그 감정은 나타난 것보다 훨씬 빠르게 사라졌다.

"그놈은 집을 나가 버려서……."

"알고 있습니다. 대충 조사를 했으니까요. 하지만 지금 어디에 있는지, 또 무엇을 하는지는 알고 계시지 않습니까. 전 꼭 카이엔 님을 만나 뵙고 싶습니다."

브리케 백작은 눈살을 찌푸렸다. 정말로 모르는데 뭘 어쩌란 말인가. 카이엔은 릴리가 찾아왔을 때 나가 버린 뒤로 소식이 없었다. 아니, 관심조차 없었다.

"에델슈타인 자작가에 있지 않나요?"

엘레나의 말이었다. 그녀는 그래도 카이엔을 처리하기 위해 나름대로 조사를 한 적이 있어 거기까지는 알고 있었다.

"예. 맞습니다. 한데 그곳에서 저택을 구입한 뒤 거처를 옮겼습니다."

그 말에 엘레나와 브리케 백작의 눈이 화등잔만 해졌다.

"정말로 저택을 샀단 말인가요? 수도에?"

"예. 그것도 정말 어마어마한 저택입니다. 단언컨대 수도에서 가장 크고 화려한 저택일 겁니다."

두 사람은 멍하니 하쓰를 바라봤다. 전혀 생각지도 못한 말을 들어서 정신이 멍했다.

하쓰가 그런 두 사람을 보며 빙긋 웃었다.

"왜 모르는 척하십니까. 그렇게 큰 저택을 구입했는데 브리케 백작가의 자금이 전혀 안 들어갔을 리가 없지 않습니까. 설마 아드님이 혼자 나가서 돈을 벌어 저택을 샀다고 하시지는 않겠지요? 불과 몇 달 만에 말입니다."

카이엔은 헬게이트 원정에서 돌아오자마자 집을 나갔다. 그러니 딱히 돈을 모을 시간이 있었을 리 없다. 당연히 누군가가 자금을 대 줬을 것이다. 그리고 그게 누구인지 브리케 백작이 모른다는 건 말이 되지 않는다.

적어도 하쓰의 생각은 그랬다. 그래서 슈메츠 후작가를 건드리는 무리수를 두면서까지 브리케 백작가를 압박했다. 이제 브리케 백작 가는 뒤에 누가 숨어 있는지 말하는 수밖에 없을 것이다.

"믿기 어렵겠지만…… 정말 아는 것이 없소. 솔직히 나도 그런 얘 기를 들어서 기분이 얼떨떨하오."

하쓰는 여전히 부드러운 표정을 잃지 않았다.

"하면 아드님을 설득해 주실 수 있겠습니까?"

"카이엔을 말이오?"

"그렇습니다. 사실 그 저택을 이번에 저희 상단에서 꼭 구입하고 싶습니다. 가격은 정말로 후하게 쳐드리겠습니다. 아마 결코 후회하 지 않을 것입니다."

브리케 백작은 잠시 망설였다. 예전 같으면 대번에 오케이 했을 것 이다. 불과 얼마 전까지만 해도 카이엔은 자신이 무얼 시키든 군소리 없이 했으니까.

하지만 지금은 달랐다. 헬게이트 원정이 그렇게 만든 것인지 몰라도 카이엔은 자신에 대한 반감을 조금도 숨기지 않았다.

백작이 망설이는 동안 엘레나가 나서서 냉큼 대답해 버렸다.

"그게 뭐 어렵겠어요. 당연히 해 드려야죠."

엘레나는 그렇게 말하며 하쓰를 가만히 바라봤다. 대가를 제시하라는 뜻이었다. 당연히 하쓰도 그녀의 눈빛이 무얼 의미하는지 모르지 않았다.

"일단 당장 어음의 만기를 6개월 연장해 드리겠습니다."

"그거야 당연한 거 아닌가요?"

하쓰는 엘레나의 말에 빙긋 웃으며 목소리를 낮춰 말했다.

"사실 전폭적인 지지를 준비하고 있습니다."

"무얼 지지한다는 거죠?"

하쓰가 고개를 돌려 시선을 브리케 백작에게로 옮겼다. 그리고 은근한 목소리로 말했다.

"백작님께서도 슬슬 중앙 정계에 진출하실 때가 되지 않으셨습니까? 베기 후작가에서 새로운 정계의 동반자를 물색 중입니다. 그 자리에 강력하게 추천해드리겠습니다."

그 말을 들은 브리케 백작의 눈이 커다래졌다. 그의 눈빛에 숨길수 없는 야망이 타올랐다.

"강력하게?"

"예, 강력하게. 후작 각하께서 다른 사람은 절대 생각할 수 없을 정도로 강력하게 말입니다."

브리케 백작은 더 기다릴 것도 없이 크게 고개를 끄덕였다.

"하겠소. 맡겨만 주시오. 내 말이라면 카이엔도 어쩔 수 없을 테니까."

하쓰가 벌떡 일어나 정중하게 허리를 숙였다.

"믿고 기다리겠습니다."

하쓰가 인사를 하고 돌아가자 엘레나가 눈을 빛내며 브리케 백작을 바라봤다.

"이건 기회예요. 반드시 잡아야 해요."

"나도 그럴 생각이오."

"혹시 카이엔이 말을 듣지 않으면 어쩌죠?"

브리케 백작은 대답하지 못했다. 그러자 엘레나가 단호하게 말을 이었다.

"기사를 모두 데리고 가세요."

"기사를? 힘으로 압박하라는 말이오?"

"그게 낫지 않겠어요? 저도 후작가에 도움을 청해 볼게요. 기사 몇 명 지원해 주는 건 할 수 있을 거예요."

브리케 백작은 고개를 끄덕였다. 슈메츠 후작가는 강력한 기사단을 몇 개나 보유한 가문이었다. 기사 몇 지원하는 건 일도 아닐 것이다.

"좋소. 그럼 서두릅시다. 이런 일은 빠르면 빠를수록 좋으니."

브리케 백작은 코앞의 이득에 눈이 어두워 더 깊은 생각을 하지 못했다. 게다가 서두르기까지 했다.

상식적으로 그런 거대한 저택을 샀다면 그에 걸맞은 이유나 힘이 개입되어 있음이 분명하다. 한데 그 부분을 완전히 간과해 버렸다. 아니, 여전히 카이엔을 무시하는 마음이 가슴 깊은 곳 어딘가에 남아 있어 알면서도 무시해 버렸다.

두 사람의 표정이 밝아졌다. 가문의 앞날에 서광이 비치는 듯했다.

*　　　*　　　*

30명이나 되는 기사가 질서정연하게 걸어가고 있었다. 그들이 다가오는 모습을 정면에서 가만히 지켜보던 무트는 기사들 사이에 섞인 인물을 발견하고는 급히 문을 열고 안으로 들어갔다.

문 안쪽에는 항상 그랬던 것처럼 한스가 열심히 검을 휘두르고 있었다.

"이놈아! 검 그만 휘두르고 문 좀 지켜라."

한스가 수련을 멈추고 고개를 돌려 무트를 바라봤다. 그리고 인상을 찡그렸다.

"무슨 일인데요?"

"일은 무슨. 마주치기 싫은 놈들이 오니까 네놈이 상대하라는 뜻이다. 실력 점검도 할 겸."

무트는 그렇게 말하고 어서 나가라는 듯 한스를 향해 눈짓했다.

한스는 한숨을 푹 내쉬고 밖으로 나갔다. 그리고 문을 굳게 닫은 뒤, 정면을 바라봤다. 이미 기사들이 다가오고 있다는 건 알고 있었다.

검에 온 신경을 집중하면서도 감각은 활짝 열어 뒀다. 그것이 최근 한스가 하는 훈련이었다. 당연히 무트가 가르쳐 준 것이었다. 그 성과가 제법 커서 상당히 멀리 떨어진 곳에서 다가오는 기사들을 느낄 수 있었다.

기사들을 바라보던 한스의 표정이 급격히 굳었다. 조금 전까지는 그저 기사라는 것만 예측했다. 한데 이렇게 눈으로 확인하니 그들이 보통 기사가 아니라는 걸 알아차린 것이다.

'브리케 백작가.'

저들은 백작가의 기사였다. 다들 한스가 너무나 잘 아는 자들이기도 했다. 브리케 백작가의 병사였던 한스가 그곳의 기사를 모를 리 없지 않은가.

기사들이 정문에 도착했다. 그들은 일단 앞으로 나서지 않고 대기했다. 그러자 기사들 사이에 있던 브리케 백작이 앞으로 나섰다.

"문을 열고 내가 왔다고 기별을 넣어라."

브리케 백작은 사실 한스를 알아보지 못했다. 하지만 기사 중 하나가 귀띔을 해 주었다. 예전 브리케 백작가의 병사였다고.

"내가 누군지는 알고 있겠지?"

한스가 공손히 대답했다.

"물론입니다. 백작님. 하지만 지금은 주인님께서 출타 중이십니다. 당분간 지정된 손님 외에는 누구도 받지 말라고 하셨습니다."

브리케 백작의 얼굴이 사정없이 일그러졌다.

"지정된 손님? 지금 내가 아들의 집에도 못 들어간다고 말하는 것이냐?"

한스는 눈빛 하나 달라지지 않았다.

"저는 명령받은 대로 실행할 뿐입니다."

브리케 백작은 기가 막혔다. 설마 자신이 고작 문지기에게 이따위 대접을 받게 될 줄은 몰랐다. 그의 시선이 자연스럽게 옆으로 돌아갔다. 그곳에는 가문의 기사들이 서 있었다.

"안면이 있으니 죽이지는 않으마. 고통에 몸부림치며 네가 무슨 잘못을 했는지 생각해 보아라."

기사 하나가 나서며 그렇게 말했다. 굳이 검을 뽑지도 않았다. 그럴 필요를 느끼지 못했다. 상대는 아무것도 모르는 병사였다. 보통 기사는 혼자 수십 명의 병사를 상대할 수 있었다.

기사가 한스 앞으로 걸어갔다. 한스는 미동도 하지 않았다. 움직이면 빈틈이 생길 것이고. 그걸 틈타 다른 자들이 문을 부수고 안으로 들어갈 수도 있었다.

후웅!

기사의 주먹이 바람을 가르며 한스의 얼굴로 날아갔다. 한스는 주먹이 코앞에 다가올 때까지 눈 하나 깜빡하지 않았다. 주먹의 궤적이

휜히 보였다.

짝!

기사의 눈이 화등잔만 해졌다. 자신의 주먹이 어느새 한스의 손에 잡혀 있었다. 주먹이 손바닥을 때리는 찰진 소리가 기사의 귓가에 맴돌았다.

"이놈이 감히 막아?"

기사의 다른 주먹이 또 날아갔다. 하지만 이번에는 더 쉽게 막혔다. 한스가 아예 중간에 손바닥으로 기사의 손목을 쳐내 궤적을 비틀어 버린 것이다.

기사는 중심을 잃고 비틀거렸다. 한스의 손에 담긴 힘이 제법 컸기에 손목이 시큰거렸다. 그의 뇌리에 경고등이 반짝반짝 켜졌다.

'이대로는 망신이다!'

고작 병사 하나 제압하지 못한 병신 기사가 되기 십상이다. 기사는 반사적으로 허리춤에 매단 검을 꽉 쥐었다.

"무기를 드시면 저도 가볍게 대해드릴 수 없습니다."

한스의 묵직한 말이 기사의 마음을 짓눌렀다. 하지만 그냥 참고 있을 수는 없었다.

쳉!

결국 기사가 검을 뽑았다.

한스는 기사를 보지 않고 기사 뒤에 선 브리케 백작을 바라봤다.

브리케 백작은 아무렇지도 않은 표정을 지은 채 무심히 상황을 지켜보고 있었다. 그저 병사 하나 죽이는 것쯤 그에게는 아무것도 아니었다.

아니, 아예 이참에 하나쯤 죽이고 시작하는 것이 나중을 위해 더 좋을지도 모른다는 생각도 들었다.

"선택은 백작님께서 하신 겁니다."

한스는 그렇게 말하며 기사를 똑바로 노려봤다. 아직 검을 뽑지는 않았다. 아무리 기사가 검을 뽑았다고 해도 먼저 위협이 되는 행동을 하기 전에는 가만히 있을 생각이었다.

기사가 슬쩍 입꼬리를 말아 올렸다. 비웃음이었다. 그와 동시에 그의 검이 벼락같이 한스의 정수리를 향해 떨어졌다.

턱!

한스가 손을 들어 기사의 검을 잡았다. 다른 사람에게는 벼락처럼 빠른 공격이었는지 몰라도 한스의 눈에는 굼벵이가 기어가는 것처럼 느리게 보였다.

당연했다. 그동안 한스가 대련 상대로 싸운 사람은 바로 무트였다. 게다가 무트는 대련에 임할 때 결코 사정을 봐주는 법이 없었다.

그런 무트의 검으로 단련된 한스의 눈이 고작 브리케 백작가의 기사가 내지른 검에 당황할 리 없었다.

한스에게는 당연한 일이었지만 그걸 겪는 기사는 전혀 달랐다. 그리고 그걸 지켜보는 기사의 동료들 또한 마찬가지였다.

모두의 눈에 경악이라는 감정이 담겼다.

＊　　＊　　＊

깡!

검이 부러졌다. 다들 눈이 휘둥그레졌다. 한스가 손아귀 힘만으로 간단하게 검을 부러뜨렸기 때문이었다.

"계속할 겁니까?"

한스가 담담하게 묻자, 기사의 표정이 더욱 일그러졌다. 자존심이 크게 상했다. 하지만 지금 이대로는 이길 가능성이 전혀 없었다. 자신이 있는 힘껏 휘두른 검을 맨손으로 잡았다는 건 어지간한 실력 차이가 아니라면 불가능할 테니까.

"뭣들 하는가. 날 계속 여기에 서 있게 할 셈인가?"

브리케 백작이 호통을 쳤다. 지금 그들에게는 브리케 백작을 안으로 들여보내야 한다는 임무가 있었다. 몽땅 덤벼드는 한이 있어도 그것만은 이뤄야 했다.

기사들이 모두 움직였다. 하지만 아직 슈메츠 후작가에서 온 기사들은 제자리에 서 있었다. 비록 파견을 나왔지만 그들은 브리케 백작의 명령을 받을 이유가 없었다.

그들의 시선이 뒤쪽으로 향했다. 그곳에는 마차가 한 대 서 있었다. 마차에 탄 사람은 당연히 엘레나였다. 엘레나가 이곳에 온 이유는 슈메츠 후작가에서 보내준 기사 때문이기도 했지만, 카이엔을 직접 보고 싶어서이기도 했다.

그동안 엘레나는 무던히도 카이엔을 괴롭혀 왔다. 물론 뒤에서 몰래 했기에 카이엔은 모를 것이라 생각했다. 그래서 그녀는 카이엔이 자신에 대해 좋은 감정을 가지고 있을지도 모른다고 생각했다.

만일 그렇다면 생각보다 쉽게 목적을 이룰 수 있지 않겠는가.

마차에 탄 엘레나는 그 어떤 신호도 주지 않았다. 그래서 일단 슈메츠 후작가의 기사들은 가만히 있었다. 사실 한 사람을 한꺼번에 공격하는 것도 마음에 안 들었다.

브리케 백작가의 기사는 20명이나 되었는데, 그들은 한스를 포위하며 신중하게 검을 겨눴다. 방금 실력을 봤으니 방심하면 안 된다는 걸 충분히 인지했다.

한스는 그제야 검을 뽑으려 했다. 상대가 한 명이면 몰라도 20명이나 되는데 맨손으로 버티는 건 바보짓이었다.

그때, 정문을 넘어 검 한 자루가 날아왔다.

퍽!

검은 정확히 한스의 발 앞에 꽂혔다. 한스는 그걸 보자마자 검 손잡이를 꽉 쥐었다. 이 검을 보낸 사람은 무트였다. 그리고 무트가 이걸 던졌다는 건 검을 빌려 주겠다는 뜻이기도 했다. 또한 자신도 함께 책임을 지겠다는 의미였다.

한스의 입가에 가느다란 미소가 걸렸다. 그저 검을 쥐었을 뿐인데 천군만마가 달려들어도 끄떡없을 것 같은 자신감이 온몸에 넘쳐흘렀다.

"쳐라!"

기사들이 일제히 달려들었다. 한스는 차분한 눈으로 공격을 끝까지 확인하고 검을 휘둘렀다.

챙챙챙챙챙챙!

브리케 백작가의 기사들은 비교적 실력이 떨어지는 편이었다. 하지만 아무리 그래도 기사는 기사였다. 한스 혼자서 그들 모두를 막는 데에는 분명히 한계가 있었다.

게다가 한스는 다수의 적을 상대로 싸워 본 적이 한 번도 없었다. 그저 무트와 했던 대련이 경험의 전부였다. 그러니 초반에는 밀릴 수밖에 없었다.

한스의 몸 곳곳에 상처가 났다. 깊은 상처는 없었지만 그래도 온몸이 피투성이가 되었다.

하지만 시간이 지나면 지날수록 한스의 상황이 점점 더 좋아졌다. 한스는 무한한 체력이 있었다. 또한 몸으로 검을 받으면서 그 통증과 두려움을 참고 반격을 할 정도로 독했다.

시간이 지나자 마침내 한스의 검이 기사들을 유린하기 시작했다.

푹!

기사 하나의 어깨가 검에 꿰뚫렸다. 한스는 자신의 옆구리를 내주며 기사의 어깨를 망가뜨렸다. 한스의 옆구리에서 피가 뿜어져 나왔다. 하지만 한스는 조금도 흔들리지 않고 검을 휘둘렀다.

챙챙챙!

빠른 검격이 주변을 휩쓸었다. 어깨를 다친 기사가 비틀거리는 바람에 큰 빈틈이 생겼고 한스는 그 빈틈을 놓치지 않고 검을 내질렀다.

푹푹푹!

세 명의 기사가 가슴을 부여잡고 뒤로 주춤주춤 물러났다. 오른쪽 가슴을 찔려 호흡이 곤란해졌다. 아마 빠르게 조치를 취하지 않으면 죽을 것이다.

그렇게 네 명의 기사가 다쳐 물러나면서 빈틈이 더 커졌다. 그때부터는 한스의 독무대였다.

한스는 무지막지하게 나머지 기사를 몰아쳤다. 다들 지쳐 있었기에 한스를 막기가 더 힘들었다. 그렇게 브리케 백작가의 기사들이 수세에 몰렸다.

그러자 그때까지 지켜보고 있던 슈메츠 후작가의 기사들이 앞으로 나섰다. 마차에서 엘레나가 신호를 보낸 것이다. 그들은 기다렸다는 듯이 검을 뽑고 한스를 향해 달려들었다.

슈메츠 후작가의 기사들은 브리케 백작가의 기사와 차원이 달랐다. 그들은 빠르고 강했다. 또한 경험도 훨씬 많았다.

금세 한스의 손발이 어지러워졌다. 그리고 상처가 대폭 늘어났다. 브리케 백작가의 기사들을 상대할 때는 상처가 비교적 가벼웠는데, 슈메츠 후작가의 기사들이 합류하면서 상처의 깊이가 달라졌다.

여기저기 깊은 검상이 생겨났다. 당연히 피도 철철 흘렀다. 하지만 한스는 끝까지 포기하지 않고 검을 휘둘렀다. 결코 흥분하거나 서두르지 않았다. 이런 상황인데도 차분함을 조금도 잃지 않았다.

그러다 보니 한스를 상대하는 기사들도 질려 버렸다. 그들도 이런 싸움은 처음이었다. 게다가 무슨 병사가 이렇게 강하단 말인가. 차라리 기사라면 어느 정도 이해를 하겠는데, 상대는 고작 저택의 문지기일 뿐이었다.

한스가 비록 잘 버티긴 했지만 그래도 한계가 있었다. 상처가 늘어나면서 피를 많이 흘렸기에 이러다간 결국 죽을 수밖에 없었다.

그렇게 한계에 이르러 한스가 죽기 일보 직전이 되었을 때, 저택의 정문이 열렸다.

열린 문을 통해 무트가 나왔다. 무트는 한스 앞으로 빠르게 달려가 기사들의 검을 막아 냈다.

쩌저저저저정!

무트의 검에 실린 어마어마한 힘에 기사들의 검이 속절없이 튕겨 나갔다.

다들 멍하니 무트를 바라봤다. 난데없이 이런 강자가 등장해 한편으로는 놀랍고, 다른 한편으로는 크게 긴장되었다.

"이제 그만들 하지?"

무트는 검을 겨눈 채 자신을 바라보는 기사들을 오연하게 둘러보며 말했다.

다들 입을 다물고 멍하니 무트를 바라봤다. 이들 중 무트를 모르는 사람은 아무도 없었다. 무트가 누군지 아는데 어떻게 감히 그에게 덤빌 생각을 하겠는가.

무트는 한동안 기사들을 협박하듯 노려보다가 이내 시선을 돌려 뒤쪽에 서 있는 브리케 백작을 바라봤다.

"이만 기사들을 물리는 게 어떻습니까?"

무트는 제법 정중하게 요청했다. 브리케 백작도 감히 무트에게 뭐라고 할 수는 없었다. 무트는 에델슈타인 자작가에서도 상당히 중요한 기사였다. 그를 함부로 대했다간 에델슈타인 자작가와 척을 질 수도 있었다.

'그건 오히려 리겔 상단을 적으로 돌리는 것보다 더 위험해.'

브리케 백작은 손짓을 해서 기사들을 뒤로 물러나게 했다. 기사들이 안도하며 서둘러 브리케 백작 뒤에 섰다. 그들도 무트와 싸우게되는 불상사는 결코 원하지 않았다.

브리케 백작가의 기사들이 물러나자, 슈메츠 후작가의 기사들도 물러났다. 그들은 일단 물러난 뒤 마차에 탄 엘레나의 반응을 살폈는데, 엘레나도 지금은 물러나는 때라고 판단했는지 별다른 반응이 없었다.

"아비가 아들의 집에 방문하는데 막아서는 건 경우가 아닌 것 같지 않소?"

브리케 백작이 일단 강한 어조로 말했다. 그의 눈에 기대감이 어렸다. 그래도 무트는 한스보다는 훨씬 말이 통하는 상대일 것이다.

무트는 가만히 브리케 백작을 바라보다가 대답했다.

"그래도 문지기는 주인의 명령을 우선해서 들어야 하지 않겠습니까?"

"예외라는 것이 있지 않소. 지금이 바로 그렇다고 보는데, 무트 경의 생각은 어떻소?"

사실 무트도 썩 편한 상황만은 아니었다. 상대는 아무리 그래도 백작이었다. 게다가 슈메츠 후작가의 기사들도 보였다. 무트가 버티는데에도 한계가 있다는 뜻이다.

이대로라면 결국 이들을 저택 안으로 들일 수밖에 없을 것이다.

'그랬다가 그놈이 난리라도 치면 짜증 날 텐데……'

무트의 뇌리에 카이엔의 모습이 떠올랐다. 카이엔이 이걸 빌미로 자신을 얼마나 놀려 먹을지 생각하는 것만으로 이가 갈렸다.

결국 무트는 고개를 저었다.

"일단 저로서도 어쩔 수 없습니다. 그러니 오늘은 이만 돌아가시지요."

"무트 경! 정말 이러실 거요! 이건 경우가 아니지 않소! 우리 브리케 가문의 위세가 좀 떨어진다고 해서 무시할 생각이오?"

브리케 백작의 눈에 노기가 어렸다. 물론 그 화조차 대부분 연기였다. 이렇게 강하게 밀고 나가면 무트도 어쩔 수 없다는 걸 알기에 하는 행동이었다.

"그래서 그 경우라는 게 뭡니까?"

브리케 백작은 설마 무트가 그런 말을 했나 해서 놀란 눈으로 그를 바라봤다. 하지만 무트의 시선이 다른 쪽에 가 있다는 걸 보고는 그쪽으로 고개를 돌렸다. 브리케 백작의 눈이 커다래졌다.

"카이엔……."

언제 도착했는지 카이엔이 근처에 서 있었다. 당연히 일행도 함께였다.

카이엔은 무트 아니, 무트 뒤에 있는 한스에게 다가갔다. 그런 카이엔 뒤로 티에라와 에르미스가 급히 따라갔다.

한스의 상태는 심각했다. 하지만 이곳에는 자그마치 가이아 교단의 교황이 있었다. 또한 일리오스 교단에서 손꼽히는 고위사제도 함께였다.

티에라와 에르미스가 동시에 한스를 향해 손을 뻗었다. 그러자 눈부신 백광이 두 여인의 손에 맺히더니 그대로 뿜어져 나갔다.

화아아악!

새하얀 빛을 뒤집어쓴 한스의 몸이 순식간에 원래대로 돌아갔다. 몸에 났던 모든 상처가 말끔히 사라졌다. 그뿐만 아니라 몸 깊은 곳에서부터 활력이 샘솟았다.

다들 놀란 눈으로 그 광경을 바라봤다.

이내 빛이 사라졌다. 한스는 감격한 눈으로 카이엔을 바라보고 있었다.

"제법 열심히 한 모양이군."

카이엔의 말에 한스는 더욱 감격했다. 누군가에게 인정받는 기분은 겪어 보지 않은 사람은 결코 알 수 없을 것이다. 그건 눈물 날 정도로 가슴이 떨리는 일이었다.

카이엔은 한스의 어깨를 툭툭 두드려 주고는 돌아서서 무트를 힐끗 쳐다봤다. 무트도 뭔가를 기대하는 눈으로 카이엔을 바라봤다. 하지만 카이엔은 그저 씨익 웃기만 하고 곧장 시선을 돌려 버렸다.

무트는 발끈했지만 이렇게 눈이 많은 곳에서 성질을 낼 수는 없었다.

카이엔이 마지막으로 쳐다본 사람은 브리케 백작이었다.

"아들 얼굴 한 번 보기 힘들구나."

브리케 백작의 말에 카이엔이 피식 웃었다.

"아직도 아들이긴 합니까?"

"그걸 말이라고 하느냐?"

카이엔의 입가에 어린 미소가 살짝 짙어졌다.

"가문에서 내친 사람을 찾아온 이유나 들어보죠."

브리케 백작이 눈살을 찌푸렸다.

"여기 서서 말이냐? 일단 안으로 들어가자. 그리고 저기 계신 사제분들께 우리 가문의 기사들도 좀 치료해 달라고 부탁드리고."

"신전에 가서 기부금을 내고 치료하시죠. 크게 다친 사람도 없어 보이는데."

“지금 그걸 말이라고 하느냐?”

“용건이 없는 모양이군요. 그럼 이만.”

카이엔이 냉정하게 돌아서자 브리케 백작은 크게 당황했다. 하지만 이내 이를 갈며 카이엔의 등을 노려봤다. 감히 지금 누구에게 이따위로 행동한단 말인가.

“기다려라!”

카이엔이 걸음을 멈추고 다시 돌아섰다. 어느새 카이엔의 표정이 사라져 있었다. 여기서 더 시간을 낭비하고 싶지 않았다. 지금 당장 지하실에 마련한 곳에 가서 확인할 것이 있었다. 그게 제일 급했다.

“리겔 상단에서 찾아왔다. 널 보고 싶다고 하더구나.”

“직접 찾아오라고 하시죠.”

카이엔은 그 말을 남기고 돌아섰다. 그러자 브리케 백작이 다급히 외쳤다.

“그들이 이 저택을 팔라고 했다!”

그 말이 카이엔의 호기심을 자극했다. 아니, 카이엔의 감을 건드렸다. 카이엔은 다시 돌아섰다.

브리케 백작은 카이엔의 반응을 보고는 반색하며 말을 이었다.

“상당한 대가를 주겠다고 했다. 네게 이 저택을 팔 권한이 있느냐?”

그 말은 뒤에 누군가 있다는 걸 확신한다는 말이기도 했다. 카이엔이 대답하지 않자, 권한이 없다고 받아들인 브리케 백작은 빙긋 웃으며 입을 열었다.

"저택의 진짜 주인이 누군지만 말해 줘도 된다. 뒤는 내가 알아서 하마."

그 말을 들은 카이엔은 씨익 웃었다.

"직접 찾아오라고 하시죠. 팔지 말지는 그때 결정할 테니까."

카이엔은 그 말을 남기고 냉정하게 돌아섰다. 그러자 브리케 백작은 당황해서 말을 잇지 못했다. 하지만 이내 일그러진 표정으로 카이엔을 향해 외쳤다.

"그걸 네가 결정할 권한이나 있느냐? 권한을 가진 사람을 알려달라고 하지 않느냐!"

브리케 백작의 외침에, 그것을 계속 지켜보기만 하던 무트가 한숨을 푹 내쉬며 앞으로 나섰다.

"그럼 저택 주인한테 그 권한이 없으면 누구한테 있겠습니까?"

무트의 말에 브리케 백작은 순간적으로 할 말을 잃었다. 설마 정말로 이 저택의 주인이 카이엔일 줄은 몰랐다. 대체 돈이 어디에서 나서 이런 거대한 저택을 샀단 말인가.

"그러니 이제 돌아가십시오."

브리케 백작이 멍하니 카이엔의 등만 바라보고 있을 때, 엘레나가 다급히 마차에서 내려 카이엔을 불렀다.

"기다리거라!"

엘레나의 외침에 카이엔은 걸음을 멈추고 돌아섰다. 엘레나는 카이엔이 자신에게 악감정이 없다고 믿었다. 정말 철저히 뒤에서만 움직였으니 카이엔이 모를 것이라고 생각했기 때문이다.

"꼭 이래야겠느냐?"

카이엔의 입꼬리가 슬쩍 올라갔다.

"뒤에서 온갖 짓을 통해 날 괴롭히던 분이 왜 이러십니까. 격 떨어지게."

그 말을 들은 순간 엘레나의 표정이 사정없이 구겨졌다. 대체 어떻게 그걸 알았단 말인가.

"플리게가 아무 말도 안 하던가요? 몰래 숨으려면 자식 입부터 막았어야지요."

카이엔이 그렇게 말하며 피식 웃자, 엘레나가 화난 얼굴로 카이엔을 노려보며 외쳤다.

"가문에서 나간 이상 넌 이제 더 이상 귀족이 아니다! 한데 말버릇이 나쁘구나! 감히 누구에게 그따위로 말하는 것이냐!"

엘레나가 호통을 치자, 그때까지 가만히 보고 있던 티에라가 나섰다.

"그 말씀은 그냥 듣고 있을 수 없군요. 카이엔 님은 저희 가이아 교단의 은인이십니다. 얼마 전 영광의 기사 칭호까지 받으셨습니다. 영광의 기사를 욕되게 하는 건 저희 교단을 욕되게 하는 것과 같습니다."

티에라의 말에 그곳에 있던 모든 사람이 놀란 눈으로 카이엔을 바라봤다. 이젠 카이엔이 귀족이든 평민이든 상관없었다.

"여, 영광의 기사?"

엘레나가 자신도 모르게 중얼거리자, 티에라가 환하게 웃으며 부연 설명을 해 주었다.

"명예기사이긴 하지만, 카이엔 님께서 요청만 하신다면 교황도 움직일 수 있습니다."

다들 입이 쩍 벌어졌다. 만일 그렇다면 이건 웬만한 왕족보다 더 대단한 자리 아닌가.

사실 이 자리에서 놀란 사람은 브리케 백작과 엘레나뿐만이 아니었다. 카이엔의 일행조차 다들 놀랐다. 심지어 당사자인 카이엔도 속으로는 제법 놀랐을 정도였다.

티에라는 엘레나를 똑바로 쳐다보며 말했다.

"저희 교단과 싸우실 생각입니까?"

엘레나와 브리케 백작은 아무 말도 하지 못했다. 그저 멍하니 티에라만 바라볼 뿐이었다.

"그만 들어가지."

카이엔은 그렇게 말하고 저택 안으로 들어갔다. 그러자 일행이 그 뒤를 따랐다.

티에라는 마지막으로 한 번 더 엘레나와 브리케 백작을 쳐다본 다음에 저택으로 들어갔다. 그 시선이 상당히 의미심장했기에 브리케 백작과 엘레나는 더더욱 몸이 움츠러들었다.

브리케 백작과 엘레나는 카이엔이 저택에 들어가고 문이 닫힌 이후에도 한참이나 그 자리에 못 박힌 듯 멍하니 서 있었다.

저택에 들어온 카이엔은 고개를 돌려 티에라를 바라보며 물었다.

"영광의 기사? 그건 또 언제 생긴 거지?"

티에라가 빙긋 웃었다.

"지금이요."

다들 황당한 눈으로 티에라를 바라봤다.

"카이엔 님이 무시당하는 게 싫어서요. 제가 너무 주제넘게 나선 건가요?"

카이엔이 씨익 웃으며 고개를 저었다.

"아니, 그렇지 않다. 제법 마음에 드는군. 영광의 기사."

"다행이다."

티에라는 환하게 웃었다. 혹시라도 카이엔이 싫어하면 어쩌나 조마조마했다. 한데 이렇게 흔쾌히 받아 주니 너무나 기분이 좋았다.

그렇게 일단락되나 싶은 순간, 딜룬이 끼어들었다.

"우흐흐흐. 그나저나 저 밖에 서 있는 여자가 엘레나입니까?"

카이엔이 고개를 끄덕이며 딜룬을 쳐다봤다.

"맞다. 넌 그걸 어떻게 알지?"

"우흐흐흐. 역시 그랬군요. 예전에 알 기회가 있었습니다."

딜룬은 예전 엘레나가 보낸 반터를 처리하면서 그에게 상당한 정보를 얻어냈다. 그때 얻은 정보를 카이엔에게 하나도 말하지 않았다는 사실이 떠오르면서 슬그머니 불안해졌다.

카이엔은 그런 딜룬을 보며 섬뜩하게 웃었다. 종속의 고리가 더 강력해지면서 이런 식의 감정은 금방 알아챌 수 있었다.

"너…… 똑바로 털어놔. 엘레나가 뭘 어쨌다고?"

"우, 우흐, 우흐흐흐."

딜룬은 어색하게 억지로 웃었다. 이제 그때 얻은 정보를 말할 때가 되었다. 딜룬은 어떻게 하면 자신에게 최대한 피해가 없을까 열심히 고민했다.

Chapter 2

후작가의 배후

"직접 찾아오라고? 당돌한 놈이군."

하쓰는 차갑게 웃으며 중얼거렸다. 브리케 백작가가 카이엔을 설득하는 데 아무 도움이 안 된다는 건 분명히 확인했다. 이제 더 이상 그들을 봐줄 필요가 없었다.

"뭐, 그놈들은 당분간 내버려 두지. 더 중요한 일들이 있으니까."

하쓰는 가만히 생각해 봤다. 과연 자기 혼자 알아서 할지 아니면 플레더에게 일단 연락을 취할지 말이다.

한동안 고민하던 하쓰는 결국 플레더에게 알리기로 했다. 그래야 혹시라도 자신이 제대로 일을 처리하지 못했을 때 책임이 가벼워진다.

"그럼…… 그분께도 보고를 드려야겠군."

하쓰는 눈을 빛냈다. 이름조차 알지 못하고, 항상 후드가 달린 로브를 뒤집어쓰고 있어 얼굴도 모르지만, 그는 하쓰에게 있어선 은인이자 주인이었다.

무슨 일이 있건 그분께 알리는 것이 바로 하쓰의 본분이었다.

하쓰는 차근차근 일을 진행했다. 플레더에게 연락을 하고, 함께 갈 사람을 추리고, 로브 사내에게 보고하는 것까지 하나도 빠짐없이 처리했다.

그다음 에델슈타인 자작가와 글란츠 상단에 연락해 카이엔의 저택을 방문하기 위한 절차를 밟았다.

카이엔을 만나기로 한 날, 하쓰는 눈살을 찌푸리며 자신의 옆에 선 난쟁이를 쳐다봤다.

'주인님의 명령만 아니라면 데려가고 싶지 않은데…….'

저렇게 볼품없는 난쟁이를 데리고 다니면 품격이 떨어진다. 상대에게 좋은 인상을 주기 어려워져 무슨 일이든 성사가 힘들다.

하지만 주인의 명령이니 어쩔 수 없었다. 게다가 명령받을 때의 분위기를 떠올리면 저 난쟁이가 어쩌면 이번 일에서 가장 중요한 역할을 담당하고 있을지도 모른다는 생각이 들었다.

그래서 더 함부로 할 수가 없었다. 하쓰는 일단 일행을 둘러봤다. 아직 플레더 쪽이 도착하지 않았다.

'인원이 과한 건 아니겠지?'

애초에 책정한 인원은 자신이 호위 한 명과 실무 담당자 두 명을 데려가고, 플레더가 세 명을 보내기로 했다. 그리고 주인이 보낸 난쟁이까지 총 여덟 명이었다.

이 정도면 크게 과하지 않은 수였다. 그렇게 거대한 저택을 사고파는 일인데 대충 아무렇게나 처리할 수는 없는 법이다. 그러니 상대도 이해하고 인정해 줄 것이다.

잠시 후, 검은 옷을 입은 사내 셋이 도착했다. 하쓰가 보기에는 지극히 평범했는데, 그들이 도착하자 하쓰 옆에 있던 난쟁이가 흠칫 놀라는 게 느껴졌다.

하쓰는 난쟁이와 새로 나타난 사내들을 번갈아 바라보다가 시간이 없음을 깨닫고 서둘렀다.

"자, 다 도착한 것 같으니 출발합시다."

하쓰가 먼저 출발하자, 나머지가 조용히 그 뒤를 따랐다. 어차피 카이엔의 저택 가까운 곳에서 만났기에 얼마 지나지 않아 저택에 도착할 수 있었다.

그들이 가장 먼저 본 것은 문지기 한스였다. 한스는 문 한가운데를 막고 꼿꼿하게 서서 앞을 노려보고 있었다.

카이엔이 돌아온 후, 더더욱 자신감이 넘쳐 났다. 당연히 수련도 훨씬 열심히 했다. 적어도 카이엔 보기에 부끄러운 문지기가 되고 싶지는 않았다.

그런 한스를 보는 사내들의 눈빛이 번득였다.

"저 문지기 보통이 아닙니다."

하쓰에게 호위가 귓속말을 했다.

"보통이 아니라고?"

"웬만한 기사보다 훨씬 강해 보입니다."

"고작 문지기가?"

하쓰는 새삼스러운 눈으로 문지기를 바라봤다. 조금 전까지만 해도 그저 문지기구나 하고 생각했는데, 호위의 말을 듣고 보니 이젠 뭔가 비밀을 감춘 놈처럼 보였다.

"저택에 어떤 병사들이 있을지 모르지만 미리 조심하는 게 좋을 것 같습니다."

호위의 말에 하쓰는 고개를 끄덕였다. 확실히 조심해서 나쁠 건 없었다. 하쓰의 시선이 뒤쪽 난쟁이에게로 향했다. 그는 이 저택에서 뭔가 조사할 게 있다고 했다.

"꼭 저택을 사야 하오? 지금 들어가서 조사할 수는 없소? 제법 오랫동안 협상을 벌여야 할 것 같은데…….."

난쟁이는 묵묵히 걸음을 옮겼다. 마치 대답할 생각이 없는 것 같았다. 하쓰의 이마에 힘줄이 돋아났다. 마음 같아서는 단숨에 짓밟고 싶었다. 하지만 그럴 수 없었다. 이 난쟁이는 주인님이 보낸 자니까.

그렇게 거의 저택에 도착할 때가 되어서야 난쟁이의 입이 열렸다.

"아무래도 안 되겠습니다. 저택을 다 뒤집어엎을 정도로 샅샅이 조사해야 할 것 같습니다. 안에 있는 건 분명한데 위치가 너무 모호해서……."

하쓰는 놀란 눈으로 난쟁이를 바라봤다. 이제 보니 자신을 무시해서 대답하지 않은 게 아니라, 뭔가 특별한 능력을 통해 저택을 살펴보고 있었던 모양이다.

"알겠소."

하쓰는 한결 누그러진 말투로 그렇게 말하고는 걸음을 서둘렀다. 이내 저택에 도착한 일행은 몇 가지 확인을 거친 후 안으로 들어갔다.

"정말 대단하군."

하쓰는 들어가자마자 그렇게 중얼거렸다. 밖에서 보는 것과 안에서 보는 건 전혀 달랐다. 아마 어디를 가더라도 이 정도 저택을 보는 건 쉽지 않을 것이다.

"안에 들어왔는데도 똑같소?"

하쓰가 혹시나 하는 마음에 물었다. 이런 저택을 사려면 정말 엄청난 돈이 들어갈 것이다. 현재 리겔 상단의 재정 상태를 생각하면 제법 타격이 클 정도였다.

그러니 지금 해결할 수만 있다면 굳이 저택을 사지 않고 협상만 하다가 흐지부지 끝내고 싶은 게 솔직한 심정이었다.

하쓰가 기대감 어린 눈으로 난쟁이를 바라봤지만 난쟁이는 조용히 고개를 저었다. 사실 그는 지금 크게 당황한 상태였다. 안에 들어오니 오히려 더 모호했다. 마치 그를 방해하는 무언가가 저택 안에 꽉 차 있는 것 같았다.

그들은 저택 안으로 더 들어갔다. 그러자 시종 몇 명이 그들을 맞이하러 나왔다. 그들은 가장 중심에 위치한 건물로 안내되었다.

응접실에 들어간 하쓰는 또 한 번 감탄했다. 엄청나게 신경을 쓴 티가 팍팍 났다. 아마 여기에 쏟아 부은 돈만 해도 웬만한 저택 한 채 값은 들어갔을 것이다.

"정말 대단하군. 브리케 백작의 서자가 대체 무슨 수로 이런 저택을 산 거지? 뒤에 누가 있기에……."

하쓰는 여전히 카이엔의 뒤에 누군가가 있다고 믿었다. 또한 이 저택의 진짜 주인이 따로 있다고 확신했다. 그게 아니라면 말이 안 된다. 브리케 백작의 서자 주제에 이런 막대한 돈을 어떻게 벌 수 있겠는가.

"에델슈타인 자작가에서 지원해 주지 않았겠습니까?"

실무자로 하쓰를 따라온 사내가 말했다. 그는 상단의 인재답게 각종 소문과 정보에 빠삭했다.

"에델슈타인 자작가에서? 왜? 그럴 만한 가치가 있을까?"

"에델슈타인 자작의 외동딸이 그자를 좋아하잖습니까."

"고작 딸이 마음에 둔 사람이라는 이유 하나만으로 이런 대저택을 준다고?"

"에델슈타인 자작이 딸을 얼마나 아끼는지 아시잖습니까."

"아무리 그래도 그렇지."

하쓰는 부정하면서도 가능성이 아예 없지는 않다고 생각했다. 에델슈타인 자작의 글란츠 상단은 이제 대륙에서조차 손꼽히는 상단으로 발돋움하고 있었다. 이 정도 저택쯤이야 얼마든지 사 줄 수 있을 정도로 재력이 어마어마했다.

"난 오히려 그런 것보다 영광의 기사라는 칭호가 더 마음에 걸리는군."

"그것도 에델슈타인 자작가와 관계가 있지 않겠습니까?"

"돈으로 칭호를 샀다고?"

사내는 대답하지 않았다. 하지만 그게 아니면 이유가 없지 않겠느냐는 듯 눈을 반짝이고 있었다.

"가이아 교단이 돈으로 칭호를 내릴 정도로 허술한가?"

"기부금의 액수에 따라 달라지지 않겠습니까? 아무리 신을 모신다고 하지만 그래도 사람 사는 곳입니다. 돈이야 많으면 많을수록 좋지 않겠습니까?"

"그야 그렇지만……."

돈의 힘을 그 누구보다 확실히 믿는 사람이 바로 하쓰였다. 그렇기에 리겔 상단 같은 큰 상단을 운영할 수 있는 것이고 말이다.

"그리고 또 묘한 소문이 하나 돌고 있습니다."

"묘한 소문?"

"이 저택의 주인, 그러니까 카이엔이라는 자가 보석 광산을 찾아냈다는 소문입니다."

"보석 광산?"

하쓰의 눈이 화등잔만 해졌다. 만일 그게 사실이라면 모든 걸 이해할 수 있었다.

에델슈타인 자작가가 카이엔에게 신경을 써 주는 것도, 또 에델슈타인 자작의 딸이 카이엔을 좋아하는 이유도, 그리고 가이아 교단이 카이엔에게 칭호를 내려준 것도 모두 이해할 수 있었다.

하쓰는 문득 이 저택의 주인이 정말로 카이엔일 수도 있겠다는 생각이 들었다. 보석 광산을 소유하고 있다면 충분히 가능한 일 아닌가. 물론 어떤 보석을 품은 광산인지가 중요하겠지만 말이다.

"어떤 보석이 매장되어 있다고 하던가?"

"다이아몬드입니다."

"다이아몬드?"

하쓰의 눈이 더더욱 커다래졌다. 다이아몬드 광산이라니!

"최근 시중에 핑크 다이아몬드가 풀린 적이 있습니다."

"핑크 다이아몬드?"

핑크 다이아몬드는 다이아몬드 중에서도 지극히 높은 가치를 지닌 보석이었다. 만일 정말로 다이아몬드 광산을 가지고 있고, 거기에서 핑크 다이아몬드가 나온다면 카이엔의 부는 상상을 초월할 수도 있었다.

"출처가 여긴가?"

"글란츠 상단입니다. 아니, 에델슈타인 자작가입니다."

"고작 한두 개 풀린 걸 가지고 이러는 건 아니겠지?"

"최소 열 개 이상입니다. 어쩌면 스무 개가 넘을 수도 있습니다. 이것이 최근 입수한 다이아몬드입니다."

사내가 품에서 다이아몬드 하나를 꺼내 내밀었다. 어린아이 주먹만 한 다이아몬드였다.

"고객의 주문을 받아 구입했습니다. 살펴보시지요."

하쓰는 놀란 눈으로 다이아몬드를 살폈다. 이렇게 큰 다이아몬드는 처음이었다. 게다가 핑크 다이아몬드라니.

"이런 것이 열 개가 넘게 풀렸다고 했나?"

"예. 한꺼번에 풀지 않고 시간차를 뒀지만…… 뻔하지 않겠습니까? 가격이 떨어지지 않게 조절한 거겠지요."

하쓰가 고개를 끄덕였다. 솔직히 이 정도 크기와 품질의 다이아몬드라면 고작 스무 개쯤 풀린다고 해서 가격이 떨어질 것 같지도 않았다. 하지만 장사하는 사람은 만에 하나라는 가능성도 염두에 두어야 한다.

'나라도 그렇게 했겠지.'

하쓰는 머릿속에 저장한 카이엔에 대한 평가를 몽땅 지워 버렸다. 브리케 백작의 서자라는 선입견은 버려야 한다. 만일 지금 들은 소문과 정보가 진실에 가깝다면 태도부터 바꿔야만 했다.

그렇게 하쓰가 머릿속을 정리하고 있을 때, 카이엔이 응접실로 들어왔다.

카이엔의 뒤로 티에라와 에르미스, 딜룬과 렉스도 함께 들어왔다. 모두의 시선이 일제히 그들에게 집중되었다.

하쓰는 자리에서 벌떡 일어나 카이엔에게 정중히 인사했다. 카이엔도 대충 인사를 받아주고는 자리에 앉았다.

커다란 테이블에 호위를 제외한 모든 사람이 자리를 잡고 앉았다.

카이엔은 반대편에 앉은 사람들을 슥 둘러보며 의미심장한 표정을 지었다.

『알겠어?』

『우흐흐흐. 제가 누구라고 생각하시는 겁니까? 저 딜룬입니다. 딜룬. 아주 은밀한 흑마력을 품은 놈이 셋에…… 어라? 저놈은 더 특별한데요? 우흐흐흐.』

딜룬은 카이엔에게 그렇게 말하며 난쟁이를 쳐다봤다. 딜룬의 시선이 그쪽으로 향하자 왠지 모르게 불편해진 하쓰가 먼저 말을 꺼냈다.

"저분은 우리 상단의 대소사를 도와주시는 분입니다. 볼품은 없지만…… 상당한 능력을 가지신 분이지요."

하쓰의 말에 카이엔이 고개를 끄덕였다.

"상당하다는 말로는 모자랄 정도로군요."

카이엔의 말에 하쓰가 흠칫 놀랐다. 하지만 순식간에 표정을 정리하고는 부드럽게 미소 지었다.

"저분께 그런 좋은 평가를 한 분은 카이엔 님이 처음이시군요, 아무튼 그렇게 말씀해 주시니 저도 기분이 좋습니다. 하하하하."

"자, 서로 시간이 없으니 용건부터 말씀하시죠."

하쓰는 카이엔의 말에 잠시 뜸을 들였다. 일단 흔들린 마음을 가라앉히는 게 먼저였다.

"이 저택을 사고 싶습니다."

"리겔 상단에서 저택 장사까지 하는 줄은 몰랐군요."

하쓰가 쓴웃음을 지었다.

"장사를 하려는 게 아닙니다. 이 저택을 원하시는 분이 있어서 그렇습니다. 전 그저 중개인에 불과합니다."

"호오. 리겔 상단의 주인께서 고작 중개인이라니, 대체 그분이 누구인지 궁금하군요."

카이엔의 눈에 떠오른 짙은 호기심에 하쓰는 차분히 말했다. 어차피 이런 반응을 보일 거라고 충분히 예상했다.

"그분의 정체를 함부로 밝힐 수 없는 점, 죄송하게 생각합니다."

"뭐, 그러시겠지요. 이해합니다."

하쓰가 슬쩍 웃으며 고개를 숙였다. 이해해 줘서 고맙다는 뜻이었다. 하지만 이어지는 카이엔의 말에 하쓰의 표정이 그대로 굳어 버렸다.

"그러면 제 입장도 이해해 주겠지요? 저도 정체를 모르는 사람에게 이 저택을 팔고 싶은 생각은 없습니다."

"제가 보증인이 되어도 말입니까?"

"제법 아끼는 저택이라서 아무에게나 팔고 싶지 않군요."

하쓰는 난감했지만 최대한 표정 관리를 했다. 약하게 보이는 순간 모든 게 끝이다.

"일단 시간을 두고 고민해 보시는 건 어떻습니까? 내일이나 모레 다시 찾아뵙겠습니다."

카이엔이 흔쾌히 고개를 끄덕이자 하쓰의 표정이 조금 밝아졌다. 조금이라도 가능성이 보인다고 판단한 것이다.

하쓰 일행이 자리에서 일어났다. 하쓰는 끝까지 예의와 공손함을 잃지 않았다.

그들이 모두 돌아가자 카이엔이 딜룬을 쳐다봤다.

"해야 할 일은 알고 있지?"

"우흐흐흐. 물론입니다. 오랜만에 재미 좀 보겠군요. 우흐흐흐."

딜룬은 그 말을 남기고 마치 그림자 속으로 스며드는 것처럼 아래로 푹 꺼지더니 그대로 사라져 버렸다.

"무슨 일인가요?"

에르미스가 카이엔을 바라보며 물었다. 카이엔과 딜룬이 벌이는 일이 평범할 리 없었다. 그게 뭔지 정말로 궁금했다.

"별거 아니야. 좀 전에 나간 자들의 뒤를 좀 캐 보려고."

"저들의 뒤를요? 뭔가 있군요?"

카이엔은 에르미스와 티에라를 번갈아 쳐다봤다.

"둘 다 아무것도 못 느꼈나?"

"글쎄요. 좀 애매한 느낌이 들긴 했지만……."

"좀 꺼림칙한 사람이 세 명 있었어요."

두 여인의 대답에 카이엔이 고개를 끄덕였다.

"속에 어둠을 감추고 있으니 꺼림칙한 거지."

"어둠이라고요? 설마 그들…… 흑마력을 가진 건가요?"

"흑마력까지는 아니고 그 비슷한 걸 가지고 있더군. 만일 흑마력이었다면 너희의 눈을 피하지 못했겠지."

두 여인이 동시에 고개를 끄덕였다. 카이엔의 말대로였다. 만일 흑마력 사용자라면 두 여인의 눈을 결코 피하지 못했을 것이다.

"그럼 그들을 쫓아가신 건가요?"

카이엔이 고개를 저었다.

"그럴 리가. 그런 잔챙이는 아무리 뒤를 캐 봐야 얻을 것도 없어."

"그럼……?"

두 여인이 의아한 표정으로 카이엔을 바라봤다. 그 셋 외에는 딱히 이상한 사람을 발견하지 못했다.

"그 난쟁이 기억나?"

"물론이죠. 설마 그 사람인가요? 하지만 특별히 이상한 점을 못 느끼겠던데……."

"그 난쟁이, 인간이 아니다."

"예?"

다들 경악한 눈으로 카이엔을 바라봤다. 그가 인간이 아니라니! 정말 믿기 어려운 말이었다. 만일 카이엔이 한 말이 아니었다면 아무도 믿지 않았을 것이다.

"이, 인간이 아니라고요? 그럼 뭔가요?"

"마족이다."

다들 가슴에 돌덩이 하나가 쿵 떨어지는 느낌이었다. 마족이라니!

"대, 대체 마족이 왜……."

마족이 이 저택에 무슨 볼일이 있어서 왔단 말인가. 아니, 리겔 상단은 대체 어쩌자고 마족과 손을 잡았단 말인가.

"리겔 상단에서 그 난쟁이가 마족인 걸 알고 있을까요?"

"글쎄. 아마 그렇지 않을까? 그러니 이 저택을 사려는 거겠지."

모두의 뇌리에 물음표가 연달아 찍혔다. 대체 이 저택이 뭐기에 마족까지 나서서 얻으려 한단 말인가.

그 물음에 속 시원히 대답해 줄 수 있는 사람은 이곳에 단 한 명뿐이었다. 모두의 시선이 카이엔에게로 향했다.

카이엔은 씨익 웃으며 모두를 슥 둘러봤다. 그러고는 천천히 입을 열었다.

"이 저택 지하에 마경이 열렸다."

다들 눈을 크게 떴다. 마경이 열리다니! 카이엔은 그렇게 놀라는 일행을 보며 장난스러운 미소를 지었다. 그리고 한 마디를 덧붙였다.

"그것도 두 개나."

좌중에 싸늘한 침묵이 맴돌았다.

＊　　　＊　　　＊

딜룬은 하쓰 일행을 뒤쫓아 갔다. 그리고 그중 난쟁이의 그림자에 숨었다. 난쟁이가 마족이라는 건 보자마자 알 수 있었다. 한데 이놈은 마족 중에서도 좀 특별한 놈이었다.

마족의 종류는 헤아릴 수 없을 정도로 많다. 대부분 싸움을 즐기고 강력하지만, 가끔 전투력이 거의 제로에 가까운 마족이 나온다.

지금 이 난쟁이가 바로 그런 경우였다.

전투력이 없으면 그 반대급부로 뛰어난 능력을 가지기 마련이다. 전투력도 없이 피와 광기가 난무하는 마계에서 살아남으려면 특별한 능력이 반드시 필요하기 때문이다.

'일단 기운을 감추는 능력은 아주 끝내주는군.'

이 난쟁이는 자신이 가진 흑마력을 거의 완벽하게 감추는 능력을 가졌다. 이것은 마계에서는 정말 쓸모없는 능력이지만 동시에 생존에는 꽤 유용한 능력이었다.

마계는 흑마력으로 꽉 차 있다. 또한 마족들은 흑마력에 상당히 민감했다. 그러니 흑마력을 감추는 능력은 오히려 자신의 존재를 돋보이게 한다. 마계에서는 말이다.

한데 강력한 마족들은 흑마력을 감추는 능력을 가진 부하를 원한다. 언제 인간계에 나가게 될지 모르기 때문이다. 이런 능력은 마계보다 인간계에서 엄청난 효용을 자랑한다. 인간들 사이에서 정체를 들키지 않고 활동할 수가 있으니까.

'생긴 것도 이 정도면 그럭저럭 합격이고.'

마족은 대부분 기괴하게 생겼다. 인간과 비슷한 생김새를 가진 마족 찾기가 하늘의 별 따기였다. 그래서 바리둔이 특별하다.

한데 이 난쟁이는 인간 입장에서는 볼품없지만, 마족이 보기에는 그래도 인간형 마족이었다.

인간형 마족인 데다가 흑마력을 감추는 능력까지 갖고 있으니 얼마나 유용하겠는가. 그렇게 강력한 마족의 눈에 들고 나면 보호를 받을 수 있다.

그러니 생존에는 제법 유용한 능력일 수밖에.

사실 딜룬이나 카이엔이 이 난쟁이가 마족이라는 사실을 알아차린 것도 마족 특유의 느낌을 가지고 있어서였다. 인간에게는 들키지 않겠지만 고위마족의 눈을 피할 수는 없다.

그것이 이 능력의 한계였다. 하지만 인간계에서 고위마족을 만날 일이 거의 없으니 크게 고려할 필요 없는 한계이기도 했다.

물론 지금은 굉장히 재수 없는 경우지만 말이다.

어쨌든 딜룬이 보기에 이 난쟁이 마족의 능력은 그것뿐이 아니었다. 특이하게도 여러 가지 능력을 복합적으로 가진 놈이었다.

'나머지 능력이 뭔지는 차차 확인해 봐야겠군.'

능력이 많은 놈을 상대하는 건 까다롭다. 특히 정면으로 싸우는 게 아니라 쫓아가 잡아야 하는 경우 더 그렇다.

딜룬처럼 그림자에 숨는 능력만 있어도 맘먹고 숨으면 찾아내기 어려운데 그보다 더 은밀한 능력을 가졌다면 정말 골치 아프다.

그러니 잘 관찰해야 한다. 하나하나 놓치지 않고.

딜룬이 그렇게 난쟁이의 그림자에 숨어서 세심하게 관찰하는 동안 하쓰 일행은 어느새 리겔 상단 본점에 도착했다.

"어떻게 될 것 같습니까?"

먼저 물은 것은 난쟁이였다. 시간이 얼마 남지 않았기에 점점 조급해졌다. 그 마음이 표정에 고스란히 드러날 정도로 동요하고 있었다.

"원래 이런 일은 급하게 서두르면 안 되는 법이오. 아직 여지가 있으니 차근차근 공략해야 일을 성사시킬 수 있소."

하쓰가 좋은 말로 설명했지만 난쟁이는 고개를 저었다.

"시간이 없습니다. 돈이 모자라서 그런다면 제가 어떻게든 모아보겠습니다."

하쓰가 난감한 표정을 지었다.

"돈 문제가 아니오. 아까 그 자리에 함께 있었으니 알겠지만 지금 저택 주인은 저택을 팔 생각이 거의 없소. 아래에서부터 차근차근 무너뜨리지 않으면 가능성을 높일 수가 없소."

"아예 다른 방법은 없겠습니까?"

"다른 방법?"

"좀 더 과격한 방법 말입니다."

"쓰고자 마음먹으면 못 쓸 것은 없지만…… 지금 내 힘으로는 불가능하오."

"제가 도와 드리겠습니다."

"당신이 말이오?"

하쓰가 난쟁이를 보며 눈을 빛냈다. 그 표정은 마치 네가 가진 패를 어서 꺼내라고 말하는 듯했다.

"제겐 아주 특별한 능력이 있습니다."

난쟁이는 그렇게 말하며 하쓰와 함께 있는 호위와 실무자를 슬쩍 쳐다봤다. 그들 앞에서는 얘기하기 곤란한 내용이라는 뜻이었다.

하쓰는 고개를 끄덕이고 그들을 물렸다. 호위는 계속 남고자 했지만 하쓰의 의지가 워낙 확고해서 어쩔 수 없이 물러났다.

"자, 이제 얘기해 보시오. 대체 무슨 능력인데 이렇게 조심하는 건지."

하쓰의 말에도 난쟁이는 입을 열지 않고 뭔가에 집중하고 있었다. 하쓰의 표정이 변할 때가 되어서야 난쟁이의 시선이 하쓰에게로 향했다.

"근처에 혹시라도 숨은 사람이 있나 확인했습니다."

"숨은 사람?"

"천장에 누군가 숨어 있군요."

하쓰가 굳은 표정으로 천장을 바라봤다. 그러자 난쟁이가 천장을 향해 손을 뻗었다.

텅! 텅! 텅!

천장에 구멍 세 개가 뚫렸다. 그리고 뚫린 구멍에서 피가 폭포수처럼 콸콸 쏟아졌다.

"세 명이나?"

하쓰가 창백한 얼굴로 천장과 난쟁이를 번갈아 바라봤다. 하지만 난쟁이는 아무렇지도 않은 듯 담담한 얼굴로 하쓰를 보며 말했다.

"이제 아무도 없습니다."

하쓰는 질린 눈으로 난쟁이를 바라봤다. 역시 그분이 보낸 사람다웠다. 이렇게 잔인한 일을 하고도 눈 하나 깜짝 안 하는 모습을 보면 말이다.

"전 다른 사람에게 강력한 힘을 부여할 수 있습니다."

"강력한 힘?"

"만일 힘의 기반이 흑마력이라면 훨씬 더 큰 효과를 볼 수 있습니다."

그 말에 하쓰의 눈이 변했다.

"흑마력을 증폭할 수 있단 말이오?"

난쟁이가 고개를 저었다.

"흑마력을 증폭하는 게 아닙니다. 그저 강하게 만들어 줄 뿐입니다. 흑마력을 늘리는 것 또한 아닙니다."

"그게 그 말 아니오?"

"다릅니다. 제 능력을 쓰면 결국 흑마력이 사라집니다. 보통 사람에게 쓰면 생명력이 사라집니다."

"그럼……."

"죽습니다."

하쓰가 입을 쩍 벌렸다.

"하지만 생명력이 남아 있는 동안은 엄청난 힘을 쓸 수 있습니다. 어린아이라도 기사 몇 명을 단숨에 죽일 수 있을 정도로 강해집니다."

하쓰가 입을 다물었다. 만일 그렇다면 정말로 엄청난 능력 아닌가!

"일단 용병을 구해 봐야겠군. 아니, 빈민가에 사람을 보내야겠어."

"좋으실 대로."

난쟁이는 자리에서 일어나 정중히 인사를 하고 밖으로 나갔다. 밖으로 나간 난쟁이의 귀에 광기에 찬 하쓰의 웃음소리가 들려왔다.

"으하하하하하! 싹 쓸어버리겠어! 으하하하!"

난쟁이는 무심한 표정으로 몸을 돌려 복도를 걸어갔다.

"힘은 사람을 취하게 하지."

난쟁이가 사라진 뒤로도 하쓰는 한동안 광기에 젖어 있었다. 그의 뇌리로 글란츠 상단과 에델슈타인 자작가가 몰락하는 모습이 그려졌다.

그렇게 만들 것이다. 빈민가의 비렁뱅이들을 모아서 말이다.

난쟁이는 곧장 주인이 있는 동굴로 향했다. 마치 누군가 쫓아오기라도 하듯 서둘렀다.

이내 동굴에 도착한 난쟁이는 안으로 성큼성큼 들어갔다. 동굴 끝에 그의 주인인 로브 사내가 가만히 눈을 감고 앉아 있었다. 로브 사내의 주위로 천천히 회전하는 검은 기운이 보였다.

난쟁이는 로브 사내 앞으로 다가가 공손히 무릎을 꿇었다.

"다녀왔습니다, 주인님."

로브 사내가 그제야 눈을 떴다.

"생각보다 빨리 왔구나. 저택은 어떻게 되었느냐?"

"곧 얻을 수 있을 것입니다."

로브 사내가 고개를 끄덕였다.

"그래. 네가 나섰으니 알아서 잘했으리라 믿는다."

그렇게 말한 로브 사내의 눈빛이 한순간 무시무시하게 타올랐다.

"한데 네가 데려온 놈은 대체 뭐냐?"

난쟁이가 고개를 들어 로브 사내를 바라봤다. 난쟁이의 표정은 조금도 변화가 없이 평온했다. 마치 이 모든 일을 다 알고 있다는 듯이.

"그림자 마족인 모양입니다. 제 능력을 정확히 파악하지 못해 들어온 것 같습니다."

로브 사내의 눈에 이채가 맴돌았다.

"호오, 그림자 마족이라니. 정체가 궁금하구나."

"사실 저도 궁금합니다. 그가 제 그림자 속에 들어오기 전까지는 마족이라 생각도 못 했습니다."

"마족을 못 알아봤다고? 네가?"

"예, 제가 보기에는 그냥 인간이었습니다."

"신기한 일이로구나."

로브 사내는 잠시 생각에 잠겼다가 물었다.

"네 그림자에 얼마나 더 가둘 수 있느냐?"

"제가 죽기 전까지입니다."

로브 사내가 고개를 끄덕였다.

"그 정도면 되었다. 보아하니 오랫동안 인간계를 떠돌던 마족 같은데 이번 기회에 거느려야겠구나. 네 그림자에 지배의 고리를 씌워야겠다."

"좋으실 대로."

두 사람의 대화를 고스란히 들은 딜룬은 크게 당황했다. 설마 자신이 그림자에 들어왔다는 사실을 알고 있을 줄 몰랐다.

딜룬은 일단 그림자에서 빠져나가려 했다. 하지만 그럴 수 없었다. 마치 그림자가 아닌 다른 곳에 들어온 느낌이었다.

『주인님! 주인님!』

딜룬은 심령을 통해 카이엔을 애타게 불렀다. 하지만 카이엔의 대답을 들을 수 없었다.

『제길! 개똥도 약에 쓰려니까 없네! 하필 이럴 때 먹통이야!』

『그 개똥이 날 말하는 건 아니겠지?』

『허억! 주인님! 듣고 계셨습니까! 우헤헤헤헷! 제가 어찌 감히 주인님께 그런 경망스러운 말을 하겠습니까. 우헤헤헷!』

『아무튼 연결 자체가 힘든 상황이니 용건만 말해. 대체 무슨 일이지? 연결 상태가 왜 이래?』

『우흐흐흐. 주인님, 그 난쟁이가 절 그림자 속에 가뒀습니다. 와서 저 좀 꺼내주십쇼. 우흐흐흐.』

『……잘하는 짓이다. 너 그림자 마족 맞아?』

『우흐흐흐. 그림자 마족이랑 이거랑 무슨 상관입니까? 중요한 건 주인님의 충실한 종이 이렇게 오도 가도 못하는 신세가 되었다는 점이지요. 우흐흐흐.』

『그래서 거기가 어딘데?』

『우흐흐흐? 그걸 제가 어떻게 압니까?』

잠시 뜸을 들이던 카이엔이 말했다.

『그동안 즐거웠다.』

『헉! 주인님! 주인님! 여기서 이러시면 안 됩니다!』

『그래서 어디야?』

『그러니까…… 무슨 동굴 속인 거 같은데…… 수도에서 그리 멀지 않은 곳입니다. 그런데 정말 제가 어딘지 모르십니까? 그래도 종속의 고리로 연결된 사이인데…….』

『알지. 정신 바짝 차리고 있는지 확인해 본 거야. 한데 역시 정신 넋 빠져 있군.』

『주인님! 어떻게 이 불쌍한 종을 그렇게 놀리실 수가 있습니까! 그림자 속에 갇혀 있는 게 얼마나 무서운지 아십니까?』

『입만 열면 거짓말이네. 그림자 마족한테 그림자가 얼마나 편한 곳인지 내가 모를 거 같아?』

『에헤헤헤. 역시 주인님이십니다. 그럼 전 언제쯤…….』

『지금.』

꽈과과과광!

동굴 입구에서 거대한 폭음이 울렸다.

난쟁이와 로브 사내가 당황한 표정으로 입구 쪽을 바라봤다. 그곳에서 카이엔이 저벅저벅 걸어 들어왔다. 그리고 카이엔 뒤로 렉스와 티에라, 에르미스도 보였다.

"이거 당황스럽군. 대단해 보이는 사제님들까지 여기에 오실 줄이야."

어느새 마음을 가라앉힌 로브 사내가 카이엔을 노려보며 말했다. 여기까지 찾아올 줄은 몰랐지만, 또 제법 대단해 보이긴 하지만 그래 봤자였다.

"내 공간에 온 걸 환영하네."

로브 사내가 양팔을 번쩍 들며 말했다. 그의 몸 주변을 맴돌던 검은 기운이 사방으로 날아가 동굴 벽과 천장을 온통 뒤덮었다.

카이엔은 그걸 슥 둘러보며 고개를 끄덕였다.

"마력공간인가? 제법 쓸 만하긴 하지."

로브 사내는 흠칫 놀랐다. 설마 마력공간을 알고 있을 줄은 몰랐다.

"됐고, 일단 내 종부터 돌려받았으면 좋겠는데?"

그렇게 말한 카이엔은 어느새 난쟁이 옆에 서 있었다. 카이엔은 난쟁이의 목을 콱 움켜쥐고 들어 올렸다.

『우헤헤헤헷! 역시 주인님이십니다! 그놈을 죽이면 이 공간에서 나갈 수 있다고 하니 얼른 죽여 버리십시오! 우헤헤헤헷!』

딜룬의 말에 카이엔이 피식 웃었다.

『너 정말 마족 맞아? 왜 이래? 인간처럼.』

『우흐흐? 그게 무슨 드래곤 심장 뽑아 닭 만드는 소립니까? 제가 왜 인간입니까? 그 어떤 마족보다 더 마족다운 마족이 바로 이 딜룬인데!』

『그러는 놈이 마족한테 속아?』

딜룬의 입이 쩍 벌어졌다. 속다니, 그럼 저놈이 자기 죽기 전까지라고 말한 것이 의도적이었단 말인가?

『그, 그럼 그놈 죽이면 어떻게 됩니까?』

『어떻게 되긴. 미아가 되는 거지.』

『미, 미아?』

『이놈이 널 그림자 속에 어떻게 가뒀을 것 같아? 그리고 이놈이 왜 내 저택을 사려고 했을 것 같아?」

딜룬은 머릿속이 뱅글뱅글 돌았다. 하지만 아무리 생각해도 알 수가 없었다. 결국 딜룬이 두 손으로 머리를 쥐어뜯으며 절규했다.

『으어어어! 모르겠습니다! 모르겠어요! 으어어!』

『바보가 되어 가는군. 이놈은 마경을 찾고 있는 거다. 그럼 어떻게 마경을 찾을 수 있을까?』

『그, 글쎄요? 가, 감?』

『이놈의 능력이 차원간섭인 거지.』

『차, 차원간섭?』

『차원에 관해 특별한 능력을 가진 거지. 마경도 차원과 차원을 잇는 통로잖아? 이놈만 감지할 수 있는 뭔가가 있는 거야.』

딜룬은 할 말이 없었다. 대체 그런 걸 자기가 어떻게 안단 말인가.

『그럼 널 그림자에 어떻게 가뒀을까?』

그제야 딜룬의 머릿속에 불이 번쩍 들어왔다.

『차원을 비틀어서?』

『그렇지. 그럼 이놈을 죽이면 어떻게 될까?』

『엉뚱한 차원으로 튕겨져 나가겠죠. 으드득! 이놈이 감히 날 속여?』

『자, 그럼 이제 어떻게 해야 할까?』

『주인님! 살려주세요!』

카이엔이 피식 웃었다. 역시 딜룬이었다. 이런 즐거운 종을 어떻게 내버려 둘 수 있겠는가.

"슬슬 풀어 주는 게 어때?"

카이엔의 말에 난쟁이가 섬뜩하게 웃었다.

"내가 왜? 난 어차피 오래 못 살아. 여기서 목숨을 끊는 것도 나쁘지 않겠군."

그렇게 말한 난쟁이가 로브 사내 쪽으로 눈동자를 돌렸다.

"주인님, 예상보다 일찍 가게 되어 죄송합니다. 부디 대업을 이루시길."

난쟁이는 그렇게 말하고는 심장에 잠든 힘을 격발시켰다. 난쟁이가 가진 또 다른 능력, 자폭이었다.

심장을 격발시킨 난쟁이가 카이엔을 똑바로 노려봤다.

"같이 가자. 너희를 데려갈 수 있다니 나도 아주 즐겁구나. <u>흐흐흐흐흐</u>."

카이엔은 피식 웃으며 손에 힘을 주었다. 난쟁이가 무슨 짓을 하는지 너무나 뻔해서 가만히 당해 줄 수가 없었다.

"뭔가 좀 이상하지 않아?"

"뭐가 말이냐?"

"너에 대해서 내가 제법 잘 아는데 네가 자폭할 수 있게 가만히 내버려 뒀다는 게 말이야."

그 말을 들은 난쟁이의 등줄기에 식은땀이 주르륵 흘렀다. 갑자기 소름이 돋았다. 난쟁이의 눈이 커다래졌다.

"설마!"

카이엔이 씨익 웃으며 말했다.

"자폭하려면 좀 더 서둘렀어야지."

카이엔의 손이 새까맣게 물들었다. 그와 동시에 난쟁이의 몸에 검은 핏줄이 거미줄처럼 그려졌다. 아니, 그것은 카이엔의 손에서 뻗어 나간 검은 줄기였다. 그것이 난쟁이의 온몸을 장악한 것이다.

"장악 완료."

먼저 격발했던 심장의 힘이 가라앉았다. 그리고 난쟁이의 그림자가 꿈틀거리더니 뭔가가 스르륵 솟아났다. 딜룬이었다.

"우헤헤헤헷! 딜룬 등장!"

딜룬까지 나오자 카이엔은 로브 사내를 향해 난쟁이를 휙 던져 버렸다.

난쟁이는 허공을 날아가다가 로브 사내 앞에서 둥실 멈추더니 천천히 바닥에 내려섰다.

"주인님…… 죄송합니다. 마지막까지 도움이 못 되어드려서……."

난쟁이가 슬픈 눈으로 로브 사내를 바라보며 말했다. 로브 사내는 고개를 저었다.

"넌 지금 이 순간까지도 훌륭한 종이었다."

난쟁이가 빙긋 웃으며 눈을 감았다.

화르륵!

검은 불길이 난쟁이를 휘감더니 이내 모든 걸 검은 연기로 만들었다. 그 검은 연기는 로브 사내 주위를 맴돌다가 콧속으로 빨려 들어갔다.

"후우우우. 좋군."

로브 사내가 카이엔을 노려봤다.

카이엔은 씨익 웃으며 말했다.

"불쌍한 놈이로군. 끝까지 동료가 아니라 종으로 죽었으니. 게다가 죽으면 몸과 영혼이 몽땅 네게 흡수된다는 사실도 몰랐겠지?"

로브 사내가 섬뜩하게 웃었다.

"그걸 굳이 알려 줘야 할 필요가 있나? 괜히 불행해질 텐데."

말을 끝내자마자 로브 사내의 몸에서 폭발적인 흑마력이 쏟아져 나왔다.

콰아아아아아!

순식간에 동굴이 흑마력으로 꽉 찼다. 모든 흑마력이 로브 사내의 것이었다. 이것이 바로 마력공간이 가지는 힘이었다.

모든 힘을 자신의 것으로 만드는 능력 말이다.

로브 사내의 섬뜩한 눈이 카이엔 일행을 한 차례 훑었다. 다른 곳이라면 몰라도 여기서만큼은 자신이 최고였다.

하지만 그는 카이엔의 눈빛이 여전히 차갑게 가라앉아 있다는 사실을 발견하지 못했다. 처음 등장했을 때부터 지금까지 계속 말이다.

Chapter 3

마도황제

로브 사내는 카이엔을 향해 손을 들어 올렸다. 그의 손에 시커먼 기운이 맺혔다. 새까만 물이 뚝뚝 떨어질 것만 같았다. 그의 로브자락이 세차게 펄럭였다.

"잘 가게."

로브 사내의 손에 맺힌 기운이 그대로 쏘아져 나갔다.

콰우우우!

검은 기운이 뭉친 덩어리가 맹렬히 회전하며 날아갔다. 그것은 날아가며 납작한 접시처럼 변했는데, 가장자리가 톱니처럼 날카롭고 삐죽삐죽 튀어나와서, 만일 맞으면 그대로 두 동강이 나 버릴 것처럼 무시무시했다.

카이엔은 자신을 향해 날아오는 기운을 가만히 보고 있다가 코앞에 다가온 다음에야 천천히 손을 들어 올렸다.

분명히 손은 느리게 움직였는데, 어느새 맹렬히 회전하는 검은 기운은 카이엔의 손아귀에 들어가 있었다. 그것은 손에서 빠져나가겠다는 듯 몸부림치며 회전했다.

카가가가가각!

카이엔의 손에서 검은 불꽃이 튀었다. 그때마다 검은 기운이 조금씩 쪼그라들었다. 반면 카이엔의 손은 생채기 하나 없이 멀쩡했다.

회전이 빠른 만큼 기운이 닳아 사라지는 것도 순식간이었다. 검은 기운은 카이엔의 손에서 연기가 되어 흩어졌다.

로브 사내의 눈에 놀람이 어렸다.

"그걸 그리 간단히 막아 내다니 놀랍군."

"고작 이런 걸 놀라워하다니, 내가 더 놀랍군."

카이엔이 씨익 웃으며 말하자 로브 사내의 표정이 굳었다.

"어디까지 버틸 수 있나 보지."

카이엔이 고개를 갸웃거렸다.

"버텨? 내가 왜?"

순간 카이엔이 한 발 앞으로 걸었다.

꽈득! 쩌저적!

요란한 소리와 함께 바닥이 움푹 파이며 사방으로 거미줄 같은 금이 갔다. 그리고 카이엔은 어느새 로브 사내 앞에 서 있었다. 그의 목을 움켜쥐고서.

"네가 버텨야지."

카이엔이 그렇게 말하며 씨익 웃자, 로브 사내가 두 손으로 자신의 목을 쥔 카이엔의 손을 꽉 잡았다.

"커억! 빠, 빠르군."

로브 사내는 이 지경이 되었는데도 전혀 위축되지 않았다. 아니, 이쯤은 언제든 빠져나갈 수 있다고 자신했다. 이곳은 자신의 공간이었으니까.

"쿨럭! 아깝지만 어쩔 수 없지."

말이 끝남과 동시에 로브 사내의 몸이 폭발해 버렸다.

꽈아아아앙!

아니, 몸이 폭발한 게 아니라 그를 휘감고 있던 검은 기운이 폭발했다.

카이엔은 그 폭발을 온몸으로 버텨 냈다.

검은 기운이 사라졌다. 카이엔은 여전히 로브 사내의 목을 쥐고 있었고, 로브 사내는 믿을 수 없다는 듯 눈을 크게 뜨고서 카이엔을 바라봤다.

카이엔은 그런 로브 사내를 보며 씨익 웃었다.

"이 로브, 정말 거슬리는군. 안쪽이 안 보여."

카이엔의 눈으로도 볼 수 없다는 건 로브 자체에 어떤 특별한 힘이 담겨 있다는 뜻이었다. 그것이 마법은 아닐 것이다. 마법적인 힘이 카이엔의 시야를 막을 수는 없을 테니까.

카이엔은 남은 한 손으로 로브를 잡았다. 그리고 힘주어서 그것을 확 당겼다. 찢어 버리고자 함이었다. 한데 놀랍게도 로브는 찢어지지 않았다. 카이엔의 힘을 버텨 낸 것이다.

"보통 로브가 아닌데?"

"큭큭큭. 이걸 찢겠다고? 네놈은 이걸 찢기는커녕 내게서 이걸 벗겨 낼 수도 없을 것이다. 이건 마신의 신물이다. 주인이 원치 않는 한, 벗기지도 찢지도 못해!"

"그래?"

카이엔은 대수롭지 않게 말하고는 다시 로브자락을 쥐었다. 카이엔의 손이 새까맣게 물들었다. 그리고 그 검은 손에 새하얀 줄기가 번개처럼 문양을 그려나갔다.

우르르르르르!

카이엔의 손에서 천둥소리가 울렸다. 그 순간 카이엔이 로브를 당겼다.

찌지지지직!

"허어억! 이럴 수가!"

로브가 그대로 찢겨 나갔다. 마신의 힘이 깃든 로브가 마치 얇은 천 조각처럼 갈기갈기 찢어지고 있었다. 로브 사내는 망연한 눈으로 그 광경을 지켜봤다. 보고 있으면서도 믿을 수가 없었다.

이내 로브가 쫙 찢어져서 사내의 몸에서 떨어져 나갔다. 그렇게 로브가 벗겨진 사내의 모습을 본 일행은 한동안 입을 열지 못했다.

침묵의 시간을 깬 것은 렉스였다.

"마도황제…… 여기 있었나?"

렉스는 그렇게 말하고 나서 고개를 저었다. 이자는 마도황제가 아니었다. 교황과 마찬가지로 얼굴만 똑같은 사람에 불과했다. 마도황제 특유의 힘이 전혀 느껴지지 않았으니까.

카이엔은 로브 사내를 휙 던졌다. 로브 사내는 제대로 대응하지도 못하고 바닥에 널브러졌다.

"크으윽! 어떻게…… 어떻게 이럴 수가 있지? 대체 어떻게 마신의 힘이 깃든 로브를 찢을 수 있단 말인가!"

카이엔은 그에게 전혀 신경 쓰지 않고 돌아서서 일행을 바라봤다.

"아무래도 이놈이 끝인 거 같지는 않지?"

다들 고개를 끄덕였다.

"대체 무슨 속셈이지? 마도황제의 속을 도저히 알 수가 없군."

렉스의 말에 딜룬이 웃으며 말했다.

"우흐흐흐. 이거 혹시 분신 아닐까? 자기를 여럿으로 쪼개서 세상 곳곳에 숨겨두는 거지. 우흐흐흐."

렉스가 한심하다는 듯 딜룬을 쳐다봤다.

"그래서 뭘 얻는데?"

"우흐흐흐. 그거야 모르지."

역시 아무 생각이 없는 놈다웠다. 렉스는 고개를 절레절레 저으며 카이엔을 바라봤다. 이럴 때 도움이 될 만한 의견을 내는 사람은 카이엔뿐이었다. 아마 이번에도 제법 그럴듯한 얘기를 해 줄 것이다.

렉스뿐 아니라 다른 사람도 모두 그렇게 믿으며 카이엔을 바라봤다.

카이엔은 잠시 생각에 잠겼다가 고개를 돌려 동굴 구석에 널브러진 사내를 쳐다봤다.

사내는 꿈틀거리다가 천천히 몸을 일으켰다. 그리고 당황한 눈으로 자신의 몸 곳곳을 살폈다. 말이 나오지 않을 지경이었다. 몸에서 마력이 조금도 느껴지지 않았다.

당황한 사내가 주변을 둘러봤다. 이곳이 자신의 마력공간인지 확인한 것이다.

"맞는데…… 대체 왜 이러는 거지?"

사내는 당황한 얼굴로 자신의 몸과 주변을 장악한 마력을 번갈아 확인했다. 주변을 장악한 것은 분명히 자신의 마력인데, 몸에는 마력이 하나도 남아 있지 않으니 도저히 이해할 수 없는 상황이었다.

그런 사내를 보면서 더 이해할 수 없는 건 카이엔이었다.

"대체 이놈 뭐지? 어떻게 이 마력의 근원이 뭔지를 모를 수가 있지?"

카이엔은 그렇게 중얼거리며 사내에게 다가갔다.

사내는 그때까지도 당황한 표정으로 사라진 마력을 찾기 위해 발버둥 치고 있었다. 일단 주변 마력을 몸으로 받아들이면 어떻게든 될 것 같았다.

사내 앞에 도착한 카이엔은 몸을 굽히며 앉아 사내를 쳐다봤다. 그러자 사내가 증오 가득한 눈으로 카이엔을 노려봤다.

"넌 자신에 대해서 아는 게 있나?"

카이엔의 질문이 워낙 황당했기에 사내는 일순 할 말을 잃었다. 심지어 눈빛에 담긴 분노조차 사라질 정도였다.

"그게 무슨 개소리냐. 내가 날 모르면 누가 날 안단 말이냐!"

"네 과거를 되짚어봐. 너 흑마법을 언제부터 익혔지?"

사내가 코웃음 쳤다. 흑마법은 자신의 생활이나 다름없었다. 또한 그렇게 만들어진 흑마력은 자신의 몸 일부나 마찬가지였다.

"난 어릴 때부터……."

"그러니까 어릴 때 정확히 언제, 누구한테 배운 거냐고."

카이엔은 사내의 말을 끊고 다시 물었다. 사내는 코웃음 치며 기억을 더듬었다. 한데 점점 사내의 표정이 심각해졌다. 아무리 기억을 더듬어도 과거가 떠오르지 않았다.

카이엔이 사내의 당황한 표정을 보며 또 입을 열었다.

"그럼 조금 질문을 바꿔보지. 저 마신의 로브, 언제 어디서 어떻게 얻었는지 기억나나? 설마 어릴 때부터 갖고 있었던 건 아니겠지? 애들이 입을 크기는 아니잖아?"

"그, 그건……."

사내가 갑자기 괴로운 표정을 지으며 머리를 두 손으로 감쌌다. 기억을 더듬으니 갑자기 두통이 밀려온 것이다. 머리가 정말 깨질 것 같았다.

카이엔은 그걸 보며 자리에서 일어났다. 이놈은 과거가 없었다. 하늘에서 뚝 떨어진 거나 다름없었다. 그런 면에서 교황과는 달랐다.

'두 종류가 있는 걸까? 뭐가 다른 거지?'

이놈 역시 마도황제가 만들었을 확률이 높았다. 인위적으로 인간을 만들어 내는 일이 과연 가능할지 모르지만, 왠지 마도황제라면 그게 가능할 것 같았다.

'어쩌면……'

어쩌면 카이엔이 마계에서 싸웠던 그 마도황제도 만들어졌을 수도 있었다. 카이엔은 마도황제와의 싸움을 떠올리다가 고개를 저었다.

"그놈은 아니야."

왠지 감이 그랬다. 그놈은 마도황제가 만든 자가 아니라고. 어쩌면 관계가 있을 수도 있지만 만들어진 놈은 아닐 거라는 확신이 들었다.

'시기가 오래되기도 했고.'

만일 그때부터 마도황제에게 이런 능력이 있었다면 자신의 복제를 통해 세상을 정복했을 것이다.

"크으으윽!"

갑자기 커진 신음에 카이엔이 고개를 돌려 사내를 쳐다봤다. 사내는 숫제 바닥을 데굴데굴 구르고 있었다. 얼마나 고통이 심한지 보고 있기만 해도 얼굴이 절로 찡그려졌다.

그 순간, 사내의 몸이 흐물흐물해졌다. 다들 깜짝 놀라 사내에게 다가가려고 했지만 사내의 상태는 손을 쓸 수 없을 정도로 빠르게 진행되었다.

주르르륵.

사내는 액체가 되어 그대로 바닥에 쏟아졌다. 마치 끈적끈적한 젤리가 무너지는 것처럼 주르륵 바닥에 퍼져 버렸다.

카이엔은 녹아내린 사내의 흔적으로 다가가 그것을 유심히 살폈다. 그 안에서 어떤 마력의 흐름이 느껴졌다. 아마 그 흐름이 이 사내를 만들어 낸 마법의 일부이리라.

"복잡하군."

카이엔조차 금방 파악하기 어려울 정도로 복잡한 흐름을 담고 있었다. 한데 그조차 마법의 극히 일부에 불과하다는 점이 놀라웠다.

지금 파악한 흐름만 가지고 전체 마법을 유추해내는 건 불가능했다. 아니, 지금 보여 주는 흐름을 정확히 파악하는 것도 거의 불가능에 가까웠다.

카이엔은 그 흐름에 더 집착하지 않았다. 이건 시간 낭비다.

"대체…… 어떻게 된 거죠?"

티에라가 물었지만 카이엔은 대답하지 않고 일단 자신이 찢어발긴 로브를 주웠다. 그것을 한동안 살피던 카이엔은 고개를 끄덕이며 그것을 던져 버렸다.

화르륵!

로브가 불타올랐다. 순식간에 재가 되어 사라진 것이다. 다들 놀란 눈으로 불탄 로브와 카이엔을 번갈아 바라보자, 카이엔이 대수롭지 않게 말했다.

"원래 그렇게 만들어진 로브다."

"대체 저 사람은 뭐죠? 뭐가 어떻게 된 건지 하나도 모르겠어요."

"나도 정확히 아는 건 없다."

"우흐흐흐. 그래도 대충 유추한 거라도 있지 않습니까. 제 생각에는 아마 그게 거의 정답이 될 것 같은데…… 아닙니까? 우흐흐흐."

딜룬이 주위를 둘러보며 동의를 구하자 다들 일제히 고개를 끄덕였다.

"일단 방금 그놈은 만들어진 인간이다. 진짜 인간이 아닌 거지."

다들 그 정도는 대충 짐작하고 있었기에 놀라지 않았다. 하지만 그래도 믿기 어려운 사실임은 분명했다.

"대체 어떻게 인간을 만들 수 있는 거죠? 마도황제가 그 정도로 대단한 사람인가요?"

카이엔이 고개를 끄덕였다.

"지금 보니 정말 대단한 놈이 맞아. 방금 불탄 로브, 저놈은 마신의 로브라고 알고 있지만 실제로는 아니다."

"마신의 힘이 깃든 로브가 아니라고요?"

"그래. 그것도 아마 마도황제가 만들었을 거다."

다들 놀라 눈이 커다래졌다. 신의 힘이 깃들었다고 믿을 정도로 강력한 물건을 만들었다고 하니 정말 놀라웠다. 하지만 놀라는 건 아직 일렀다.

"그놈이 만든 인간의 형체를 유지하기 위한 보조적인 장치라고 할 수 있지."

마력의 흐름을 어느 정도 파악했기에 로브가 어떤 역할을 하는지도 대충 알 수 있었다. 물론 그걸 그대로 구현하라고 하면 고개를 젓겠지만 말이다.

모두의 표정이 심각해졌다. 대체 마도황제가 무슨 일을 꾸미는지, 또 앞으로 어떤 일이 벌어질지 몰라 마음이 답답해졌다.

"그래도 이렇게 꼬리를 잡았으니 조만간 몸통도 볼 수 있겠지."

카이엔은 그렇게 말하며 눈을 빛냈다. 주변에 펼쳐진 마력공간은 아직 그대로였다. 로브가 불에 타 버렸는데도 유지되는 걸 보면 여기에 들어간 마력의 양이 어마어마하다는 뜻이었다.

"이런 걸 버리고 가면 아깝지."

카이엔은 손바닥을 벽에 갖다 댔다.

쏴아아아아!

사방에 깔린 어둠의 기운이 순식간에 카이엔의 손바닥으로 빨려 들어갔다. 예전 죽음의 기운을 빨아들이던 검은 구슬보다 훨씬 빠르고 강력한 흡입력이었다.

검은 기운을 모두 흡수한 카이엔이 동굴 밖으로 향했다. 그런 카이엔의 뒤를 일행이 따라갔다.

티에라는 카이엔 옆에 바짝 붙으며 물었다.

"이제 어쩌실 거죠?"

"어쩌긴. 아직 남은 놈들이 있으니 정리해야지."

카이엔은 그렇게 말하며 딜룬을 쳐다봤다. 카이엔의 시선을 받은 딜룬이 어리둥절한 표정을 짓다가 이내 씨익 웃으며 손가락을 딱 튀겼다.

"아하, 그때 그놈들!"

난쟁이와 한편이 분명한 놈이 아직 남아 있었다. 바로 리겔 상단의 하쓰였다. 그를 감시하다 보면 자연스럽게 그 뒤가 드러나게 될 것이다.

"일단 그놈들부터 정리하자고. 나머지는 차근차근 생각해 보고."

카이엔은 그렇게 말하며 동굴에서 나갔다. 일행은 그 뒤를 따르며 각자 깊은 생각에 잠겼다.

다들 생각은 달랐지만 한 가지는 같았다. 머지않아 정말 큰 적을 만나게 될 거라는 점 말이다.

*   *   *

하쓰는 기다리고 또 기다렸다. 그 난쟁이만 오면 모든 게 끝난다. 하지만 벌써 이틀이 지났는데 코빼기도 안 보이니 답답하기 이를 데 없었다.

"뭐가 어떻게 된 거지? 왜 안 오는 거야?"

그렇다고 주인에게 연락할 수도 없었다. 아무리 그래도 주인은 무서웠다. 난쟁이가 어떻게 되었느냐고 묻는 건 꼭 주인을 추궁하는 것 같아서 꺼려졌다.

하지만 시간이 지날수록 그런 두려움을 짜증과 욕망이 넘어서기 시작했다.

"주인님께 연락을 해 버려?"

연락 방법은 있었다. 하지만 아직 한 번도 써 보지 않았다. 더 이상 참을 수 없었던 하쓰는 자기합리화를 시작했다.

"그래, 나를 위해서가 아냐. 주인님께서 저택을 얻고 싶어 하시잖아? 그렇지. 그 저택을 빨리 얻기 위해서라도 반드시 필요해."

벌써 빈민가를 돌며 사람을 잔뜩 구해 뒀다. 물론 그들을 이곳으로 데려온 것은 아니었다. 하지만 수도 중심부에서 조금 떨어진 곳에 커다란 건물을 마련해 그 안에 모두 넣어 뒀다.

그 수가 무려 300명이 넘었다. 어린아이라도 기사 몇 명을 순식간에 죽일 수 있다고 했으니 그 정도라면 저택 하나 무너뜨리는 건 일도 아닐 것이다. 설사 그 안에 아무리 강한 자들이 있다 하더라도 말이다.

결국 하쓰는 잠긴 서랍을 열고 수정구를 꺼냈다. 그리고 그것을 작동시켰다. 수정구를 작동시키는 열쇠는 하쓰의 피였다.

우우웅!

피를 빨아들인 수정구가 검게 물들었다. 하지만 그게 다였다. 수정구는 검게 물들었다가 다시 원래대로 돌아왔다. 마치 아무 일도 없었던 것처럼.

하쓰는 크게 당황했다.

"뭐, 뭐지?"

다시 피를 떨어뜨렸다. 수정구가 나직한 울음을 토해 내며 검게 물들었다. 하지만 이번에도 그게 전부였다. 수정구는 다시 원래대로 돌아왔다.

하쓰는 몇 번이고 반복했지만 그때마다 결과는 같았다. 결국 하쓰는 포기하며 수정구를 서랍에 다시 넣었다.

"대체…… 대체……."

하쓰는 넋 나간 사람처럼 멍하니 앉아 있다가 벌떡 일어나 밖으로 나갔다. 이제 두 눈으로 직접 확인하는 수밖에 없었다.

장소는 좀 멀지만 그래도 못 찾아갈 정도는 아니었다. 하쓰는 서둘러 마차를 타고 그의 주인이 있는 곳으로 향했다.

하지만 동굴에 도착한 하쓰는 망연자실한 표정을 지을 수밖에 없었다. 마부를 죽일 각오까지 하고 왔는데 동굴에는 아무도 없었다.

"무슨 일이 벌어지고 있는 거지? 주인님은 대체 어디로 가신 거야?"

하쓰는 한동안 안절부절못하다가 이내 이를 악물었다. 이제 남은 건 딱 하나였다.

"플레더를 찾아가야겠어."

하쓰가 몸을 돌려 동굴을 떠났다. 그리고 그런 하쓰의 그림자에 붉은 눈동자 하나가 번쩍 떠올랐다가 사라졌다.

*　　　*　　　*

하쓰는 플레더에게 연락을 해서 만날 약속을 잡았다. 플레더가 찾아오기로 했는데 기다리는 내내 초조함을 참으려 무진 애를 썼다.

얼마나 기다렸을까. 조용히 문이 열리고 플레더가 안으로 들어왔다. 플레더의 표정은 한껏 굳어 있었다.

"사실이오?"

플레더는 다짜고짜 그렇게 물었다. 하쓰는 플레더의 반응을 당연하게 받아들였다. 아마 자신이라도 마찬가지였으리라.

"사실이오. 하나도 남은 게 없었소."

"그분이 입었던 로브는 어떻게 되었소?"

그 질문을 하는 플레더의 표정에 긴장감이 어렸다. 사실 가장 중요한 것이 바로 그가 입고 있던 로브였다.

"없었소."

"정말이오? 이건 진짜 중요한 문제요. 조금의 거짓도 있어선 안 되는 일이오."

하쓰는 플레더의 반응이 좀 지나치다고 여겼다. 하지만 그로서도 거짓을 말할 이유가 없기에 별다른 말없이 고개를 끄덕여주었다.

"내가 거짓을 말해 뭐 하겠소? 그곳에 남은 거라곤 동굴 입구에 있는 무너진 흔적과 약간의 전투 흔적, 그리고 잿더미뿐이었소."

"잿더미?"

"뭔가를 태운 모양인데, 내 생각에는 당신이 말한 그 로브가 아닌가 싶소. 뭐, 그때야 별생각이 없었지만 지금 당신 말을 듣고 보니 그럴 수도 있겠다는 생각이 드오."

"말도 안 되는 소리!"

플레더의 격한 반응에 하쓰가 의아한 표정을 지었다. 대체 고작 로브 하나에 왜 저런 반응을 보인단 말인가.

하쓰의 표정을 본 플레더는 잠깐 당황하더니 이내 표정을 수습했다.

"미안하오. 신경이 날카로워져서……."

"대체 그 로브가 무엇이기에 그러는 거요?"

"그건……."

하쓰의 얼굴이 일그러졌다. 자신도 자신을 이해할 수 없었다. 대체 그 로브가 뭐라고 이렇게 그걸 찾는단 말인가. 하지만 어쩔 수 없었다. 계속 머릿속 한구석에서 그걸 찾아야 한다는 생각이 들끓어 올랐으니까.

"아무튼 그걸 꼭 찾아야만 하오. 그리고 그 로브는 인간의 힘으로 태울 수 있는 게 아니오. 신의 힘이 깃든 물건이니까."

하쓰도 그 말에는 놀라지 않을 수 없었다. 신의 힘이 깃들었다면 성물이 아닌가!

"어느 신의 힘이 깃들었는지 알 수 있소?"

플레더가 고개를 저었다. 그것까지는 알 수 없었다. 하지만 신의 힘이 깃들었다는 건 확신할 수 있었다. 게다가 그 신은 빛보다는 어둠에 가까웠다.

잠시 침묵이 감돌았다. 각자 그 로브에 대한 생각을 정리하는 중이었다.

"그건 그렇고 앞으로 어쩔 셈이오?"

하쓰의 물음에 플레더가 나직이 한숨을 내쉬었다.

"후우. 나도 그게 걱정이오. 사실…… 대업의 전체적인 틀을 아는 건 그분뿐이었소."

"전체적인 틀?"

"최종 목적은 세상을 발아래 두는 거요. 하지만 그러기 위해서는 지금 내가 가진 힘만으로는 턱없이 부족하오."

"하면 그분이 다른 힘을 가지고 계신단 뜻이오?"

플레더가 눈을 빛내며 하쓰를 바라봤다.

"그건 당신이 더 잘 알 것 아니오. 솔직히 난 당신 같은 사람이 그분 밑에 있는 줄도 몰랐으니까."

"끄응. 그건 나도 마찬가지요."

하쓰는 입맛이 썼다. 어쨌든 자신과 플레더가 한낱 장기짝에 불과하다는 사실을 어떻게 쉽게 받아들일 수 있겠는가.

"로브는 내가 찾아보겠소. 동굴을 중심으로 근처를 샅샅이 뒤져보면 뭔가 나오겠지."

하쓰가 굳은 표정으로 말하자 플레더가 고개를 끄덕였다.

"그럼 그 부분은 맡기겠소. 난 조직을 재정비하면서 기다릴 테니까."

"재정비?"

"그분의 힘이 아니면 움직일 수 없는 자들이 있소. 그들까지 몽땅 불러들여 상황을 설명하면서 모든 힘을 내가 흡수할 생각이오."

플레더의 말에 하쓰가 눈을 빛냈다. 저런 중요한 말을 자신 앞에서 했다는 건 이미 한배를 탔으니 배신하지 말라는 뜻이기도 하다.

"그럼 각자의 일을 해결하고 다시 만납시다."

플레더는 그 말을 끝으로 자리에서 일어났다. 플레더의 표정은 심각하기 그지없었다.

플레더는 최근 조직의 은밀한 부분을 더 알게 되었다. 누가 알려줘서 알게 된 게 아니라 직접 나서서 조사를 한 것이다.

하쓰를 만났을 때, 플레더는 위기감을 느꼈다. 자신이 정말 아무것도 아닐 수도 있다는 생각이 든 것이다.

지배의 고리를 통제할 수 있는 팔찌를 가졌지만, 그것만 믿고 일을 진행하기에는 너무 불안했다.

그래서 믿을 만한 눈과 귀를 사방에 퍼트렸다. 그렇게 해서 알게 된 정보가 몇 가지 있었다.

그중 가장 중요하면서 이가 갈리는 정보는 자신과 비슷한 역할을 하는 사람이 몇 명 더 있다는 사실이었다. 그들도 서로의 존재에 대해서는 전혀 모르고 있었다.

플레더는 그들과 은밀히 연락할 방법을 확보해 두었다. 나중에 여차하는 순간 써먹기 위함이었다.

한데 갑자기 그 모두의 구심점이었던 로브 사내가 사라져 버렸다. 플레더는 일단 그들에게 연락해서 한번 모여야겠다고 생각했다.

이런 일은 서두르면 서두를수록 좋았다. 플레더의 발걸음이 점점 빨라졌다.

그렇게 서두르는 플레더의 그림자에서 붉은 눈동자가 나타나 빛을 한 차례 뿌리고 사라졌다.

*   *   *

티에라는 굳은 표정으로 복도를 걸어갔다. 그녀가 향하는 곳은 카이엔의 방이었다.

카이엔의 방문 앞에 도착한 티에라는 노크하려다가 멈칫했다. 지금은 늦은 밤이었다. 그녀도 조금 전까지는 침실에서 잠을 청하고 있었다. 하니 카이엔도 아마 지금 자고 있을 것이다.

그녀가 망설이고 있을 때, 갑자기 방문이 열렸다.

"무슨 일이지?"

카이엔은 평상시와 조금도 다름없는 모습이었다. 티에라는 잠시 아쉬움과 안도감이 뒤섞인 표정으로 카이엔을 바라보다가 여기에 온 목적을 떠올리고 퍼뜩 정신을 차렸다.

"그들이 모두 죽었어요."

"그들?"

"비밀 사제단이요."

그 말을 들은 카이엔의 눈이 번득였다. 비밀 사제단은 전임 교황을 미행하고 있었다. 한데 그들이 모두 죽었다는 건 전임 교황에게 뭔가 비밀이 숨어 있다는 뜻이다.

"어떻게 된 일인지 정확히 아나?"

티에라가 고개를 저었다.

"정확히는 몰라요. 하지만 사제단장이 죽기 직전에 영상을 보내왔어요."

티에라는 그렇게 말하며 품에서 작은 수정 구슬 하나를 꺼냈다.

그것은 카이엔이 준 것이었다. 마력을 넣거나 피를 묻히면 주변 상황을 전달해 주는 아티팩트였다.

"피를 통해 작동했군."

"네."

피를 통해 작동되면 전달받는 쪽 수정구가 붉게 변한다. 마력을 넣으면 파랗게 변하고 말이다. 한데 티에라가 내민 수정구는 핏빛이었다.

카이엔은 수정구에 마력을 흘려 넣었다. 그러자 수정구에 희미한 영상이 나타나더니 그 영상이 밖으로 튀어나왔다. 마치 당시의 상황을 그대로 재연하는 듯한 광경이 펼쳐졌다.

사방이 피투성이였다. 그리고 검은 옷을 입은 비밀 사제단이 곳곳에 쓰러져 있었다. 하나같이 핏물에 잠겨 있었는데, 죽은 모습이 처참하기 그지없었다. 팔다리와 목이 뜯어진 채였는데, 그 중심에 전임 교황이 서 있었다.

전임 교황의 모습은 백여 명에 이르는 사람을 찢어 죽인 것 같지 않게 너무나 말끔했다. 몸에는 핏방울 하나 튀지 않았고, 심지어 손도 깨끗했다.

전임 교황은 우두커니 서 있다가 천천히 몸을 돌렸다. 그런 전임 교황을 향해 누군가가 다가갔다.

카이엔과 티에라는 눈을 빛내며 그 사람을 확인했다. 가벼운 옷차림을 한 사내였는데, 그의 얼굴도 전임 교황과 똑같았다. 즉, 마도황제의 분신 중 하나였다.

그는 전임 교황의 몸 여기저기를 살펴봤다. 그의 몸은 온통 피투성이였고, 손도 핏물에 절어 있었다. 비밀 사제단을 죽인 건 전임 교황이 아니라 그였다.

"흐음. 제법 쓸 만하게 자라긴 했지만 예상에 훨씬 못 미치는군, 아쉬워."

사내는 그렇게 말하며 아쉬운 표정을 지었다. 하지만 이내 아쉬운 감정을 털어 내고 환하게 웃으며 전임 교황을 향해 두 손을 벌렸다.

"아무튼 환영하네. 일곱 번째 조각이여."

팔을 벌린 사내에게 전임 교황이 몇 발자국 다가갔다. 그러자 사내가 품에서 뭔가를 꺼내 내밀었다. 그것은 놀랍게도 교황이 원래 가지고 있던 멸망의 서였다.

전임 교황은 망설임 없이 그것을 받았다. 그러자 사내가 손가락을 딱 튀겼다.

우드드득!

뼈가 부서지는 듯 소름 끼치는 소리가 울렸다. 전임 교황의 몸이 순식간에 오그라들었다. 그렇게 오그라드는 와중에도 전임 교황은 멸망의 서를 놓지 않았다.

이내 전임 교황의 온몸이 구슬처럼 압축되더니 멸망의 서에 스며들었다. 멸망의 서는 바닥에 놓인 채 요사스러운 빛을 뿜어냈다.

사내는 천천히 걸어가 멸망의 서를 집어 들었다. 그리고 만족스러운 미소를 지었다.

"이제 일곱 개…… 자아, 과연 날 막을 수 있을까?"

사내가 고개를 돌렸다. 그리고 카이엔과 티에라를 바라보며 빙긋 웃었다.

마치 지금 이 장면을 영상으로 저장하고 있다는 사실을 알고서 바라보는 듯했다. 아니, 알고 있음이 분명했다. 그게 아니라면 이렇게 정확히 카이엔과 티에라를 바라볼 수 없을 테니까.

"다음은 전쟁이야. 어디 막아 봐."

티에라의 표정이 굳었다. 저 말은 분명히 전쟁을 일으키겠다는 뜻이리라. 하지만 대체 언제 어디서 어떻게 전쟁을 일으킨다는 건지 알 수 없지 않은가.

"너희 탓이야. 멸망의 서가 불완전해졌거든. 부족한 부분을 메우기 가장 좋은 건 피지. 너희가 상상하는 것보다 훨씬 많은 피가 흐를 거야."

사내는 그렇게 말하며 환하게 웃었다. 그 웃음은 더없이 섬뜩했다.

"그러니까 막아 봐."

그 말을 마지막으로 영상이 끊어져 버렸다.

카이엔과 티에라는 한동안 말이 없었다. 특히 티에라는 충격이 큰 표정으로 조금 전까지 영상이 펼쳐지던 곳을 멍하니 바라봤다.

"꼭 선전포고 같은 느낌이네요."

티에라가 침묵을 깨고 말하자, 카이엔이 고개를 끄덕였다. 확실히 그런 느낌이었다. 한데 왜 굳이 이랬을까?

'처음부터 수정구의 존재를 알았다. 그런데 신경 쓰지 않고 일을 벌였어. 구태여 그럴 필요가 있었을까?'

미리 수정구를 제거한 뒤 일을 벌여도 그만이었다. 그랬다면 그가 무슨 일을 하려는지 전혀 알 수 없으니 무얼 하든 유리하다.

한데 굳이 알려준 의도가 뭘까? 카이엔은 그 부분을 파고들었다.

'일부러 보여줬다. 이쪽에 대해서 제법 아는 눈치였어.'

어쩌면 카이엔이 지금까지 자신이 벌인 계획과 얽혀 있다는 것도 아는지 모른다. 아니, 알 것이다. 그러니 이런 식으로 접근한 것 아니겠는가.

문제는 그놈이 노리는 게 과연 무엇이냐는 점이었다.

"정말…… 전쟁을 일으킬까요?"

"그거야 두고 보면 알겠지."

티에라의 표정이 어두워졌다. 자신들 때문에 더 많은 피가 흐르게 되는 건 아닌가 하는 생각이 순간적으로 든 것이다.

"쓸데없는 생각은 하지 마라. 어차피 우리가 나서지 않았으면 더 많은 사람이 죽었을 테니까. 그리고 전쟁이 벌어진다고 해서 꼭 많은 사람이 죽으란 법은 없다."

카이엔의 말에 티에라가 억지로 밝은 표정을 지으며 고개를 끄덕였다.

"맞아요. 분명히 그랬을 거예요."

그 점은 확신할 수 있었다. 하지만 그래도 마음이 쓰이는 건 어쩔 수 없었다. 티에라는 카이엔 옆에 서서 가만히 어깨에 머리를 기댔다.

카이엔은 티에라에게 어깨를 빌려준 채 조용히 생각에 잠겼다. 여전히 풀어야 할 것들이 많이 남아 있었다.

그렇게 얼마나 있었을까. 갑자기 카이엔의 뇌리로 딜룬의 목소리가 스며들었다.

『주인님, 찾았습니다. 그놈들. 우흐흐흐.』

『찾았다고?』

『세 놈이 모여 있습니다.』

『셋?』

『우흐흐흐. 그 로브 입은 미친놈이 사방에 뿌려 놓은 놈들 같습니다. 하나같이 몸에 어둠을 품고 있군요. 우흐흐흐.』

몸에 어둠을 품었다고 해서 다 중요한 건 아니었다. 딜룬이 이들을 중요하다고 말하는 건 이들이 리더의 위치에 있기 때문이었다.

『아직 모일 놈이 더 남은 모양인데요? 두 놈이 더 온다고 합니다. 어쩔까요? 우흐흐흐.』

『기다렸다가 싹 잡아. 할 수 있겠지?』

『우흐흐흐. 저 딜룬입니다. 딜룬! 저놈들 몽땅 그림자에 가둬서 얌전히 데려가죠. 우흐흐흐.』

딜룬은 그 말을 끝으로 연결을 끊어 버렸다. 카이엔은 피식 웃고는 여전히 어깨에 머리를 기댄 티에라를 힐끗 쳐다봤다.

머릿속이 복잡했지만 지금은 그저 쉬기로 했다. 가끔은 이렇게 몸도 마음도 쉬어야 할 필요가 있으니까.

*   *   *

바리둔은 덜덜 떨리는 무릎을 손으로 꽉 눌렀다. 이렇게 두려운 경험은 한 번도 해 본 적이 없었다. 조금 전까지만 해도 일말의 반항심이 남아 있었는데, 이젠 그조차 말끔히 사라져 버렸다.

"하명하십시오, 주인님."

그 어느 때보다 공손한 어조로 말한 바리둔은 조심스럽게 고개를 들어 앞에 앉은 카이엔의 눈치를 살폈다.

종속의 고리에 묶일 때만 해도 이렇게 무시무시한 사람인 줄은 몰랐다.

"암흑가는 얼마나 장악했지?"

"겔트 왕국의 주요 도시는 완벽하게 손아귀에 넣었습니다. 왕국 전체를 장악하지는 못했습니다만 한 달 안에 끝낼 수 있습니다."

"다른 왕국의 암흑가에 선을 댈 수 있나?"

"가능합니다."

바리둔은 그렇게 대답하며 씨익 웃었다. 마족의 음흉함과 사악함이 한껏 묻어나는 미소였다.

"어차피 싹 먹어 치울 생각이었기에 조사를 진행 중이었습니다."

음산한 어둠의 기운을 풀풀 풍기는 바리둔 앞으로 종이 한 장이 팔랑거리며 날아왔다.

바닥에 놓인 종이를 확인한 바리둔은 눈을 빛내며 카이엔을 바라봤다. 종이에는 사람 얼굴이 아주 정교하게 그려져 있었다.

"낯익은 얼굴이군요."

바리둔의 말에 그렇게 생긴 놈들을 몽땅 찾으라고 말하려던 카이엔이 입을 다물었다.

"낯익다고? 아는 얼굴인가?"

"아마…… 슈메츠 후작의 몽타주인 것 같습니다."

"슈메츠 후작?"

카이엔의 입가가 살짝 비틀렸다.

"슈메츠 후작을 칠까요?"

카이엔이 고개를 저었다.

"그쪽은 내가 알아서 하지. 넌 그 얼굴을 가진 놈을 몽땅 찾아내라."

"몽땅? 한 명이 아닌 겁니까? 설마 슈메츠 후작이 쌍둥이일 리는 없고…… 비슷하게 생긴 사람들을 찾고 계신 겁니까? 슈메츠 후작가를 노리고 계시는군요."

바리둔의 눈이 음험하게 빛났다. 그런 거야말로 자신의 전문 분야였다.

"똑같이 생긴 놈들이다."

카이엔의 말에 바리둔이 의아한 표정을 지었다.

"게다가 몇 놈인지도 모른다. 확실한 건 그렇게 생긴 놈들이 있다는 거다."

"좀 더 이해하기 쉽게 설명해 주시겠습니까?"

"그 얼굴을 가진 놈들이 도처에 널려 있다. 그걸 몽땅 찾아 정확한 위치를 내게 알려주면 된다."

"그놈들이 대체 뭡니까?"

"열쇠."

바리둔의 머릿속에 물음표가 툭툭툭 찍혔다. 대체 무슨 소리인지 하나도 알아들을 수가 없었다. 결국 바리둔은 한숨을 내쉬며 고개를 저었다.

"어쨌든 이 얼굴을 가진 놈만 찾으면 된다 이거로군요. 맡겨 주십시오. 만족하실 만한 결과를 가져오겠습니다."

바리둔은 깊이 고개를 숙였다. 그가 다시 고개를 들었을 때는 이미 아무도 없었다. 그저 마도황제의 얼굴을 그린 종이 한 장만 남아 있을 뿐이었다.

"서둘러야겠군. 일단…… 이걸 좀 많이 만들어야겠는걸?"

바리둔은 암흑가의 위조 전문가를 모았다. 이내 마도황제의 얼굴이 그려진 초상화 수백 장이 만들어졌다. 그리고 그것은 은밀히 대륙 전역으로 흘러갔다.

*   *   *

어두운 밤, 빠르게 골목을 달리는 사람이 있었다.

"우흐흐흐. 끈질긴 놈들. 니넨 이제 다 죽었다. 우흐흐흐. 크윽!"

딜룬의 몸 곳곳에서 피가 흘렀다.

진짜 무지막지한 놈들을 만났다. 설마 인간을 아득히 초월한 자가 셋이나 나타날 줄은 몰랐다.

"그래도 원래 목표로 했던 다섯 놈은 잡았으니까. 우흐흐흐."

딜룬은 잠시 숨을 돌렸다. 굳이 그림자에 숨지 않고 달빛이 미치지 않아 어두운 담벼락에 기대고 서서 호흡을 골랐다. 사실 그림자에 숨어도 소용이 없었다. 아니, 오히려 그림자에 숨으면 손해였다.

딜룬을 쫓는 자 중, 그림자의 권능을 가진 놈이 있었다. 그놈이 가진 그림자 지배력은 딜룬을 능가할 정도였다.

그래서 오히려 그림자 속에 숨으면 훨씬 들키기 쉬웠다. 차라리 이렇게 어두운 곳에 숨는 편이 나았다. 희한하게도 그림자 속은 권능을 통해 들여다보는데, 그림자 밖은 보지 못했다.

"젠장. 생각해 보니 이건 완전히 그림자 마족을 겨냥한 능력이잖아."

그림자에 숨을 수 있는 인간이 얼마나 되겠는가. 기껏해야 가이아 교단의 비밀 사제단 정도였다. 그나마 그들 중에서도 그림자에 숨을 수 있는 사람은 몇 되지 않았다.

하지만 마족은 다르다. 그림자 마족의 수는 제법 많았다.

즉, 지금 딜룬을 쫓는 그놈은 모든 그림자 마족의 천적이나 다름없었다.

"가만, 그러고 보니…… 이놈들 좀 그런데?"

딜룬의 표정이 심각해졌다. 지금 딜룬을 쫓는 자들은 모두 세 명이었다. 그들은 각자 특이한 능력을 하나씩 가지고 있었다. 그런데 그 능력들이 하나같이 특색이 있었다.

예로, 자신을 쫓는 자들 중 그림자의 권능을 가진 놈 말고도 침투의 권능과 분쇄의 권능을 가진 놈들이 있다.

침투의 권능은 물리적으로 단단한 물질을 침투할 수 있는 능력인데, 그걸 관통해서 충격을 주는 것은 물론이고 벽을 유령처럼 통과하는 일도 가능했다.

한데 이 침투의 권능은 뼈갑옷으로 몸을 감싼 갑각마족에게 치명적이다. 그들의 천적인 셈이었다.

그리고 나머지 하나는 분쇄의 권능을 가졌다. 분쇄의 권능은 바위를 단숨에 가루로 만들어 버리는 능력인데, 이는 돌을 다루는 마족에게 치명적이다.

돌을 다루는 마족은 바닥에서 바위를 송곳처럼 만들어 솟아나게 하거나 몸의 일부를 돌로 만들어 공격하는데, 그걸 몽땅 가루로 분쇄해 버리면 버틸 수가 없다.

"이거 왠지 마족을 겨냥한 능력 같은데?"

게다가 지금 쫓는 놈들이 전부가 아닐 수도 있다. 아니, 분명히 더 있을 것이다. 다른 놈들이 어떤 능력을 가졌는지 모르지만 충분히 추측은 할 수 있다.

그리고 이놈들은 자연스럽게 태어난 자들이 아니었다. 즉, 누군가가 인위적으로 만들었다는 뜻이다.

"뭐지? 설마 마족과 전쟁이라도 하려는 건가?"

딜룬은 고개를 갸웃거렸다. 하지만 이내 정신을 차렸다. 날카로운 살기가 느껴졌기 때문이다.

"젠장."

그놈들이었다. 딜룬은 언제든 움직일 수 있도록 준비했다. 아니나 다를까 날카로운 비수가 소리 없이 날아왔다.

챙!

딜룬은 검을 뽑아 비수를 쳐내며 몸을 날렸다.

슈슈슈슉!

이번엔 화살이었다. 딜룬은 빠르게 달리며 화살비를 피해 냈다.

퍼버버버벅!

바닥에 화살 꽂히는 소리가 딜룬을 따라왔다.

"이 무식한 놈들!"

저들이 날리는 공격은 어마어마하게 빠르고 정확했다.

한 놈은 멀리서 화살을 날려 공격했고 또 한 놈은 비수를 던져 공격했는데, 비수는 날아오는 소리와 기척이 없어서 상대하기가 엄청나게 까다로웠다.

그리고 마지막 한 놈은 어른 키만 한 대검을 들고 설치는데 빠르고 강해서 정말 짜증이 날 지경이었다.

그리고 그 짜증 나는 놈이 앞에 나타났다. 거대한 대검을 휘두르면서.

부웅!

"이크!"

딜룬은 뒤로 훌쩍 뛰며 대검을 피했다. 대검이 바닥을 때리며 거대한 폭발을 일으켰다.

쫘앙!

바닥에 촘촘히 깔린 돌조각이 사방으로 튀었고, 그 여파로 벽에도 금이 쩍쩍 갔다.

딜룬은 뒤로 뛰다가 등에서 느껴지는 섬뜩함에 몸을 빙글 돌렸다.

피슉!

비수가 팔뚝을 스치고 지나갔다. 일대일로 싸우면 얼마든지 상대할 수 있는 놈들인데 이렇게 딱딱 맞아떨어지는 연계 공격을 하니 정말 까다로웠다.

슈슈슉!

엎친 데 덮친 격으로 몸을 돌려 피한 곳으로 화살비가 쏟아졌다.

"아, 젠장!"

딜룬은 바닥을 굴렀다. 그렇게 도착한 벽을 발로 차고 위로 휙 뛰어올랐다. 딜룬이 있던 곳을 비수 한 자루가 통과해 지나갔다.

담장에 오른 딜룬은 그대로 몸을 날려 반대쪽으로 뛰어내렸다. 그리고 간발의 차로 방금 딜룬이 디딘 담장에 거대한 대검이 꽂혔다.

쫘앙!

벽이 박살 났다. 저들은 자신들의 존재가 들키는 것에 대한 조심성이 전혀 없었다. 목격자는 싹 죽이면 된다는 단순한 생각을 하고 있기 때문이었다.

딜룬이 내려선 곳은 어떤 저택 안이었다. 그리고 폭음을 들은 저택의 경비병들과 기사가 우르르 달려오고 있었다.

"웬 놈들이냐!"

기사가 외쳤지만 아무도 거기에 대답하지 않았다.

딜룬은 그들을 보며 눈살을 찌푸렸다. 이대로라면 저들은 몽땅 죽을 것이다.

"대마족 딜룬이 어쩌다 이렇게 된 건지. 쯧."

딜룬은 몸을 돌리며 그대로 검을 찔러 넣었다. 막 딜룬의 뒤를 치려던 대검 사내가 흠칫 놀라 검을 휘둘렀다.

꽈앙!

딜룬의 검이 폭발했다. 산산이 부서진 조각이 몽땅 대검 사내를 향해 쏟아졌다.

떵! 떵! 떵! 떵! 떵!

대검 사내는 차분하게 검을 휘둘러 그 조각을 모두 막아 냈다. 하지만 그러는 와중에 딜룬이 옆구리로 파고드는 걸 놓쳐 버렸다.

서걱! 푹!

대검 사내의 옆구리가 갈라지며 피가 분수처럼 쏟아졌다. 그리고 그 대가로 딜룬의 등에 비수 하나가 깊이 박혔다.

딜룬은 비수를 박은 채 골목으로 달려갔다.

"크아아! 저놈! 내가 반드시 죽인다!"

대검 사내가 괴성을 지르며 딜룬을 쫓아갔다. 나머지 두 사람은 달려오는 병사들을 정리하고 쫓아가려 했다. 하지만 그럴 수가 없었다.

촤아악!

갑자기 그림자가 솟아나 거대한 장막을 만들었다. 그 장막은 기사와 병사 앞에서 나타났기에 순간적으로 그들의 움직임을 막아버렸다.

그 바람에 두 사람이 잠깐 멈칫했는데, 그 순간 그들의 그림자 또한 바닥에서 솟아올랐다.

슈슈슉!

마치 칼날처럼 날카로운 기운을 머금은 그림자 칼날이었다. 물론 두 사람은 그 정도 공격에는 눈 하나 깜짝하지 않았다.

촤촤촤촤악!

그림자 칼날을 몽땅 베어 낸 두 사람은 눈살을 찌푸렸다. 시간이 너무 지체된 것이다. 그들은 조금도 망설이지 않고 딜룬과 대검 사내가 사라진 방향을 향해 달려갔다.

더 늦으면 곤란했다. 상대는 혼자서 어찌해 볼 수 있는 자가 아니었다. 자칫 잘못하면 동료를 잃을 수도 있었다. 그리고 그렇게 되면 자신들의 안위 역시 장담치 못한다.

그들은 순식간에 어둠 속으로 사라졌다.

그림자 장막이 걷히고, 어리둥절한 표정의 기사와 병사들이 나타났다. 그들은 부서진 담장으로 걸어가 그곳의 상황을 살피고는 분통을 터트렸다.

저택을 이 지경으로 만든 놈들이 사라져 버렸다. 아마 그들을 잡기는 요원할 것이다.

경비병을 지휘하는 기사는 한숨을 내쉬었다. 이 모든 것이 자신의 책임으로 돌아올 텐데 그걸 감당할 생각을 하니 벌써부터 암담했다.

이내 병사들이 주섬주섬 부서진 담장을 치우고 정리하기 시작했다. 그리고 기사는 그걸 내려다보며 연신 한숨을 내쉬었다.

*　　　*　　　*

"젠장. 괜히 오지랖을 떨어서 이게 무슨 꼴이야!"

딜룬은 빠르게 달려가며 투덜거렸다. 애꿎은 병사와 기사를 살리겠다고 공격 한 번 했다가 이 꼴이 되었다. 상처가 더 심해졌고, 속도도 현저히 느려졌다. 아마 이대로라면 다시 붙잡힐 것이다.

"아직 좀 더 가야 하는데……."

드디어 고급 저택들이 즐비한 거리에 들어섰다. 하지만 카이엔의 저택은 이곳의 중심부에 있었다.

이제 조금만 더 가면 되는데, 어느새 쫓아온 세 사람이 딜룬을 앞질러 버렸다.

"큭큭큭. 여기까지다."

대검을 어깨에 걸친 사내가 딜룬의 앞을 막아서며 섬뜩하게 웃었다.

그리고 딜룬의 뒤로 양손에 비수를 든 사내가 조용히 걸어왔다. 활을 든 놈은 어딘가에 숨어 있을 것이다.

딜룬은 그걸 확인하고는 그 자리에 털썩 주저앉았다.

"나도 모르겠다. 알아서 구해 주든지 말든지."

그렇게 중얼거린 딜룬은 아예 바닥에 대자로 누워 버렸다. 이제 진짜 움직일 힘도 없었다. 여기서 카이엔이 나타나지 않으면 딜룬의 생명은 끝이었다.

'가만, 이건 만든 몸이니까 죽어도 원래 몸은 남지 않을까?'

어차피 마족은 영혼체로 존재한다. 지금 육신은 옷이나 다름없었다. 그러니 어쩌면 몸이 죽더라도 원래 몸은 그대로일지 모른다.

'그게 무슨 상관이야. 어차피 그래 봐야 저놈들을 못 막을 텐데.'

지금의 몸으로도 예전의 강함을 거의 되찾았다. 그러니 원래 몸으로 돌아가도 저들을 막을 수는 없을 것이다. 그걸 생각하니 더 발버둥 치기가 싫었다.

"포기한 건가? 실망이군. 큭큭큭."

대검을 든 사내가 누운 딜룬을 향해 저벅저벅 걸어갔다. 누운 딜룬 앞에 도착한 사내는 씨익 웃고는 대검을 높이 치켜들었다. 이제 이걸 내리치기만 하면 끝난다. 이 길고 긴 추격전이 말이다.

"우리말고도 너처럼 강한 놈이 있을 줄은 몰랐다. 아무튼 잠깐이나

마 즐거웠다. 잘 가라. 큭큭큭큭."

사내의 말에 딜룬이 피식 웃었다. 강하긴 뭐가 강하단 말인가. 카이엔과 비교하면 태양과 반딧불만큼이나 차이가 날 텐데 말이다.

슈우우우!

그때 뭔가 날아오는 소리가 들렸다. 다들 소리가 나는 쪽으로 시선을 돌렸다.

빛 덩어리 하나가 밤하늘을 가르며 날아오고 있었다. 천천히 포물선을 그리며 날아왔는데, 궤적을 보니 목표는 딜룬이 분명했다.

대검을 든 사내는 날카로운 눈으로 빛 덩어리를 노려봤다. 그러다가 가까이 다가왔을 때 냅다 검을 휘둘러 쳐내 버렸다.

후웅!

그러나 빛은 대검을 통과해 지나갔다. 그리고 빛 덩어리는 정확히 딜룬의 가슴에 떨어졌다.

화아아악!

딜룬은 눈부신 빛에 휩싸였다. 성스러움이 물씬 느껴지는 빛이었다.

빛이 사라지자 딜룬이 자리에서 벌떡 일어났다. 몸에 난 상처가 말끔히 나은 것이다.

딜룬은 고개를 이리저리 꺾으며 앞에 선 사내를 노려봤다.

"넌 이제 죽었다. 우흐흐흐."

딜룬이 대검 사내에게 달려들었다. 사내는 대검을 휘둘러 딜룬을 견제했다.

그 순간 딜룬 뒤에 있던 사내가 비수를 던졌다.

턱!

사내의 눈이 화등잔만 해졌다. 어느새 카이엔이 앞에 나타나 그가 던진 비수를 손으로 잡은 것이다.

카이엔은 사내를 보지 않고 엉뚱한 곳을 쳐다보고 있었다.

"쥐새끼처럼 숨어 있는 놈이 하나 있군."

카이엔의 말이 떨어지기 무섭게 그쪽으로 렉스가 달려갔다. 아니, 날아갔다. 렉스는 카이엔이 바라보는 쪽에 있는 저택 지붕으로 훌쩍 뛰어올랐다. 활을 든 사내가 그곳에 있었다.

"자, 그럼 난 이쪽을 마무리해 볼까?"

카이엔은 그렇게 중얼거리며 한 걸음 움직였다.

"커억!"

사내는 비수를 손에서 놓쳐 버렸다. 목에서 느껴지는 어마어마한 고통에 머릿속이 새하얘졌다.

카이엔은 사내의 목을 쥐고 허공에 들어 올렸다. 사내가 발버둥 쳤지만 카이엔의 손아귀에서 빠져나올 수 없었다.

"흐음. 이건가?"

카이엔은 나머지 손으로 사내의 목에 걸린 목걸이를 잡아 뜯었다.

"허어억!"

목걸이를 뜯자마자 거짓말처럼 사내의 몸이 갑자기 축 늘어졌다.

정신을 잃은 건 아니었다. 몸에 넘쳐 나던 힘이 사라지면서 자연스럽게 탈진한 것이다.

카이엔은 축 늘어진 사내를 옆으로 휙 던졌다. 그리고 딜룬과 렉스가 어쩌고 있는지 확인했다.

그들은 여전히 싸우는 중이었다. 물론 딜룬과 렉스 모두 상대를 압도하고 있었다.

싸움을 먼저 끝낸 건 딜룬이었다. 몸 상태가 최상으로 바뀐 딜룬을 대검 사내 혼자서 어떻게 상대하겠는가.

딜룬은 대검 사내의 목을 쥔 채 질질 끌고 카이엔에게 다가왔다.

"우흐흐흐. 너무 아슬아슬하게 오신 거 아닙니까?"

그렇게 말한 딜룬은 대검 사내를 휙 던져 탈진한 그의 동료 위에 포개 버렸다.

잠시 후, 대검 사내와 같은 꼴이 된 사내 하나가 그 옆에 널브러졌다. 그리고 그들이 가지고 있던 목걸이는 모두 카이엔의 손바닥 위에 놓였다.

"괜찮으신가요?"

뒤늦게 다가온 에르미스가 걱정스러운 표정으로 딜룬을 바라보며 물었다. 딜룬을 회복시켜준 빛 덩어리를 던진 사람이 바로 에르미스였다.

"우흐흐. 에르미스 덕분에 이렇게 멀쩡합니다."

"다행이네요."

에르미스가 빙긋 웃었다. 딜룬이 위험하다는 말에 무작정 달려 나왔는데, 이렇게 멀쩡한 모습을 보니 안도의 한숨이 절로 나왔다.

"자, 사랑 놀음은 집에 가서 하기로 하고, 일단 이놈들부터 옮기지."

카이엔의 말에 에르미스가 얼굴을 붉혔다. 그리고 딜룬은 의미심장한 미소를 지었다. 에르미스는 황급히 저택으로 돌아갔다. 더 무슨 말을 들을지 몰라 당황스러웠다.

"우흐흐. 그럼 명령하신 대로."

달빛에 드리워진 딜룬의 그림자가 길게 늘어나더니 바닥에 널브러진 세 사내를 휘감았다. 순식간에 세 사내가 그림자 속으로 빨려 들어갔다.

딜룬은 의기양양한 표정으로 돌아서서 저택으로 향했다.

"우흐흐흐. 에르미스! 같이 가야죠! 우흐흐흐."

딜룬이 에르미스를 쫓아가 버리자, 남은 사람들은 피식 웃고는 걸음을 옮겼다.

*　　*　　*

사로잡은 적을 풀어 놓은 곳은 카이엔의 방이었다. 딜룬은 원래 자신이 잡은 다섯 명과 이번에 동료와 함께 잡은 세 명을 동시에 그림자에서 꺼냈다.

"한 번 나타나기 시작하니까 막 나오는군."

"그러게."

마지막에 사로잡은 세 사내는 얼굴이 똑같았다. 문제는 그 얼굴이 카이엔 일행에게 아주 익숙하다는 점이었다.

"어느 정도 예상은 했지만 이렇게 세 명을 한꺼번에 볼 수 있을 줄은 몰랐는데."

"우리가 생각했던 것보다 훨씬 수가 많다는 뜻이겠지."

"우흐흐흐. 문제는 그것만이 아닙니다."

딜룬은 그렇게 말하며 티에라와 에르미스의 눈치를 슬쩍 살폈다. 지금 하려는 얘기는 마족과 관계가 있었다. 하지만 크게 걱정하지는 않았다. 저 두 사람은 자신을 헬게이트의 생존자 중 하나라고 믿고 있으니까.

"뭐가 문제지?"

"저들의 능력이 문젭니다."

딜룬은 그렇게 말하며 세 사내의 능력을 설명해 주었다. 그걸 모두 들은 카이엔이 눈을 빛냈다.

"마계와 관계있는 능력이로군."

"마계요?"

다들 눈이 휘둥그레졌다. 갑자기 여기서 마계가 왜 나온단 말인가.

카이엔은 굳이 설명해 주지 않았다. 괜히 설명이 길어져서 좋을 게 없었다. 어쨌든 저들이 그런 능력을 가졌다는 건 심상치 않은 일이었다.

"대체 뭘 원하는 거지? 마계까지 뒤집어엎으려는 건가?"

렉스가 혼란스러운 표정으로 말하자, 카이엔은 의미심장한 눈으로 바닥에 널브러진 자들을 쳐다봤다.

"그 전에 그 능력이 저들의 것인지 아니면 이 목걸이의 것인지 확인하는 게 먼저야."

카이엔은 손짓을 통해 다들 물러나게 했다. 그리고 손가락을 튀겨 정신을 잃은 자들을 깨웠다.

"끄응."

세 사내가 동시에 정신을 차리고 일어났다. 처음에는 당황해 주위를 둘러봤지만 이내 이를 악물고 카이엔을 노려봤다.

그 순간 한 놈이 몸을 돌려 벽으로 달려들었다. 그가 벽에 부딪치려는 순간 놀라운 일이 벌어졌다.

스르륵.

그대로 벽을 통과해 사라진 것이다.

카이엔은 고개를 크게 끄덕이고는 다시 손가락을 튀겼다.

따악!

그 소리를 신호로 이를 갈며 카이엔을 노려보던 두 사내가 그대로 정신을 잃고 쓰러졌다.

카이엔은 고개를 돌려 딜룬을 쳐다봤다.

"밖에 나간 놈 데려와."

딜룬은 입술을 삐죽 내밀며 투덜거렸지만 카이엔의 말에 토를 달지 않고 밖으로 나갔다. 그리고 이내 정신을 잃고 축 늘어진 사내를 질질 끌며 들어왔다.

"우흐흐흐. 이놈도 정신을 잃고 있던데요? 역시 주인님이십니다, 음흉하시군요. 우흐흐흐."

카이엔은 딜룬의 말에 반응하지 않고 일행을 둘러봤다. 모두 심각한 표정이었다.

"목걸이의 능력이 아니라 저들 고유의 능력이로군요."

그게 무얼 뜻하는지 짐작할 수 있기에 다들 표정이 어두워졌다.

"어쨌든 우리가 할 수 있는 일은 정해져 있다."

그 말에 시선이 카이엔에게로 모였다. 카이엔은 눈을 빛내며 말을 이었다.

"몽땅 찾아내면 돼. 이제부터 진짜 본격적으로 움직여 보자고."

다들 어금니를 꽉 물었다. 이제부터가 진짜 시작이었다.

*　　　*　　　*

사로잡은 자들의 심문은 딜룬이 맡기로 했다. 그리고 카이엔은 그걸 지켜보기로 했다.

"우흐흐흐. 서로 피곤하게 하지 말고 쉽게 가자. 너희랑 얼굴 똑같은 놈들 또 있지?"

딜룬의 물음에 의자에 앉은 세 사내가 어리둥절한 표정을 지었다.

"우리랑 똑같이 생긴 놈들이 있다고?"

그들은 이내 피식 웃었다.

"개소리도 그 정도면 수준급이군. 나랑 똑같이 생긴 놈이 하나쯤 있을 수는 있지. 하지만 우리 셋을 동시에? 그게 말이 된다고 생각하나?"

딜룬은 어이없는 눈으로 세 사내를 노려봤다. 이놈들이 대체 무슨 말을 하는 건가. 꼭 자기들이 똑같이 생겼다는 사실을 모르는 것처럼 말이다.

"개소리는 너희가 하는 것 같은데? 우흐흐흐."

지이잉.

딜룬 주위로 마력이 요동쳤다. 마력의 요동이 심해지더니 이내 회오리로 변했고, 그것은 순식간에 매끈한 마력의 거울을 만들어 냈다.

세 개의 거울이 세 사내 앞에 각각 놓였다. 그들은 자신의 얼굴과 동료의 얼굴을 동시에 확인할 수 있게 되었다. 하지만 여전히 그들의 표정은 시큰둥했다.

"우리가 거울도 안 보고 사는 줄 아나?"

딜룬은 어리둥절한 표정을 지었다. 설마 이렇게 거울을 보면서도 딴소리를 할 줄은 몰랐다.

"안 보여? 너희 세 명 얼굴이 똑같이 생겼다고! 이렇게 눈으로 보면서도 계속 딴말할 건가?"

"눈이 어떻게 된 거 아닌가? 우리가 똑같이 생겼다고? 저걸 보면서도 그런 말이 나오나?"

세 사내가 거울을 손가락으로 가리키며 말했다. 딜룬이 자신들을 놀리고 있다는 생각에 화가 치밀어 마구 쏟아 내버렸지만 이내 살짝 후회하는 표정으로 딜룬의 눈치를 살폈다.

어쨌든 지금 칼자루를 쥔 쪽은 딜룬이었다. 지금은 마신의 목걸이가 없어서 힘을 낼 수 없으니까.

딜룬은 카이엔을 바라보며 말했다.

"주인님, 진짜 저렇게 믿고 있는 거 같은데요?"

"나도 그래 보인다. 진짜 달라 보인다는 거겠지."

"그럴 수도 있습니까?"

"글쎄."

어쩌면 원래부터 그렇게 만들어졌을지도 모른다.

'능력에 따라 다르게 보이는 식인가?'

그게 가장 가능성이 높았다. 저들은 궁극적으로 마도황제에게 흡수될 것이다. 그러니 마도황제도 저들이 어떤 능력을 가졌는지 구분할 필요가 있지 않겠는가.

'뭐, 의도치 않게 나타난 현상일 수도 있지만.'

"아니, 저놈들은 동료가 아무도 없는 겁니까? 뭐 저런 놈들이 다 있지?"

"동료가 아니라 다 부하라면 그런 얘기를 못 들을 수도 있지. 아니면 그들조차 다르게 보일 수도 있고."

카이엔은 눈을 빛내며 세 사내를 찬찬히 살폈다. 저들은 아마 나이가 다 같을 것이다.

렉스의 기억에 각인된 마도황제의 얼굴과 똑같다는 것은 저들이 제대로 각성하기 위해서는 최소한 이 정도의 세월이 필요하다는 뜻이기도 하다.

"우흐흐. 어쩔까요? 좀 더 캐내 볼까요?"

카이엔은 잠시 생각에 잠겼다. 보아하니 이들에게 더 알아낼 것도 없는 듯했다. 생각을 정리한 카이엔은 손가락을 딱 튀겼다. 그러자 세 사내가 그대로 잠들어 버렸다.

"잘 감시해. 어쩌면 이놈들 찾으러 마도황제가 직접 올지도 모르니까."

"우흐흐. 이놈들을 미끼로 쓰자 이거로군요."

"대충 그런 셈이지."

카이엔은 그렇게 말하고 돌아섰다.

"난 슈메츠 후작을 처리하러 갈 테니까 혹시라도 무슨 일 생기면 바로 부르도록."

"우흐흐흐. 그거야 어렵지 않지만 과연 제가 그동안 마도황제를 상대로 버틸 수 있을까요?"

딜룬은 자신의 힘을 냉정하게 평가했다. 카이엔을 만난 이후 자신이 어느 정도인지 아주 명확하게 알게 된 것이다.

만일 마도황제가 카이엔보다 조금이라도 더 강하다면 손짓 한 번에 목숨을 잃을 것이다.

"렉스랑 같이 지키면 되지."

"우흐흐흐. 렉스가 몸을 던져 시간을 버는 동안 제가 재빨리 연락하면 되겠군요. 그리고 저도 목숨을 잃고요. 우흐흐흐."

딜룬이 고개를 삐딱하게 기울이며 반항적인 눈으로 카이엔을 바라봤다. 지금까지 벌인 일만 봐도 마도황제는 결코 보통 사람이 아니었다. 그런 놈을 자신과 렉스만으로 막아 낼 수 있을 리 없지 않은가.

예전의 딜룬이었다면 마도황제가 인간이라는 이유 하나만으로 무시했을 것이다. 하지만 지금은 그가 인간이기 때문에 무서웠다.

딜룬의 말에 카이엔의 어깨에 앉은 카수스가 날아올랐다.

푸드득!

카수스는 천장에 닿을 듯 높이 떠올랐다가 딜룬의 어깨에 내려앉았다.

"우흐흐. 이 새대가리가 도움이 되겠습니까? 좀 더 확실한 걸로 쏘시죠. 우흐흐흐."

딜룬의 너스레에 카이엔은 피식 웃으며 손가락을 허공에 그었다.

지이잉!

손가락의 궤적을 따라 검은 선이 나타나더니 검은 공간이 활짝 열렸다. 카이엔은 그 안에 손을 넣어 무언가를 꺼냈다.

공간이 다시 닫혔고, 카이엔은 손에 든 것을 딜룬에게 휙 던졌다.

그것은 두 개의 팔찌였다.

"우흐흐? 이게 뭡니까? 보호의 고리는 아닌 것 같은데……."

사실 딜룬이 바란 것이 바로 보호의 고리였다. 카이엔이 가진 보호의 고리는 상당히 강력했다. 그것을 쓰면 마왕의 불길도 몇 번은 막아 낼 수 있을 정도였다.

만일 마도황제가 나타난다 하더라도 한 번 정도는 죽지 않고 공격을 받아 낼 수 있지 않을까 하는 기대를 하고 카이엔에게 부탁한 것이다.

한데 지금 받은 것은 보호의 고리가 아니었다. 보호의 고리는 딜룬도 제법 많이 봐 왔기에 기본적인 패턴을 알고 있었다.

"그게 마력의 고리다."

딜룬은 일순 패닉 상태에 빠졌다. 하지만 이내 화들짝 놀라며 정신을 차렸다. 그리고 카이엔과 자신의 손에 든 팔찌를 번갈아 바라봤다.

"마, 마력의 고리?"

딜룬은 멍청한 표정으로 카이엔을 바라보며 물었다.

"근데 두 개인데요?"

카이엔은 대답 대신 렉스를 향해 턱짓했다.

"저놈한테도 이걸 주라고요? 왠지 쓸모없을 것 같은데……."

그렇게 투덜거리던 딜룬은 갑자기 중요한 사실 하나가 떠올랐다.

"에엑! 두 개! 어떻게 마력의 고리를 두 개나 가지고 계신 겁니까?

전 마계를 통틀어도 세 개밖에 없는 건데!"

카이엔은 그 질문에 대답해 주지 않았다.

"그거면 좀 버틸 수 있겠어?"

"우헤헤헤헷! 물론입니다! 이걸 차면 단숨에 등급이 하나 올라갈 정도로 강해지는데 마도황제가 아무리 강해도 설마 죽기야 하겠습니까? 우헤헤헷!"

딜룬이 마력의 고리를 착용하면 마왕이나 다름없는 힘을 얻게 된다. 마도황제가 아무리 강하다 해도 마왕을 단숨에 죽일 수는 없을 것이다.

"흐음. 그걸로는 좀 부족할 것 같지만, 뭐 죽지만 않으면 됐지."

카이엔의 말에 딜룬이 자신의 가슴을 탕탕 두드렸다.

"그게 무슨 말씀이십니까! 저 딜룬입니다! 딜룬! 마왕 딜룬! 우헤헤헤헤헷!"

어느새 자신을 마왕이라고 당당하게 칭하는 딜룬을 보며 카이엔은 그저 피식 웃기만 했다. 하지만 마력의 고리를 줬는데도 왠지 불안감이 가시지 않았다.

"우흐흐흐흐. 그나저나 주인님. 이 귀한 걸 왜 저놈에게 주십니까? 전 몰라도 저 언데드 놈에게 마력의 고리는 사치 아니겠습니까? 우흐흐흐."

"어차피 나한테는 소용이 없는 물건이니까."

"우흐흐? 마력의 고리가 인간에게 쓸모없다는 얘기는 처음 듣는데요? 엄연히 저도 지금은 인간입니다. 하지만 전 이렇게 마왕이 되지 않습니까?"

딜룬은 그렇게 말하며 마력의 고리를 손목에 찼다.

철컥! 철컥! 철컥!

마력의 고리가 딜룬의 손목에서 빙글빙글 돌아가며 모양이 기이하게 변했다. 그러더니 이내 흐물흐물 녹아 몸에 스며들었다.

"후아아! 이 상쾌한 기분!"

딜룬은 기지개를 켜듯 양팔을 번쩍 들었다. 그러자 딜룬의 몸을 중심으로 거대한 마력이 휘몰아쳤다.

콰우우우우!

거대한 마력의 회오리가 사방을 휩쓸었다. 하지만 일정 범위를 넘어가지 않았다. 카이엔이 마력을 컨트롤해서 밖으로 나가지 않게 한 것이다.

마력의 회오리는 한동안 힘과 속도를 부풀리다가 조금씩 딜룬의 몸으로 모여들었다.

딜룬은 기분 좋게 웃었다. 온몸에서 힘이 끓어 넘쳤다. 순간적으로 제어가 잘 안 될 정도로 거대한 힘이 마구 날뛰는 것 같았다.

"우흐흐흐흐."

딜룬은 음흉하게 웃으며 카이엔을 힐끗 바라봤다. 문득 이렇게 힘이 넘치면 카이엔도 충분히 이길 수 있지 않을까 하는 생각이 들었다.

또한 이 정도 힘이라면 종속의 고리에 걸린 구속을 부술 수도 있지 않을까 하는 생각도 들었다.

"왠지 웃음이 기분 나쁜데?"

카이엔은 그렇게 말하며 그림자를 꾸욱 밟았다.

"꾸에에에엑!"

딜룬은 순간적으로 어마어마한 고통이 밀려와 바닥을 데굴데굴 굴렀다. 이렇게 아픈 건 생전 처음 겪었다. 온몸에서 식은땀이 줄줄 흘렀다.

고통이 사라졌음에도 딜룬은 항의조차 못하고 멍하니 카이엔을 바라보기만 했다. 조금 전에 가졌던 불순한 마음이 깨끗이 사라져 버렸다.

"나한테 왜 마력의 고리가 필요 없는지 알아?"

딜룬은 최대한 순진한 표정을 지으려 애쓰면서 고개를 도리도리 저었다.

카이엔은 그런 딜룬을 보며 씨익 웃었다. 그 미소가 어찌나 섬뜩한지 딜룬은 자신도 모르게 마른침을 꿀꺽 삼켰다.

"마력의 고리가 내 힘을 버티지 못해서 부서져 버리거든."

딜룬은 그 경악할 말에 자리에서 벌떡 일어나 차렷 자세를 취했다.

"잘하겠습니다!"

카이엔이 피식 웃으며 고개를 끄덕였다.

"아주 잘해야 할 거야. 두고 볼 테니까."

카이엔은 그 말을 끝으로 방에서 나갔다. 딜룬은 안도의 한숨을 내쉬며 소파로 걸어가 털썩 주저앉았다. 오늘 쓸 수 있는 심력을 몽땅 소모한 느낌이었다.

소파에 앉은 딜룬 앞으로 렉스가 뚜벅뚜벅 걸어가 손을 내밀었다.

딜룬은 렉스의 손과 얼굴을 번갈아 쳐다봤다. 하지만 이내 아쉬운 눈으로 손에 들고 있던 마력의 고리를 렉스에게 넘겼다.

렉스도 마력의 고리를 손목에 찼고, 방 안에 마력 폭풍이 또 한 차례 휘몰아쳤다.

＊　　＊　　＊

카이엔은 슈메츠 후작가를 어떻게 처리할지 잠깐 생각해 봤다. 물론 오래 생각할 필요는 없었다. 어차피 고민해 봐야 좋은 답이 나오는 상황은 아니니까.

"뭐, 그냥 가서 싹 부숴 버리면 되지."

슈메츠 후작가는 이번 마도황제 문제가 아니더라도 한 번 부딪혀야 할 곳이었다. 어머니의 죽음과 관계된 곳 중 하나이니 말이다.

카이엔은 곧장 저택에서 나와 슈메츠 후작가로 향했다. 위치는 미리 알아 뒀기에 거침없이 움직였다.

슈메츠 후작가는 카이엔의 저택에서 그리 멀지 않은 곳에 있었다. 카이엔은 거의 순식간에 그곳에 도착할 수 있었다.

"뭐지?"

슈메츠 후작가에 도착한 카이엔은 눈을 빛냈다. 뭔가 일이 터졌다. 슈메츠 후작가의 저택은 마치 마법 수십 방을 직격 당한 것처럼 거의 남은 부분이 없었다.

건물은 몽땅 폭삭 주저앉았고, 그나마 담장만 군데군데 형체를 보존하고 있을 뿐이었다.

무슨 일이 벌어졌는지 조사하기 위해 나온 수많은 병사와 기사가 저택 곳곳을 헤집고 있었다.

그들 중 하나가 카이엔을 발견하고 다가왔다.

"이곳에는 무슨 일로 오셨습니까?"

기사였는데, 그자의 눈에는 의심이 잔뜩 어려 있었다. 아직 슈메츠 후작가를 이렇게 만든 자가 누구인지 전혀 짐작도 못 하고 있었다. 한데 모르는 사람이 이곳에 다가왔으니 그를 의심하는 건 당연한 일이었다.

"여기서 무슨 일이 있었던 거요?"

카이엔이 오히려 기사에게 물었다. 카이엔은 정말로 슈메츠 후작가가 왜 이렇게 되었는지 궁금했다. 물론 짐작하는 바는 있었다. 마도황제가 방문한 것이다. 그게 가장 신빙성 있는 추측이었다.

'내가 한발 늦었군.'

직접 슈메츠 후작을 처단하지는 못했지만 큰 미련이 남지는 않았다. 누가 처단하든 무슨 상관인가, 처단했다는 사실이 중요하지.

"카이엔 님!"

카이엔의 뒤쪽에서 누군가 부르는 소리가 들렸다. 카이엔은 슬쩍 뒤를 확인했다. 사실 보지 않아도 누군지 알 수 있었다. 에르미스와 티에라였다.

카이엔이 슈메츠 후작가로 갔다는 얘기를 듣고 부리나케 쫓아온 것이다.

갑작스러운 두 여인의 등장에 카이엔을 의심스럽게 바라보던 기사의 눈이 휘둥그레졌다. 다른 사람은 몰라도 에르미스는 알아볼 수 있었다.

그리고 에르미스를 알아보면서 자연스럽게 그녀와 함께 있는 여인이 누군지 알 수 있었다. 또한 두 여인이 부른 카이엔의 정체도 바로 알아차렸다.

"영광의…… 기사?"

영광의 기사에 대한 소문은 지금 겔트 왕국 수도에서 가장 뜨거운 화젯거리였다. 물론 좋은 쪽보다는 나쁜 쪽으로 난 소문이 더 많았다.

리겔 상단과 베기 후작가 측에서 악의적인 소문을 조금씩 퍼트린 영향이었다.

하지만 영광의 기사라면 오히려 신원이 명확했다. 그렇기에 더 의심하지는 않았다.

티에라와 에르미스가 카이엔 옆에 바짝 붙어 섰다. 그녀들도 그제야 슈메츠 후작가의 상황을 확인하고 놀란 표정을 지었다.

"이게 대체 무슨 일이죠?"

에르미스의 질문에 기사가 잠시 머뭇거리다가 입을 열었다.

"누군가가 슈메츠 후작가를 공격했습니다."

"후작가를 공격해요? 대체 누가요?"

"그건 아직 알 수 없습니다. 조사 중입니다. 하지만 저택이 파괴된 상황을 보면 다수의 마법사가 개입했음이 분명합니다."

"마법사가요?"

에르미스는 놀란 눈으로 다시 저택 쪽을 바라봤다. 확실히 곳곳에 뭔가 폭발한 듯한 흔적이 있었다.

"문제는 여기뿐만이 아닙니다. 슈메츠 후작가 산하의 상단도 전멸했다는 점입니다."

"상단까지요?"

"슈메츠 후작가와 관계된 모든 사람이 죽었습니다. 한데 이상한 점은……."

티에라와 에르미스가 흥미로운 눈으로 기사를 바라보자, 기사는 잠시 뜸을 들이다가 입을 열었다.

"후작 각하의 시신을 아직 못 찾았다는 점입니다."

확실히 그 점은 누가 생각해도 이상했다. 하지만 정작 그 얘기를 듣는 세 사람은 그걸 이상하게 여기지 않았다. 어쩌면 그건 당연했다.

티에라와 에르미스가 의미심장한 눈으로 서로 바라보며 고개를 한 번 끄덕였다. 각자의 생각을 확인한 것이다.

"저희가 확인한 건 그게 전부입니다. 하지만 아직 더 조사할 것들이 남았으니 좀 더 명확히 밝혀낼 수 있을 것입니다."

기사는 자부심 어린 표정으로 그렇게 말했다. 그들은 왕궁에서 파견한 근위기사단이었다.

"혹시라도 나중에 더 밝혀낸 것이 있으면 알려주실 수 있으신가요?"

에르미스가 눈을 반짝이며 부탁하자, 기사가 자신만만하게 웃으며 고개를 끄덕였다.

"물론입니다. 언제든 절 찾아오시면 제가 친절히 알려드리겠습니다."

기사가 자신의 자리로 돌아가자 에르미스와 티에라가 뜨거운 눈빛으로 카이엔을 바라봤다. 그 눈빛이 의미하는 바를 알기에 카이엔은 피식 웃으며 말했다.

"그래. 너희 생각이 맞는 거 같다. 분명히 그놈이야."

"이제 어쩌죠?"

"다시 돌아가야지. 어쩌면…… 지금쯤 우리 저택을 털고 있을지도 모르니까."

카이엔은 그렇게 말하며 자신의 저택이 있는 방향을 바라봤다. 저택 지하에는 마경이 두 개나 있다. 어쩌면 마도황제는 그 두 개의 마경을 노리고 있을지도 모른다.

"가자."

심각한 표정을 지은 카이엔이 발걸음을 서둘렀다. 왠지 느낌이 좋지 않았다. 이럴 때는 꼭 무슨 일이 생긴다.

꽈득!

카이엔이 발에 힘을 주자 바닥에 금이 쩍쩍 갔다. 바닥 깨지는 소리와 함께 카이엔의 모습이 그 자리에서 사라져 버렸다.

티에라와 에르미스는 서로 눈을 마주친 다음, 굳은 표정을 지으며 저택으로 향했다. 그녀들 역시 왠지 모를 불길한 느낌에 가슴이 답답해졌다.

*   *   *

카이엔은 저택에 들어서며 표정이 굳었다. 저택 곳곳에 습격의 흔적이 있었다. 슈메츠 후작가 만큼이나 박살 난 것은 아니지만 그래도 부서진 흔적이나 불에 탄 흔적이 제법 많았다.

정문은 멀쩡했는데, 정문을 지키던 한스와 무트도 보이지 않았다.

카이엔은 서둘러 안으로 들어갔다. 저택 안쪽으로 갈수록 불길한 예감이 짙어졌다. 어느새 저택 중앙에 있는 건물에 도착한 카이엔은 더욱 굳은 얼굴로 안에 들어갔다.

건물은 절반 정도가 날아간 상태였다. 그리고 부서진 저택의 구멍을 통해 안쪽 상황이 보였다.

딜룬이 피를 흘리며 쓰러져 있었고, 렉스가 그 앞에 주저앉아 있었다. 렉스의 몸 곳곳이 부서진 채였는데, 그곳으로부터 죽음의 기운이 쉴 새 없이 흘러나왔다.

그 앞에 카스스가 떨어져 있었는데, 간간이 몸을 부르르 떨며 뇌전을 뿜어내는 걸로 봐서 아직 죽지는 않은 모양이었다.

그리고 한스와 무트가 정신을 잃은 채 쓰러져 있었다.

카이엔은 그들을 향해 다가갔다. 그러자 딜룬이 몸을 꿈틀거리다가 천천히 눈을 떴다.

"우흐흐흐. 쿨럭! 그놈이 갑자기 왜 가 버리나 했더니 주인님이 오셨군요. 우흐흐흐. 쿨럭!"

딜룬은 연신 피를 토했다. 몸 상태가 진짜 심각해 보였다. 이대로 조금만 더 내버려 두면 아마 돌이킬 수 없는 사태가 벌어질 것이다.

"왔었나?"

카이엔은 훌쩍 뛰어 딜룬 앞에 내려서며 물었다.

"우흐흐흐. 괴물 같은 놈이던데요? 결국 잡고 있던 세 놈 다 놓쳤습니다. 우흐흐흐."

"그딴 놈들은 됐다. 기다려라."

카이엔은 한쪽을 쳐다보다가 훌쩍 몸을 날렸다. 허공을 가르며 어딘가로 빠르게 날아간 카이엔은 어느새 양팔에 두 여인을 하나씩 안고 다시 나타났다.

카이엔과 함께 날아와 딜룬을 확인한 에르미스는 창백해진 얼굴로 외쳤다.

"딜룬 경!"

에르미스는 서둘러 성력을 뽑아냈다.

화아아악!

딜룬의 몸이 새하얀 빛에 휩싸였다.

티에라는 좀 더 차분한 표정으로 한스와 무트에게 다가가 두 사람을 치료해 주었다.

거기까지 확인한 카이엔은 카수스를 들어 올렸다. 상대적으로 딜룬에 비해서는 상태가 양호했다. 하지만 이대로 내버려 두면 문제가 생기는 건 마찬가지였다.

카이엔의 손이 새하얗게 물들었다. 그리고 그 새하얀 손에 새까만 벼락 문양이 나타났다. 마치 카수스의 몸으로 검은 벼락이 스며드는 듯한 광경이 펼쳐졌다.

푸드드득!

카수스가 갑자기 힘차게 날갯짓을 하더니 훌쩍 날아 카이엔의 어깨에 앉았다.

"이제 대충 정리된 건가?"

카이엔이 그렇게 말하자, 옆에 주저앉아 있던 렉스가 고개를 들고 카이엔을 바라봤다.

"난 이대로 둘 건가?"

렉스의 몸 곳곳에서 죽음의 기운이 흘러나오고 있었다. 타격이 심해서 렉스가 스스로 그것을 제어할 수 없을 지경이었다.

그나마 몸이라도 멀쩡하면 괜찮을 텐데 몸에도 구멍이 숭숭 뚫려서 더 이상 어찌할 방법이 없었다.

카이엔은 그런 모습을 보면서도 그저 담담했다.

"몸은 시간이 지나면 복구될 거야."

렉스는 그제야 이해했다는 듯 고개를 끄덕였다. 몸만 복구된다면 나머지는 자신이 알아서 할 수 있었다. 다시 온몸에 신념을 두르는 건 조금 더 쉬면서 정신력을 회복하면 충분히 가능했다.

대충 정리가 끝나자 카이엔은 그나마 멀쩡한 소파에 앉아 일행을 둘러봤다.

"이제 슬슬 설명해 봐. 무슨 일이 있었던 거지?"

"무지막지한 놈 하나가 들이닥쳐서 이렇게 만들어 놓고 갔습니다. 우흐흐."

"무지막지한 놈? 마도황제?"

딜룬이 고개를 갸웃거렸다.

"글쎄요. 마도황제 같기도 하고, 아닌 것 같기도 하고……."

"그게 무슨 소리야? 얼굴을 가리고 온 건가?"

"아뇨. 얼굴은 드러내고 왔습니다. 분명히 우리가 잘 아는 그 얼굴이었고요. 한데……."

"그런데 뭐?"

"분위기가 좀 묘하다고 할까요?"

"분위기가 묘해?"

"예. 그리고 우리가 예상했던 것보다 좀 약한 것 같았습니다."

"흐음."

카이엔은 턱을 쓰다듬으며 딜룬과 렉스를 쳐다봤다. 저 둘은 이제 마왕에 필적하는 힘을 가지고 있었다. 당연히 그런 둘을 농락한 침입자는 마도황제일 확률이 높았다.

'한데, 아니라고?'

딜룬이 그런 느낌을 받았다면 아마 맞을 것이다.

"사실 우리도 제법 잘 버텼다. 그놈이 압도적으로 강하긴 했지만 그래도 해볼 만했지."

카이엔은 고개를 끄덕였다.

"약하군."

물론 혼자서 마왕에 필적한 힘을 가진 딜룬과 렉스를 동시에 상대할 정도로 강하긴 했다. 하지만 그들이 생각했던 마도황제에는 훨씬 못 미친다.

"그놈이 왔다가 그냥 갔다고?"

"우흐흐. 왔다가 그냥 간 게 아니라 우리가 잡은 세 놈을 데려갔다니까요."

그걸로 그 세 놈의 운명은 결정되었다. 아마 마도황제에게 먹힐 것이다.

하지만 과연 마도황제의 목적이 그 세 놈이었을까? 카이엔은 고개를 저었다. 이 저택에는 그보다 훨씬 중요한 것이 남아 있었다.

"여기서 잠시 쉬고 있어."

카이엔은 그렇게 말하고 서둘러 아래로 내려갔다. 이 건물 지하에 마경이 있었다. 일단 그걸 확인하는 것이 먼저였다.

순식간에 지하로 내려간 카이엔은 거대한 공간에 덩그러니 떠 있는 두 개의 거울을 확인할 수 있었다.

혹시 몰라 마경 주위로 빽빽하게 마법진을 깔아 뒀다. 마경의 존재를 감추는 마법진이었다. 물론 완벽히 감출 수는 없었다. 하지만 교란은 가능했다. 저택 전체를 마경과 비슷한 느낌을 주는 기운으로 꽉 채워 버린 것이다.

그 때문에 예전 그 난쟁이도 마경을 찾아내지 못했다. 이 저택에 마경이 있다는 건 알아냈지만 말이다.

역시 마도황제도 이곳을 찾아내지는 못한 모양이었다.

그것을 확인한 카이엔은 다시 지하에서 나가 일행이 있는 곳으로 돌아갔다.

다들 편안한 자세로 쉬고 있었다. 이제 렉스도 제법 기력이 돌아온 모양이었다.

"마경을 확인하고 오신 겁니까? 우흐흐."

카이엔은 고개를 끄덕이며 주위를 둘러봤다. 건물 상태가 좋지 않았다. 마치 금방이라도 무너질 것 같았다.

"일단 여기서 나가는 게 좋겠군."

카이엔의 말에 다들 자리에서 일어나 밖으로 향했다. 한스와 무트는 렉스가 양팔에 하나씩 들고 갔다. 카이엔은 앞장서서 걸어가다가 문득 마도황제가 떠올랐다.

'약하다고?'

그 부분이 계속 마음에 걸렸다. 카이엔은 고개를 돌려 렉스를 쳐다봤다.

"네가 보기엔 어때? 예전에 봤던 마도황제와 비교하면."

"글쎄……."

렉스는 얼른 대답하지 못했다. 하지만 결론을 내리는 건 그리 어렵지 않았다.

"예전 그놈이 더 강하다."

"그때 받은 강렬함 때문에 그렇게 느끼는 게 아니고?"

렉스는 단호히 고개를 저었다.

"그건 아니다. 다른 건 몰라도 마도황제에 관해서 만큼은 확실한 기준을 가지고 있다."

렉스는 손가락으로 자신의 머리를 톡톡 두드렸다.

"여기 각인되어 있으니까."

카이엔도 중요한 문제이기에 다시 확인한 것이었다. 마도황제에 대한 렉스의 의견이 틀릴 리 없다는 건 아주 잘 알고 있었다.

아무튼 그렇다면 정말 이상한 일 아닌가.

"그럼 그 오랜 세월을 살아남으면서 더 약해졌다 이건가? 뭔가 좀 이상하지 않아?"

"확실히……."

마도황제가 어떤 사람인가. 자신의 목적을 위해 어마어마한 세월에 걸친 계획을 세운 자다. 그런 인물이 과연 자신이 약해지도록 내버려 뒀을까?

절대 아닐 것이다. 만일 약해진다면 그에 걸맞은 대책을 세워서 다시 강해졌을 것이다.

"우흐흐. 뭐가 뭔지는 모르겠지만 약해지면 좋은 거 아닙니까? 우흐흐흐. 얼른 찾아서 박살을 내 버리죠. 우흐흐흐."

"어디로 갔는지는 알고?"

"우흐흐. 그거야 주인님이 알아서 하셔야지요. 예전에 이더문의 흔적을 쫓아서 마경도 찾지 않으셨습니까."

"그놈도 공간이동을 통해 사라졌나?"

딜룬이 고개를 도리도리 저었다.

"아뇨. 우흐흐흐흐. 하지만 자신의 기운을 줄줄 흘리면서 갔으니까 분명히 흔적이 남았을 겁니다."

딜룬의 말에 카이엔은 정신을 집중해 주변을 살폈다. 수많은 기운의 흐름이 보였다. 그중에서 유독 강력한 흑마력의 힘이 어딘가로 흘러가고 있는 것이 보였다.

"저거 같긴 한데……."

"우흐흐흐. 역시 주인님이시군요. 벌써 찾으셨습니까?"

찾긴 찾았는데 왠지 꺼림칙한 느낌이 들었다. 하지만 지금으로서는 달리 방법도 없었다. 카이엔은 일단 흑마력의 흐름이 향하는 곳에 가 보기로 했다.

"너희는……."

카이엔은 일행을 돌아봤다. 딜룬과 렉스, 티에라와 에르미스의 눈이 기대감과 호기심으로 일렁이고 있었다. 순간 카이엔의 머릿속이 복잡해졌다. 수많은 생각과 생각이 교차했고, 결국 굳은 표정으로 결론 내리듯 말했다.

"나 혼자서 간다."

"예? 혼자 가신다고요?"

가장 먼저 반응을 보인 사람은 티에라였다. 티에라는 놀라 동그래진 눈으로 카이엔을 뚫어지게 바라봤다.

"아무래도 그게 나을 것 같다. 저택을 지킬 사람도 필요하고……."

그렇게 말한 카이엔은 렉스가 들고 있는 두 사람을 손가락으로 가리켰다.

"저들을 그냥 내버려 두고 가기도 그렇잖아."

카이엔이 이렇게까지 말한다는 건 정말로 혼자 가고 싶다는 뜻이었다. 다들 그걸 알기에 더 말을 꺼내지 못하고 머뭇거리기만 했다.

사실 카이엔은 불안했다. 흑마력의 흐름을 발견했을 때부터 떠오른 불길함이 여전히 사라지지 않고 있었다. 이 말은 저 흐름의 끝에 함정이 도사리고 있을 확률이 높다는 뜻이었다.

마도황제가 비록 약했다고 하지만 그래도 마도황제는 마도황제였다. 그는 무려 수천 년에 걸쳐 자기 뜻을 관철하기 위한 계획을 세우고 실행해 온 사람이었다.

그런 자가 만든 함정이 그리 간단할 리 없었다. 그런 함정으로 들어가는데 일행이 있다면 과연 그들을 지켜줄 수 있을까?

카이엔은 그 부분을 확신할 수 없었다.

"그럼 그렇게 알고 있도록."

카이엔은 그 말을 남기고 훌쩍 날아올랐다. 흑마력의 흔적은 여전히 또렷했다. 보아하니 제법 시간이 지나도 쉽게 사라질 것 같지 않았다.

'노골적이군.'

이렇게 대놓고 부르는데 가지 않을 수 없었다. 또한 동료를 데려갈 수도 없었다.

카이엔은 흑마력의 흔적을 따라 빠르게 날아갔다.

그리고 그 순간 위태롭게 서 있던 건물이 무너졌다.

꽈르릉!

다들 깜짝 놀라 뒤를 돌아봤다. 건물이 폭삭 주저앉았다. 저 건물 아래에 마경이 있었지만 지금으로선 차라리 잘되었다는 생각이 들었다. 이대로라면 누군가 마경을 노리는 것도 쉽지 않을 테니까.

"그나저나 괜찮으시겠죠?"

티에라가 걱정스러운 표정으로 카이엔이 사라진 방향을 바라보며 중얼거렸다.

"우흐흐흐. 누가 누굴 걱정합니까? 우흐흐흐."

딜룬의 말에 다소 안심한 티에라가 빙긋 웃으며 고개를 끄덕였다.

"그렇겠죠? 그럴 거예요."

잠시 침묵이 감돌았다. 다들 마음을 가라앉힐 시간이 필요했다. 오늘 벌어진 일은 모두에게 그리 쉽지만은 않았으니까.

그러던 어느 순간, 갑자기 렉스가 고개를 번쩍 들더니 주위를 둘러봤다.

"이제 슬슬 우리 걱정을 해야 할 시간이 온 것 같군."

"우리 걱정이요?"

에르미스가 의아한 표정으로 렉스를 바라보며 묻자, 딜룬이 에르미스에게 바짝 붙으며 말했다.

"우흐흐흐. 우리를 노리는 놈들이 있군요. 에르미스는 걱정할 거 없습니다. 제가 지키고 있는 이상 누구도 에르미스의 몸에 손대지 못할 테니까요. 우흐흐흐."

딜룬은 그렇게 말하며 몸 상태를 점검했다. 치료가 제대로 먹혔는지 몸은 최상이었다. 다시 마도황제가 온다 해도 웬만큼은 버틸 수 있을 것 같았다.

"일단 여기서 버티는 편이 나을 것 같군요. 다들 이쪽으로 모여주시고…… 거기 바닥에 누워 있는 게으름뱅이들도 이쪽으로 옮기죠. 우흐흐."

딜룬의 말에 티에라와 에르미스가 딜룬 뒤로 이동했다. 그리고 렉스가 바닥에 누워 있는 한스와 무트의 뒷덜미를 들어 휙휙 던졌다.

한스와 무트는 딜룬 뒤에 툭툭 떨어졌는데, 그 충격으로 정신을 차렸다.

"끄응. 머리가 깨질 것 같군."

무트는 고개를 흔들며 몸을 일으켰다. 그러다가 퍼뜩 자신이 기절했던 상황이 떠올라 자리에서 벌떡 일어났다.

"아차! 그 미친놈!"

웬 미친놈 하나가 정문을 훌쩍 뛰어넘어 저택 중심으로 달려가는 바람에 한스와 함께 그놈을 쫓아갔는데, 그놈을 따라 건물 안에 들어간 순간 갑자기 온몸이 부서질 것 같은 충격을 받고 정신을 잃었다.

무트와 거의 동시에 정신을 차린 한스는 굳은 표정으로 주위를 둘러보며 상황을 파악하려 애썼다. 그러다가 딜룬을 발견하고 흠칫 놀랐다.

"우흐흐. 마침 깨어나서 다행이네. 죽지 말고 잘 버텨봐. 우흐흐흐."

한스와 무트는 딜룬이 하는 말이 무슨 의미인지 채 깨닫기도 전에 깜짝 놀라 저택 담장이 있는 쪽을 바라봤다. 그쪽에서 말로 표현할 수 없을 정도로 사악한 느낌이 확 풍겨 왔다.

새까만 옷을 입은 수백 명의 사내가 담장을 휙휙 넘어왔다. 그들의 움직임은 조용하면서도 빨랐다.

아직 환한 대낮임에도 이들은 전혀 거리낌이 없었다. 아무렇지도 않게 담을 넘었고, 넘자마자 저택 중심 건물에 있는 일행을 확인하고도 자신들이 할 일만 했다.

열 명을 제외한 나머지 사내들이 사방으로 흩어졌다. 마치 뭔가를 찾으려 움직이는 듯한 모습이었다.

그리고 남은 열 명은 살기등등한 눈빛으로 딜룬 일행을 노려보며 천천히 다가갔다.

"우흐흐흐. 이거 아무래도 인원을 나눠야 할 것 같은데……."

딜룬은 그렇게 말하며 렉스를 쳐다봤다. 사실 딜룬도 렉스도 난감하기 이를 데 없었다. 지금 다가오는 열 명은 사방으로 흩어진 수백 명과 비교조차 할 수 없을 정도의 강자였다.

아마 딜룬이나 렉스 둘 중 하나만 빠져도 쉽게 상대하기 어려울 것이다. 아니, 어쩌면 둘이 함께 싸워도 쉽지 않을지 모른다.

"저놈들…… 살아 있는 놈들이 아니다."

렉스의 말에 딜룬이 흠칫 놀라며 다가오는 사내들을 다시 살폈다. 하지만 그들의 움직임이 너무 자연스러워서 언데드처럼 보이지가 않았다. 만일 저들이 언데드라면 아마 렉스와 비슷한 존재이리라.

"저들 열 명은 언데드 군주다."

"정말?"

렉스의 말에 일행은 깜짝 놀랐다. 언데드 군주라니! 그것도 열 명이나!

"그럼 나머지 사람들은…….."

"당연히 언데드지. 저들의 권속이다. 하나같이 보통이 아니야."

"어쩌죠? 다른 건물에 숨어 있는 사람들은…….."

에르미스가 걱정스러운 눈으로 딜룬을 바라보며 물었다. 무너진 저택에서 일하던 자들은 미리 대피를 시켰기에 많이 죽지는 않았다.

하지만 수백의 언데드가 건물을 덮친다면 살아남을 수 있는 사람은 아무도 없을 것이다.

걱정은 되었지만 그들이 할 수 있는 일은 아무것도 없었다. 일단 다가오는 열 명의 언데드 군주를 막는 것만 해도 보통 일이 아니었다.

그렇게 모두 걱정하고 있을 때, 뭔가가 연이어 튕겨 나가는 소리가 들려왔다.

투두두두두두둥!

마치 검은콩 수백 개를 한꺼번에 촤악 뿌리는 듯한 광경이 펼쳐졌다. 저택을 살피기 위해 달려가던 수백 명의 흑의 사내가 몽땅 뒤로 튕겨난 것이다.

그들은 담장 아래까지 데굴데굴 굴러갔다. 그만큼 받은 충격이 컸다는 뜻이다. 한데 그들은 아무렇지도 않은 표정으로 다시 벌떡벌떡 일어났다.

그리고 다시 저택을 향해 달려갔다. 하지만 결과는 조금 전과 같았다.

투두두두두두둥!

이번에는 사내들도 섣불리 다시 도전하지 못하고 중심에 있는 열 명의 언데드 군주를 바라봤다.

언데드 군주들이 걸음을 멈추고 눈살을 찌푸렸다.

"일단 저놈들을 잡아서 족친 다음 천천히 방법을 강구해 봐야겠군."

언데드 군주가 다시 걷기 시작했다. 그리고 나머지 사내들은 담장에 바짝 붙은 채 미동도 않고 꼿꼿이 서 있었다.

이내 양측이 10미터쯤 거리를 두고 대치했다.

"우흐흐흐. 역시 주인님이야. 이런 음흉한 조치를 해 뒀을 줄이야. 우흐흐흐."

딜룬은 그렇게 말하며 목을 양쪽으로 툭툭 꺾으며 건들건들 앞으로 나섰다.

"그럼 운동 좀 해볼까?"

딜룬이 막 달려들려던 찰나, 렉스가 딜룬의 어깨를 잡았다.

"내가 하지."

딜룬이 인상을 쓰며 렉스를 노려봤다. 하지만 렉스는 아무 대꾸도 없이 뒤에서 조마조마한 표정으로 기도하듯 두 손을 꼭 쥐고 있는 에르미스를 힐끗 쳐다봤다.

이내 딜룬이 한숨을 푹 내쉬었다. 하지만 그것도 잠시 순식간에 활짝 펴진 표정으로 에르미스에게 다가가며 웃었다.

"우흐흐흐. 역시 에르미스를 지키는 게 제일 중요하지요. 우흐흐흐."

딜룬은 그렇게 말하며 에르미스 앞을 막고 섰다. 하지만 언데드 군주들을 바라보는 딜룬의 눈빛에는 숨길 수 없는 아쉬움과 전투에 대한 열망이 이글이글 타올랐다.

딜룬의 심정을 잘 알고 있기에 렉스는 피식 웃으며 언데드 군주를 향해 걸어갔다. 어쨌든 저들은 자신이 상대하는 게 나았다.

'같은 언데드니까.'

렉스는 바닥을 박차고 몸을 날렸다. 그리고 그와 동시에 언데드 군주들도 일제히 단검을 휘두르며 달려들었다.

*　　　*　　　*

카이엔은 점점 뚜렷해지는 흑마력의 흔적을 따라 쭉쭉 날아갔다. 속도를 늦춰 살필 필요도 없었다. 흑마력의 흔적은 갈수록 진해졌기에 나중에는 신경을 써서 보지 않아도 눈앞에 쫙 펼쳐졌다.

"멀리도 갔군."

어쩌면 자신을 이쪽으로 유인한 다음 저택을 노리는 것일 수도 있지만, 어느 정도 준비를 해두고 왔으니 최대한 서둘러 이쪽을 확인하면 큰 문제는 없을 것이다.

　카이엔은 더 서둘렀다. 이제 흔적도 훨씬 뚜렷해졌고, 흔적을 확인하는 것도 익숙해졌으니 더욱 빠르게 날아가도 괜찮았다.

　그렇게 얼마나 날아갔을까. 카이엔은 상당히 익숙한 곳에 도착했다.

　"여기는…… 바움 숲이로군."

　흔적이 이어진 곳은 바움 숲이었다. 이곳에는 두 번째 헬게이트가 있었다. 그리고 그 헬게이트는 일리오스 교단에 의해 철저히 관리되고 있었다.

　카이엔은 불길한 예감이 들었다. 흑마력의 흔적이 이쪽으로 이어졌다는 것은 마도황제가 여기에 왔다는 뜻이다. 그렇다면 과연 헬게이트를 지키는 일리오스 교단의 사제와 성기사를 어떻게 했을까? 답은 보지 않아도 뻔했다.

　한껏 굳은 표정을 지은 카이엔은 서둘러 숲 안으로 들어갔다. 흑마력의 흔적은 정확히 헬게이트가 있는 방향을 향하고 있었다.

　안으로 조금 더 들어가자 피비린내가 났다. 깊숙이 들어가면 들어갈수록 피 냄새는 더욱 짙어졌다.

　카이엔은 이내 헬게이트가 있는 곳에 도착했다. 그곳에는 눈뜨고 보기 어려울 정도의 참상이 벌어져 있었다.

　헬게이트를 중심으로 온통 시체투성이였다. 게다가 제대로 남아난 시체가 없었다. 다들 어디 몇 군데는 뜯긴 채 피 웅덩이에 잠겨 있었다.

헬게이트는 상당히 크고 짙었다. 그리고 어둠의 기운을 풀풀 풍기는 헬게이트 앞에 검은 옷을 입은 사내 한 명이 서 있었다.

일리오스 교단에서 헬게이트를 계속 관리했을 테니 이렇게 크고 짙을 리 없는데 이런 걸 보면 저 사내가 헬게이트에 뭔가 수작을 부렸음이 분명했다.

"네가 마도황제인가?"

카이엔이 사내를 향해 물었다. 사내의 얼굴은 마도황제와 똑같았다. 하지만 그가 마도황제라고 확신할 수가 없었다. 정말로 풍기는 기운이 별 볼 일 없었다.

물론 딜룬이나 렉스에 비하면 훨씬 강했다. 하지만 그뿐이었다. 전혀 위협적이지 않았다. 딜룬과 렉스가 왜 저자를 그렇게 평가했는지 충분히 알 만했다.

"실망했나? 큭큭큭."

마도황제가 즐거운 듯 웃었다. 그의 눈빛이나 표정을 보면 정말로 즐거워하고 있음이 분명했다.

"뭐가 그렇게 재미있지?"

"큭큭큭. 전부. 모든 것이 다 재미있다. 넌 재미없나? 세상이 이렇게 아름답고 즐거운데 말이야. 큭큭큭큭."

카이엔은 피식 웃으며 주위를 둘러봤다.

"아직 이런 피바다 속에서 즐거워할 정도로 망가지진 않아서."

"큭큭큭큭. 그래. 네가 보기엔 내가 망가진 것처럼 보이겠지. 하긴 내가 생각해도 난 정상이 아니야. 하지만 이제 곧 괜찮아질 거야. 난 달라질 테니까."

"달라진다고?"

"그래. 난 몇 차원 위의 존재가 될 거다."

"몇 차원 위의 존재? 그게 뭐지? 신이라도 될 생각인가?"

"큭큭큭. 신? 글쎄 그렇게 볼 수도 있나?"

마도황제는 그렇게 말하다가 이내 고개를 저었다.

"아니, 아무리 생각해도 신은 아니야. 난 신보다 더 고차원적인 존재가 될 테니까."

카이엔은 눈살을 찌푸렸다. 신보다 더 고차원적인 존재라니. 대체 그게 뭐란 말인가.

"큭큭큭. 그래. 그 표정 아주 좋군. 뭐가 뭔지 전혀 모르겠다는 듯한 얼굴이야. 타인의 무지를 확인하는 건 언제나 즐거운 법이지. 큭큭큭큭."

"역시 제정신이 아니야."

"큭큭큭큭. 맞아. 제정신이 아니지. 하지만 한 차원 높은 자리에서 보면 내가 너보다 더 정상일 수도 있어."

"알 게 뭐야."

카이엔은 그렇게 말하며 공격 준비를 했다. 상대는 헬게이트 앞에 서 있었다. 그러니 약간의 낌새만 느껴도 마계로 도망칠 것이다.

그건 정말로 골치 아픈 일이었다. 마계는 이곳과 시간 흐름이 다르기 때문에 몇 초 늦게 들어간다 해도 마계에서는 며칠이 지난다. 그러면 얼마나 멀리 도망칠 수 있겠는가.

그러니 헬게이트에 들어가기 전에 베어야 한다. 반격도 못할 정도로 단숨에 말이다.

"날 죽일 수 있을 것 같은가?"

카이엔이 뭘 하려는지 알아차렸는지 마도황제가 빙긋 웃으며 물었다.

"안으로 도망가지 않으면 무조건. 안으로 도망쳐도 시간이 좀 더 걸릴 뿐 결과는 달라지지 않겠지. 시간 벌고 싶으면 게이트를 넘든가."

"큭큭큭큭. 자존심을 긁어서 안으로 못 들어가게 하려고? 걱정할 거 없어. 난 마계에 가고 싶은 생각은 요만큼도 없으니까. 큭큭큭큭."

"그럼 편히 죽일 수 있겠군."

"아아, 잠깐 기다려 봐. 너도 궁금증을 풀 시간이 필요하지 않겠어?"

"그런 거 없다. 너만 죽으면 돼."

카이엔은 그 말이 채 끝나기도 전에 몸을 날렸다. 지진이라도 일어난 것처럼 바닥이 쩍쩍 갈라졌다. 그만큼 엄청난 힘으로 바닥을 박찬 것이다.

카이엔의 몸이 순식간에 마도황제 뒤에 도착했다. 혹시라도 헬게이트를 넘지 못하게 길을 막은 것이다.

"이제 끝났다."

꽈앙!

카이엔은 등으로 마도황제를 밀어 쳤다. 그 충격에 마도황제가 그대로 나동그라졌다. 워낙 빠르고 강해서 어딜 어떻게 공격하는지 미처 보지도 못했다.

쿠당탕탕탕!

꼴사납게 바닥을 데굴데굴 구른 마도황제는 누운 채 몸을 꿈틀거리다가 천천히 일어났다. 그리고 목을 이리저리 돌리면서 중얼거렸다.

"크윽! 이거 좀 아프군."

카이엔의 눈이 살짝 커졌다. 이번 타격은 상당했다. 카이엔이 가진 특별한 기술 중 하나였는데, 돌진하는 힘까지 몽땅 에너지로 응축해서 타격을 주는 기술이었다.

물리적 타격으로는 카이엔이 가진 기술 중 최상위에 속하는 것이었는데, 그걸 맞고도 저렇게 멀쩡히 일어날 수 있다는 사실 자체가 놀라운 일이었다.

제대로 맞으면 마왕조차 온몸이 부서질 정도로 강력한 기술이었다. 한데 마도황제를 보니 별다른 타격을 입은 것 같지도 않았다.

"안에 들어갈 생각이 없다고 했는데, 믿어주지 않으니 좀 슬프군."

카이엔은 피식 웃었다.

"웃기고 있네."

마도황제는 언제든 안으로 뛰어 들어갈 수 있도록 준비하고 있었다. 자세와 근육의 움직임만 봐도 충분히 알 수 있었다. 아마 카이엔이 그렇게 막무가내로 공격하지 않았다면 마도황제는 자기 할 말만 하고 헬게이트 안으로 들어갔을 것이다.

"하고 싶은 말 있으면 해."

카이엔이 그렇게 말하자, 마도황제가 크게 웃었다.

"크하하하! 이거 한 방 먹었군."

마도황제는 정말로 즐거운 표정을 지었다. 그리고 흥미진진한 눈빛으로 카이엔을 바라봤다.

"사실 그리 대단한 계획도 아니었어. 그저 시간이 오래 걸리는 일이었을 뿐이지. 지금까지는 아주 순조로웠는데 네가 나타난 거야."

마도황제는 혀로 입술을 한 번 축이고는 더욱 강렬해진 눈빛으로 말을 이었다.

"헬게이트 원정에서 살아남은 놈이 있을 줄이야. 그것도 심연의 주인이 되어서 말이야. 큭큭큭큭. 나중에 그걸 알고 내가 얼마나 놀란 줄 아나?"

"할 말이 그게 다라면 슬슬 끝내지."

카이엔은 그렇게 말하고 공간을 열어 심연의 검을 꺼냈다. 마도황제를 죽이려면 심연의 검을 써야만 한다는 직감이 들었다.

"오오! 심연의 검! 차원이 달라질 내게 가장 어울리는 무기 아닌가! 크하하하!"

"미친놈."

카이엔은 그렇게 말하며 검을 휘둘렀다.

쉬아악!

거대한 어둠의 기운이 날카롭게 벼려진 채 마도황제를 향해 날아갔다. 아주 간단한 일격이었지만 그만큼 빠르고 효과적인 공격이기도 했다.

서걱!

마도황제는 그 공격을 피하지 못하고 그대로 두 동강이 났다. 하지만 잘린 몸에서 피가 흘러나오지 않았다. 더 놀라운 것은 그 상태 그대로 살아서 여전히 웃고 있다는 점이었다.

"역시 놀랍군. 놀라워! 이 정도 힘이라니!"

"아주 다져 놔야겠군."

카이엔은 그렇게 말하며 하체가 없이 상체만 세운 채 웃고 있는 마도황제를 향해 걸어갔다. 참으로 기괴한 모습이었지만, 그래도 거부감이 들거나 하지는 않았다. 신기하게도 그게 더 자연스러워 보였다.

따로 떨어져 나간 하체가 순식간에 말라비틀어졌다. 카이엔은 그것을 보며 눈살을 찌푸렸다. 하체가 말라비틀어지며 가루가 되어 흩어졌는데, 그것이 모조리 마도황제의 콧속으로 빨려 들어간 것이다.

어느새 마도황제는 원래의 몸으로 돌아와 있었다. 역시 온몸을 가루로 만들기 전에는 죽지 않을 것 같았다. 그걸 확인하면서도 카이엔은 담담했다. 자신에게는 충분히 그럴 힘이 있었으니까.

"잠깐 기다려! 뭐가 그리 급한가! 아직 내 말이 다 끝나지도 않았다고!"

"듣기 싫다."

쉬쉬쉬쉭!

카이엔은 심연의 검을 수십 번이나 휘둘렀다. 모든 공격이 마도황제의 몸에 박혔다. 당연히 마도황제는 수십 조각으로 갈라졌다. 하지만 그럼에도 여전히 죽지 않았다. 카이엔도 그걸 알기에 공격을 거기서 멈추지 않았다.

서걱! 서걱! 서걱! 서걱!

카이엔은 검을 휘두르고 또 휘둘렀다. 마도황제는 말 그대로 점점 가루가 되어 갔다.

카이엔이 검을 멈춘 것은 더 이상 마도황제로부터 생기가 느껴지지 않을 때였다. 생기도 어둠의 기운도 전혀 느껴지지 않았다.

"끈질긴 놈."

어차피 이놈은 진짜 마도황제도 아니었다. 그가 만든 분신 중 하나일 뿐이었다. 그러니 죽이고도 개운치 않았다.

카이엔은 헬게이트를 쳐다봤다. 이곳에서 죽은 일리오스 교단 사람들을 이용해 헬게이트에 힘을 공급했음이 분명했다. 그게 아니라면 헬게이트가 저렇게 크고 강력해졌을 리 없으니까.

헬게이트에 힘을 공급하는 건 마계에서 하는 것보다 인간계에서 하는 것이 훨씬 효과적이었다.

"대충…… 3천 명쯤 되나?"

시체의 흔적을 보면 그 정도 수는 될 듯했다. 하지만 이들은 사제나 성기사였다. 아마 이들을 이용해 헬게이트에 공급할 수 있는 힘은 일반인보다 훨씬 대단할 것이다.

현재 헬게이트는 지금까지 중에서 가장 크고 강력한 상태였다. 아마 이곳을 통해 마족이 나타난다면 중급을 넘어 상급 마족이 나올 수도 있을 것이다.

카이엔이 잠시 이 헬게이트를 어떻게 처리할까 고민하고 있을 때, 헬게이트에서 얼굴 하나가 불쑥 튀어나왔다. 놀랍게도 그건 마도황제였다.

"성격이 너무 급한 거 아닌가? 대화를 나눌 시간은 충분하잖아?"

카이엔은 그것을 보며 눈살을 찌푸렸다. 그리고 대체 뭐가 어떻게 된 일인지 맹렬히 생각했다.

"그렇게 복잡하게 생각할 거 없어. 아까 그놈은 죽었으니까. 난 전혀 다른 사람이야. 그저 네게 말을 전해 주기 위한 존재랄까?"

카이엔은 대꾸하지 않았다. 상대에게서 느껴지는 힘은 보잘것없었다. 여기서 손가락만 까딱해도 죽일 수 있었다. 하지만 그가 헬게이트에 몸을 걸치고 있다는 것이 문제였다.

"기사왕을 데리고 있어서 그런지 나에 대해 제법 잘 아는 모양이더군. 설마 기사왕을 같은 편으로 만들어 버릴 줄이야. 큭큭큭. 덕분에 제법 즐거웠어. 굳이 필요 없던 전쟁을 일으키느라 머리는 좀 아팠지만 말이야."

"전쟁을 벌써 일으켰나?"

"한 사흘쯤 됐을 거야. 비록 작은 왕국끼리의 전쟁이지만 둘 중 하나가 멸망하기 전에는 끝나지 않을 거야. 한쪽 국왕이 나거든. 큭큭큭큭."

카이엔은 눈살을 찌푸렸다. 확실히 제정신이 아닌 놈이었다.

"내가 너무 약해서 이상하지? 이상할 거 없어. 만일 너라도 나와 같은 일을 겪으면 마찬가지일 테니까. 아니, 넌 더 약해지려나?"

카이엔은 대충 마도황제가 겪은 일이 무엇인지 예상했다. 그리고 무엇을 위해 그러는지도 대강은 짐작했다.

하지만 그래서 더 이해할 수가 없었다. 굳이 그렇게 하지 않고도 충분히 원하는 바를 얻을 수 있지 않았을까? 그 정도로 긴 시간을 투자했다면 말이다.

"호오. 예상한 얼굴이로군. 하긴, 그리 어려운 일은 아니었지. 그래. 네 생각대로다. 날 나눠서 분신을 만들었다."

"고작 분신을 만드는데 수천 년을 들였다고?"

"정확히 말하면 분신을 숙성시키는 시간이 길었던 거야. 난 그동안 차근차근 분신이 깨어난 이후의 일을 준비했고."

마도황제는 씨익 웃으며 카이엔과 자신이 조금 전 싸웠던 곳을 바라봤다.

"저기서 싸웠던 내 분신도 그 긴 세월의 과정을 통해 준비한 것 중 하나이고."

그 말을 들은 카이엔은 살짝 불길한 예감이 들었다.

"설마…… 그런 놈을 양산했단 말인가?"

"아아, 양산은 아니니까 걱정하지 마. 하나 만드는데 들어가는 돈과 노력과 시간이 정말 어마어마하니까. 하지만 꼭 하나만 있으란 법은 없지. 난 준비성이 철저한 사람이거든. 그거 최종적으로 내가 쓸 육체야."

"그런 육체를 그렇게 함부로 던졌다고?"

"네 힘을 시험해 보고 싶었거든. 그리고 몇 가지 테스트할 것도 있었고."

"테스트?"

마도황제가 씨익 웃었다.

"그래. 테스트. 아주 성공적인 테스트였어. 이건 생각지도 못했던 복이 들어온 셈이니 성공도 이런 성공이 없지."

거기까지 말한 마도황제는 갑자기 뭔가가 떠올랐다는 듯 손가락을 딱 튀겼다.

"아! 내 계획을 아직 얘기 안 했군. 자, 앞으로 남은 내 계획은 바로 이 헬게이트야."

"헬게이트를 또 열 셈인가?"

"뭐 그렇다면 그렇고 아니라면 아니지."

마도황제는 별 반응을 보이지 않는 카이엔을 보며 재미없다는 듯 혀를 찼다.

"쯧쯧. 이래서야 놀리는 재미도 없잖아. 뭐, 여기까지 왔으니 얘기는 제대로 해 줘야지. 넌 헬게이트의 역할이 단순히 마계와 인간계를 연결하는 걸로 끝이라 생각하나?"

카이엔의 눈썹이 꿈틀거렸다. 마도황제는 그제야 반응을 보이는 카이엔의 모습에 만족스러운 미소를 지었다.

"그리고 내 분신이 꼭 인간 중에만 있을 것 같은가? 응? 크크크크."

마도황제는 잠시 뜸을 들이다가 손가락 하나를 들며 차분히 말했다.

"헬게이트의 역할은 마계와 인간계의 흐름을 맞추기 위한 거야."

"흐름을 맞춘다고?"

"그래. 헬게이트가 오랫동안 존재할수록 마계와 인간계의 흐름이 같아지지. 시간이 똑같이 흐르게 된다는 뜻이야. 그럼 어떻게 될까?"

한동안 침묵이 감돌았다. 카이엔은 그 말을 들은 순간 답을 알았다. 둘의 흐름이 같아진다는 건 일체화된다는 것과 같다. 마계와 인간계를 마음대로 넘나들 수 있는 존재가 생겨날 것이다.

"마계와 인간계를 같은 세상으로 만들고 싶은 건가?"

마도황제가 박수를 쳤다.

짝짝짝짝!

"정답이야. 머리 좋은데? 크크크크."

"남은 두 개의 시드는 헬게이트를 열지 않고 이 헬게이트에 넣어 키울 생각이로군."

마도황제의 눈이 화등잔만 해졌다.

"호오? 그것까지 알아냈어? 찍은 건가? 그런 것치고는 확신이 너무 짙은데?"

"첫 번째 헬게이트의 힘을 키우지 않고 마물만 내보낸 것도 네 작품이로군."

"맞아. 설마 그것까지 알아낼 줄은 몰랐는데? 어떻게 알았지?"

"의문을 갖고 있었으니까."

사실 그 문제는 카이엔이 마계에 있는 내내 생각했던 것 중 하나였다. 대체 왜 헬게이트를 키우지 않고 하급 마물만 끊임없이 내보낸 건지 말이다.

만일 그때 더 힘을 키워서 최소 하급 마족만 내보냈어도 판도가 많이 달라졌을 것이다. 한데 당시 헬게이트를 연 마왕 씨프로는 그렇게 하지 않았다.

"그 헬게이트는 준비가 덜 된 거지. 아니, 헬게이트가 아니라 마계의 준비가 덜 되었다고 해야 옳겠지."

카이엔이 쿵짝을 맞춰 주자 마도황제는 신바람이 나서 설명을 했다.

"그리고 여기 두 번째 헬게이트가 나왔어. 이건 좀 더 완벽하지. 힘만 키우면 마계와 인간계를 자유롭게 넘나들 수 있게 될 거야. 당연히 그 어떤 제약도 없이 말이야."

마도황제가 자랑스러운 표정으로 카이엔을 바라봤다. 마치 칭찬을 바라는 어린아이 같은 얼굴이었다.

"자, 어때? 굉장하지?"

"마경은 왜 찾은 거지?"

그러자 마도황제가 손뼉을 짝 쳤다.

"아! 마경! 그걸 잊을 뻔했군. 아주 중요한 건데. 솔직히 헬게이트만 가지고는 마계와 인간계의 흐름을 정확히 맞출 수가 없거든. 그럼 어떤 문제가 생길까?"

"제약이 생기겠지."

"맞아. 아주 잘 아는군. 역시 마계와 인간계를 동시에 경험한 사람다워. 어쨌든 그 미묘한 흐름을 맞추기 위해 필요한 게 바로 마경이야. 이유는 대충 짐작하겠지?"

카이엔은 고개를 끄덕였다. 마경은 상당히 특별하다. 마경을 통해 갈 수 있는 마계는 마치 감옥과도 같다. 닫힌 공간이라는 뜻이다. 그리고 그 공간의 흐름은 인간계와 같다.

카이엔은 문득 떠오르는 게 있어 마도황제에게 물었다.

"혹시 원래부터 마경을 부수려고 했나?"

마도황제의 눈이 화등잔만 해졌다.

"그것까지 짐작했다고? 너 정말 대단하구나! 내가 찍은 놈다워! 크하하하핫!"

카이엔의 입가가 비틀렸다.

"그런데 계획이 틀어졌지?"

그 말에 마도황제의 표정이 그대로 굳었다. 그는 무시무시한 눈으로 카이엔을 노려봤다. 하지만 카이엔은 아랑곳하지 않고 헬게이트 주위를 둘러봤다.

"대충 알겠어. 원래는 마경을 이리로 부를 생각이었군. 어쩐지 이 근처에 어둠의 기운이 몰려 있더라니. 그 목적으로 만들어 놓은 거였군."

카이엔은 그렇게 말하며 강하게 발을 굴렀다.

쿠웅!

거대한 울림과 함께 땅이 동심원을 그리며 파도치듯 일어났다.

콰콰콰콰콰콰!

마치 책장 넘기듯 땅거죽을 한 번 뒤집는 듯한 광경이었다. 그로 인해 땅 아래 숨겨져 있던 마법진이 드러났다. 또한 그 충격으로 마법진이 부서졌다. 다시는 쓸 수 없을 정도로.

카이엔이 마도황제를 보며 환하게 웃었다.

"자, 이제 어쩔 거지?"

마도황제는 죽일 듯 카이엔을 노려봤다. 하지만 이내 피식 웃으며 말했다.

"과연 네 저택에 있는 마경이 무사할까?"

이번에는 카이엔이 그를 무시무시한 눈으로 노려봤다.

*　　　*　　　*

꽈앙!

거대한 폭음과 함께 렉스와 부딪힌 사내들이 뒤로 날아갔다. 하지만 그 수는 고작 셋에 불과했다. 나머지 일곱은 고스란히 렉스의 몸에 자신의 무기를 꽂아 넣었다.

쩌저저저정!

몸에 맞은 무기가 튕겨 났다. 마치 보이지 않는 막이 렉스를 보호하는 듯했다.

렉스는 순식간에 검을 뽑아 크게 휘둘렀다.

콰우우우! 쩌엉!

언데드 군주 하나가 렉스의 공격을 막다가 뒤로 날아가 버렸다. 그리고 그사이 나머지 여섯 군주가 달려들었다.

쩡! 쩡! 쩡! 쩡! 쩡!

렉스의 검과 언데드 군주의 무기가 연달아 부딪쳤다. 렉스의 검술은 장중하고 빈틈이 없는 전형적인 기사의 검이었다.

반면 언데드 군주들은 변칙적이고 복잡한 검술을 썼다. 하지만 그들의 검은 렉스에게 거의 통하지 않았다.

렉스의 검술은 방어 위주였는데, 어찌나 촘촘한지 마치 벽을 온몸에 두른 것 같았다.

렉스는 절대 무리하지 않았다. 그저 방어에만 온 신경을 집중했다. 그렇게 열 명이나 되는 언데드 군주의 발을 성공적으로 묶었다.

기사왕인 렉스는 어떤 싸움이건 선봉에 서서 적진을 꿰뚫었다. 그러려면 공격력이 극대화되어야 할 것 같지만, 실제로 렉스는 공격보다는 방어에 훨씬 강했다. 자신의 몸을 제대로 보호할 수 있어야 두려움 없이 돌격할 수 있는 법이니까.

렉스의 방어를 뚫지 못한 채 계속 시간만 흐르자, 언데드 군주들은 점점 초조해졌다. 그들도 이 저택에서 가장 위험한 자가 카이엔이라는 사실은 미리 알고 왔다. 그리고 카이엔이 지금 이 자리에 없다는 것도 말이다.

언제 카이엔이 올지 알 수 없었다. 그러니 그 전에 최대한 빨리 일을 마무리하고 돌아가야 한다. 그들이 할 일은 생각보다 간단했다. 그저 마경을 부수기만 하면 된다.

마경을 부수는 건 어려운 일이었지만 그들에게는 대안이 있었다. 마경을 부술 수 있는 아티팩트가 있는 것이다. 그 아티팩트는 두 가지 힘을 동시에 다루는 것이었는데, 마경을 부수는 방식은 일전에 카이엔이 한 것과 똑같았다.

아무튼 그걸 마경에 던지기만 하면 되는 간단한 일이었는데, 그게 고작 렉스 하나에 막혀 있으니 얼마나 답답하겠는가.

이대로는 답이 안 나오겠다고 판단한 언데드 군주들이 일제히 뒤로 물러났다. 하지만 포기한 건 아니었다. 실력으로 뚫을 수 없으면 양으로 밀어붙이면 된다.

뒤에 서 있는 수백의 언데드는 그들과 심령이 연결되었기에 그저 생각하는 것만으로 명령을 내릴 수 있었다.

언데드들이 일제히 렉스가 있는 곳을 향해 달려갔다. 넓게 펼쳐진 채로 달려가 렉스가 피할 구석이 없었다. 물론 렉스는 그들을 보며 코웃음을 쳤다.

"언데드 군주도 어쩌지 못했는데 고작 저들이 날 어떻게 할 수 있을 것 같은가?"

렉스가 검을 크게 휘둘렀다.

콰우우우!

검에서 죽음의 기운이 뿜어져 나갔다. 그리고 그 죽음의 기운이 앞에서 달려오는 언데드들을 휘감았다.

쫘드드드득!

렉스가 휘두르는 죽음의 힘이 언데드 군주들보다 강력하기에 그들의 부하일 뿐인 언데드쯤은 쉽게 무너뜨릴 수 있었다. 렉스의 기운에 휘감긴 언데드는 어김없이 가루가 되어 흩어지며 자연으로 돌아갔다.

터더더더덩!

렉스에게서 멀리 떨어진 곳으로 돌진하던 언데드들이 속절없이 보이지 않는 막에 튕겨 뒤로 날아갔다.

언데드 군주들은 그걸 보며 눈을 빛냈다. 그걸 통해 지나갈 수 있는 길의 폭을 정확히 잴 수 있었다.

렉스의 위용은 압도적이었다. 하지만 언데드 군주들도 아무 생각 없이 부하들을 던진 건 아니었다. 그들은 렉스가 날뛰는 동안 아주 은밀히 움직였다.

자세를 한껏 낮춘 열 명의 언데드 군주가 최대한 렉스와 거리를 두고 안쪽으로 달려갔다. 아슬아슬할 정도로 경계에 가깝게 움직이며 자신이 가진 군주의 권능을 이용해 부하들이 더욱 난폭하고 강해지게 만들었다.

"캬아아아악!"

언데드들이 괴성을 지르며 날뛰었다. 적아를 가리지 않고 마구 무기를 휘두르는 모습이 꼭 미친 것 같았다. 하지만 그만큼 더 위협적이었다.

렉스는 훨씬 신중하게 검을 휘두르며 언데드를 막았다. 그리고 그 틈을 타고 안으로 뛰어드는 언데드 군주들을 확인했다.

렉스는 굳이 무리하지 않았다. 자신을 넘어가더라도 딜룬이 뒤에 있었다. 물론 무리하지 않았을 뿐, 검에 더 힘을 싣긴 했다.

꽈드드드드득!

더욱 많은 언데드가 단숨에 부서졌다. 그리고 언데드 군주 중 셋이 그 공격에 걸렸다.

꽝! 꽝! 꽝!

언데드 군주 셋이 뒤로 날아갔다. 그리고 둘이 다른 언데드와 함께 뒤섞여 렉스를 공격했다. 나머지 다섯 군주가 렉스를 지나쳐 안쪽으로 들어가는 데 성공했다.

그리고 렉스를 지나친 그들이 가장 먼저 맞이한 건 정면에서 다가오는 뇌전의 벽이었다.

파지지지직!

언데드에게 가장 치명적이라는 생명의 기운만큼이나 그들에게 상극인 것이 바로 벼락의 힘이었다.

그들은 다급히 죽음의 기운을 뽑아내 앞을 막았다.

빠지지직!

벼락에 닿은 죽음의 기운이 그대로 녹아 버렸다. 벼락이 어찌나 강력한지 그 모든 걸 녹이고 그대로 다섯 언데드 군주를 덮쳤다.

"크으윽!"

몸으로 벼락을 버틴 언데드 군주의 입에서 절로 신음이 흘러나왔다.

언데드 군주는 다른 언데드와 달리 이성을 가진 존재였다. 하지만 고통을 느낄 수는 없었다. 이것은 고통으로 흘린 신음이 아니라 충격 때문에 반사적으로 나온 신음이었다.

벼락의 벽 때문에 잠시 멈칫한 다섯 군주 사이로 누군가 뛰어들었다. 미리 준비하고 있던 딜룬이었다.

"우흐흐흐. 여기까지 오기만 하면 될 줄 알았어?"

딜룬이 손에 든 검을 풍차처럼 휘둘렀다.

콰콰콰콰콰!

워낙 시기적절하게 뛰어들었고, 검을 휘두른 속도가 너무 빨랐기에 다섯 언데드 군주 중, 그걸 피한 자는 한 명도 없었다.

촤악! 촤악! 촤악! 촤악! 촤악!

언데드 군주 중 셋의 팔이 날아가 버렸다. 그리고 나머지 둘은 옆구리가 쫙 갈라졌다. 엄청난 피해였다. 또, 기습이었기에 성공할 수 있었던 공격이기도 했다.

딜룬은 그걸로 만족하지 않았다. 싸움이란 승기를 잡았을 때 끝까지 몰아붙여야 한다. 딜룬의 검에 어린 흑마력이 더욱 짙어졌다.

서걱!

쩌저저저저정!

언데드 군주 하나의 목이 날아갔다. 하지만 그게 끝이었다. 나머지 언데드 군주는 검을 들어 딜룬의 공격을 막아 냈다. 물론 막았다고 해서 끝이 아니라 그 충격을 이겨 내지 못하고 뒤로 상당히 많이 물러나야만 했다.

딜룬은 그걸 보며 혀를 찼다.

"쯧. 아깝네. 적어도 한 놈은 더 잘라 낼 수 있을 줄 알았는데."

그렇게 말한 딜룬은 바닥에 굴러다니는 언데드 군주의 머리를 발로 밟았다.

퍼억!

머리가 터지며 검은 가루가 흩날렸다. 그렇게 머리가 사라지자 몸통도 가루가 되어 흩어졌다.

그 모습을 지켜본 언데드 군주들의 눈빛이 깊이 가라앉았다. 상대는 언데드 군주를 제대로 상대할 줄 아는 놈이었다.

만일 지금 딜룬이 머리를 부수지 않았다면 언데드 군주는 다시 부활했을 것이다.

"뭐 해? 시간이 많은가 봐? 우흐흐흐."

딜룬의 도발에도 언데드 군주들은 섣불리 움직이지 못했다. 저런 강력한 상대와 싸우려면 막무가내로 덤벼선 안 된다. 제대로 계획을 세우고 준비를 해야만 한다.

하지만 문제는 정말로 시간이 없다는 점이었다.

"어쩔 수 없지. 그분이 제대로 시간을 끌어주시길 바라는 수밖에."

언데드 군주들이 검을 겨눴다. 그리고 신중하게 서로 거리를 벌렸다. 딜룬을 절반 정도 포위한 진형을 만든 것이다.

"우흐흐. 내 힘을 빼려고?"

언데드 군주들이 생각한 방법은 적극적으로 공격하지 않고 상대의 힘을 빼면서 빈틈을 노리는 것이었다. 현재 상황에서 딜룬을 상대하기에 가장 좋은 방법이긴 했다. 문제는 시간이 오래 걸린다는 점이었다.

그래도 아직 렉스를 상대하고 있는 다섯 명의 언데드 군주가 있었다. 그들 중 두어 명만 더 합류해도 상황은 전혀 달라질 것이다.

그렇게 싸움은 새로운 국면으로 접어들었다.

*   *   *

카이엔은 마도황제를 노려봤다. 하지만 달려들지는 않았다. 딜룬과 렉스라면 그렇게 허무하게 당하지 않을 것이다. 물론 상대가 누구냐에 따라 달라지겠지만, 조금 전 카이엔이 죽인 그 마도황제만 아니면 괜찮을 것이다.

"크크크. 그 눈빛 아주 마음에 드는군. 뭐, 별것 아니야. 그동안 준비했던 것 중 일부를 보냈을 뿐이니까. 원래는 기사왕과 함께 풀어 놓으려던 놈들인데 이제 쓸모없어졌으니 그런 일이라도 해야지."

카이엔은 그 말에서 어떤 놈들이 저택을 습격하는지 알 수 있었다.

"언데드 군주인가?"

"그래. 하지만 우습게 보지 않는 게 좋을 거야. 한 놈이 아니라 자그마치 열 놈이나 보냈거든."

그 말에 카이엔은 긴장을 풀었다. 고작 그 정도라면 딜룬과 렉스가 얼마든지 막을 수 있다. 마력의 고리를 차기 전이라면 모를까 지금이라면 충분했다.

'거기에 반탄의 고리까지 놓고 왔으니까.'

반탄의 고리가 바로 언데드를 튕겨낸 막을 만들어 낸 아티팩트였다. 미리 등록하지 않은 존재를 강력한 힘으로 튕겨 내 버리는데, 웬만해선 그걸 뚫을 수 없었다.

물론 언데드 군주라면 그걸 뚫고 갈 수도 있을 것이다. 하지만 쉽게 시도하지는 못할 것이다. 렉스와 딜룬이 그냥 내버려 두지 않을 테니까.

"호오. 전혀 걱정하는 눈이 아니로군. 믿는 구석이라도 있는 건가?"

마도황제는 그렇게 말하고는 크게 고개를 끄덕였다.

"하긴, 지금까지 보여준 것만 봐도 보통은 아니니 뭔가 조치를 해 뒀겠지."

"더 할 말 없으면 슬슬 끝내지."

카이엔은 그렇게 말하며 헬게이트를 향해 성큼 다가갔다. 마도황제는 카이엔이 다가오는데도 눈 하나 깜짝 안 하고 빙긋 웃었다.

"보아하니 이번 계획도 성공하기 힘들겠군."

그렇게 말하는 마도황제의 표정은 전혀 실패한 사람답지 않게 여유가 넘쳤다. 다른 꿍꿍이가 있는 게 분명했다.

"날 죽일 건가?"

그 질문을 들은 카이엔이 피식 웃었다. 당연한 걸 왜 묻는단 말인가. 마도황제는 그럴 줄 알았다는 듯 고개를 끄덕이며 또 웃었다.

"나야 원래 죽을 운명을 가졌으니 상관없지. 한데…… 날 죽인 다음 이 헬게이트는 어쩔 거지? 네가 지키고 있다면 모를까 자리를 비운 사이에 마족이라도 튀어나오면 곤란해질 텐데?"

"네가 상관할 바 아니다."

카이엔은 그렇게 말하며 몸을 날렸다. 순식간에 헬게이트 앞에 도착했고, 그대로 손을 뻗어 마도황제의 멱살을 쥐었다. 그리고 확 당겨 헬게이트에서 강제로 뽑아냈다.

"크윽! 대단하군."

마도황제는 카이엔의 손에 매달린 채 진심으로 감탄했다. 지금 이것도 카이엔이 모든 힘을 발휘한 건 아니라는 사실을 알기에 더 감탄했다.

"정말 대단해. 널 이기려면 대체 얼마나 강해져야 할지 감이 안 잡히는군."

"훗. 감이 안 잡히는 표정치고는 너무 자신만만한데?"

마도황제가 씨익 웃었다.

"당연하지. 네가 아무리 강해도 몇 차원 위의 존재가 된 나에게는 하찮은 미물이나 마찬가지가 될 테니까."

마도황제는 그 말을 끝으로 고개를 푹 꺾었다. 스스로 자결한 것이다.

"황당하군."

그의 마지막치고는 너무 허무했다. 하지만 그 순간 마도황제의 심장에서 묘한 기운이 일렁였다. 카이엔은 그걸 알아차리고 마도황제를 위로 힘껏 던졌다.

콰우우!

바람을 찢으며 허공으로 솟구친 마도황제의 몸이 시커멓게 물들었다. 그리고 그대로 폭발했다.

꽈아아아아아앙!

어마어마한 폭발이었다. 만일 그대로 붙잡고 있었다면 설사 마왕이라도 몸이 절반은 날아가 버릴 정도로 강력했다.

"음흉한 놈."

카이엔은 그렇게 중얼거리며 헬게이트를 쳐다봤다. 마도황제의 말대로 만일 이대로 자리를 뜨면 저 안에서 뭐가 나올지 알 수 없다.

잠깐 자리를 비운 틈에 상급 마족이라도 툭 튀어나오면 대륙이 한바탕 홍역을 치르게 될 것이다.

"확신은 없지만 해 보는 수밖에."

카이엔은 헬게이트 앞으로 걸어갔다. 예전 카이엔은 이걸 과연 벨 수 있을지 없을지 고민한 적이 있다. 그때는 답을 내리지 못했는데, 그 결론을 지금 내리고자 하는 것이다.

카이엔이 가진 빛의 힘을 이용하면 벨 수 있을지 모르지만, 헬게이트 정도 되는 것이 고작 그 정도에 사라질 리 없었다. 카이엔이 가진 힘의 근간은 어둠이지 빛이 아니었으니까.

카이엔은 심연의 검을 허리에 찼다. 발검과 동시에 헬게이트를 베어 버릴 생각이었다.

"후우우."

카이엔은 숨을 골랐다. 단번에 베어야 한다. 그 어느 때보다 빠르고 강한 검격이 필요했다. 자신의 모든 힘을 응축해 한 번에 뿜어내야만 한다. 그래야 조금이라도 가능성이 있었다.

헬게이트를 노려보던 카이엔의 눈에서 한순간 섬광이 번뜩였다.

"하아압!"

거친 기합이 터졌고, 카이엔이 검을 휘둘렀다.

어찌나 빨랐는지 소리도 나지 않았다. 누군가 옆에 있었다 해도 카이엔이 검을 휘두른 모습을 아예 볼 수 없었을 것이다.

하지만 카이엔은 분명히 검을 휘둘렀다. 또한 심연의 검은 헬게이트를 정확히 베고 지나갔다. 어둠의 힘을 잔뜩 머금고서.

스으윽.

헬게이트가 사선으로 갈라지기 시작했다. 그리고 그 갈라진 틈을 중심으로 서서히 지워졌다.

헬게이트를 벤 것이다.

"후우우우우."

카이엔은 길게 숨을 내쉬며 심연의 검을 거뒀다. 그의 이마에서 땀방울이 흘러내렸다. 이번 일격에 얼마나 많은 힘과 심력을 소모했는지 단적으로 보여 주는 모습이었다.

카이엔의 입가가 길게 늘어났다. 결국 헬게이트를 베었다. 불가능하다 여겨지는 걸 해낸 기쁨은 상당했다. 또한 이번 일격을 통해 자신의 경지가 작게나마 한 단계 올라갔다는 걸 분명히 느낄 수 있었다.

카이엔은 천천히 돌아섰다. 이제 집으로 돌아가 마무리를 해야 할 차례였다.

*　　*　　*

카이엔의 저택 지하, 두 개의 마경이 떠 있는 공간. 정확히는 두 마경의 중심에서 작은 진동이 일어났다.

우우우웅.

진동은 점점 커졌다. 그리고 그 진동이 극에 달한 순간 새까만 균열이 생겨났다.

쩌저저적!

그 균열은 세로로 쭉 그어진 검은 선이 되었고, 그 선이 좌우로 활짝 열리며 시커먼 공간이 나타났다.

그 공간에서는 끊임없이 어둠의 마력이 흘러나왔다. 그 마력이 품은 어둠은 짙고 깊었다. 마치 마계의 그것처럼.

그 공간 안에서 누군가가 툭 튀어나왔다. 놀랍게도 그는 마도황제였다.

"정말 대단하군. 대단해. 설마 진짜로 헬게이트를 없애 버릴 줄이야."

마도황제는 고개를 절레절레 저으며 그렇게 말했다. 하지만 이내 더없이 사악한 미소를 지으며 자신이 나온 시커먼 공간을 돌아봤다.

"덕분에 이렇게 새 헬게이트를 열 수 있었지만 말이야. 큭큭큭큭."

마도황제는 그렇게 말하며 손바닥을 비볐다. 마치 새로운 장난감을 발견한 어린아이 같은 모습이었다.

"자아, 그럼 이제 남은 시드 한 개를 써서 헬게이트를 키워 볼까? 이로써 시드가 또 하나 모자라게 되었으니 피가 좀 더 필요하겠어. 큭큭큭큭."

마도황제의 불길한 웃음이 지하 공간에 가득 울렸다.

Chapter 4

전쟁 발발

언데드 군주들과 딜룬의 싸움은 점차 딜룬이 밀리는 양상이 되었다.

처음에는 딜룬이 더 우위에 있었지만, 언데드 군주 두 명이 더 렉스를 지나가면서 상황이 달라져 버렸다.

렉스도 그리 편한 상황은 아니었다. 세 명의 언데드 군주만 상대하면 되지만, 남은 언데드들이 제법 강해서 처음처럼 쉽게 소멸시킬 수가 없었다.

간간이 카수스가 뇌전을 뿜어서 도와주긴 했지만 그것만으로 상황을 반전시킬 수는 없었다.

그렇게 딜룬이 밀리기 시작한 순간, 티에라와 에르미스가 나섰다.

어쨌든 상대는 언데드이니 그들에게 가장 상극인 존재가 바로 사제 아니겠는가.

그녀들이 지금까지 나서지 않고 기다린 이유는 딜룬이 싸움에 나서기 전에 최대한 참아 달라고 부탁했기 때문이었다.

딜룬은 혹시 모르는 상황에 대비해 그녀들의 힘을 아껴 두고 싶었다. 나중에 힘이 다 빠졌을 때 새로운 언데드 군주라도 덜컥 나타난다면 정말 큰일 아닌가. 그럴 때 조금이라도 시간을 벌기 위해선 힘을 아껴 두는 편이 낫다고 판단했다.

하지만 뒤에서 조마조마한 심정으로 싸움을 지켜보던 티에라와 에르미스는 더 참기가 어려웠다. 특히 에르미스는 딜룬이 밀리기 시작한 순간 심장이 덜컥 내려앉는 것 같았다.

그래서 서둘러 힘을 썼다.

화아아악!

새하얀 빛이 에르미스의 손끝에 맺혔다. 그것은 점점 크기를 불리더니 이내 거의 집채만 하게 커졌다. 에르미스는 일부러 크기를 키웠다. 딜룬이 상대하는 언데드 군주 전체를 노린 것이다.

딜룬은 정말 힘겨운 싸움을 이어가고 있었다. 그냥 싸우기만 하는 게 아니라 언데드 군주들이 호시탐탐 딜룬의 눈을 피해 티에라와 에르미스가 있는 곳으로 빠져나가려 했기 때문이다.

그 와중에 거대한 백색 구체가 갑자기 날아왔다. 이건 딜룬도, 언데드 군주들도 전혀 신경 쓰지 못한 상황이었다. 그래서 훨씬 효과가 컸다.

콰아아아!

백색 구체가 싸움터를 휩쓸고 지나갔다. 백색 구체가 가장 먼저 만난 자는 딜룬이었다. 딜룬의 등을 파고들어 몸을 한 차례 씻어준 다음, 딜룬과 싸우던 언데드 군주를 덮쳤다.

"크아아아아!"

언데드 군주들은 괴성을 질렀다. 그들의 몸 곳곳이 녹아내렸다. 카수스의 벼락을 맞았을 때와는 차원이 다른 반응이었다.

그렇게 언데드 군주를 지나친 백색 구체는 렉스를 덮쳤다. 하지만 같은 언데드인데도 렉스는 의외로 별다른 타격을 받지 않았다. 렉스의 몸을 구성하는 마물의 힘 때문이었다. 또한 렉스가 몸에 두른 신념의 힘 때문이기도 했다.

물론 타격이 아예 없을 수는 없었다. 하지만 렉스를 상대하던 언데드들이 받은 타격에 비하면 없는 거나 마찬가지였다.

그나마 언데드 군주는 괜찮았다. 하지만 함께 렉스를 공격하던 언데드들은 제대로 움직이지도 못했다. 그만큼 에르미스의 힘이 강력한 것이다.

사실 딜룬이나 렉스는 에르미스의 성력이 이 정도로 대단할 줄은 몰랐다. 그걸 알았다면 처음부터 전략을 다시 세웠을 것이다.

어쨌든 딜룬이나 렉스나 싸움이 훨씬 편해졌다. 그렇게 싸움 양상이 달라졌을 때, 티에라가 나섰다.

에르미스는 거의 탈진에 가까운 상태가 되었다. 성력을 바닥까지 박박 긁어서 쓴 것이다. 그렇게 어마어마한 양의 성력을 쏟아부었기에 백색 구체가 싸움터를 한바탕 휘젓고 지나간 다음에도 그 잔재가 남아 언데드들을 괴롭혔다.

티에라는 사방을 장악한 성력의 잔재가 사라지기 전에 서둘러 나섰다. 그녀가 선택한 방법은 에르미스와 정반대였다.

티에라의 손가락 끝에 새하얀 빛이 맺혀 구슬이 되었다. 그녀는 손을 앞으로 뻗었다. 각 손가락 끝에 하나씩 하얀 구슬이 생겨나 있었다.

하얀 구슬에 맺힌 빛이 점점 더 강렬해졌다. 그 안에 더욱 큰 힘이 응축되는 과정이었다.

그렇게 만들어진 다섯 개의 구슬이 쏜살같이 날아갔다.

슈슈슉!

성력의 잔재가 사라지기 전에 날려 보내야 했기에 더 큰 힘을 담을 수 있음에도 그렇게 하지 않았다.

다섯 개의 구슬이 딜룬과 싸우던 언데드 군주들을 향해 날아갔다. 언데드 군주들은 그걸 피할 수가 없었다. 딜룬이 갑자기 날뛰듯 공격했기 때문이다.

퍼버버버벅!

다섯 개의 구슬이 다섯 언데드 군주의 몸에 틀어박혔다. 그리고 그와 동시에 그대로 폭발했다.

화아아악!

거대한 빛의 폭발이었다. 새하얀 빛줄기들이 언데드 군주의 몸을 뚫고 곳곳에서 솟아났다.

퍽! 퍽! 퍽! 퍽!

빛이 몸을 뚫고 나올 때마다 그 자리에서 검은 연기가 흩날렸다. 그 연기는 빛에 빨려 들면서 그대로 사라졌다.

"크아아아아!"

언데드 군주들이 악을 썼다. 고통을 못 느끼는 언데드임에도 고통스러웠다. 그들은 그렇게 고통에 몸부림치며 비틀거렸다.

그런 기회를 놓칠 딜룬이 아니었다. 안 그래도 에르미스의 성력 덕분에 온몸에 힘이 넘쳐흘렀다. 그 넘치는 힘을 조금도 조절하지 않았다.

콰콰콰콰콰콰!

딜룬의 검이 바람을 찢으며 언데드 군주의 목을 날려 버렸다. 순식간에 다섯 개의 머리가 허공에 떠올랐다. 물론 딜룬은 그걸 처리하는 것도 잊지 않았다.

퍼버버버벅!

허공에 떠오른 다섯 개의 머리가 검은 가루로 변해 흩날렸다. 그러자 목을 잃은 언데드 군주의 몸도 가루가 되어 무너져 내렸다.

이제 딜룬 앞에 남은 언데드 군주는 한 명이었다. 그나마도 한쪽 팔이 떨어져 나간 놈이었다. 이런 놈 하나 상대하는 건 손바닥 뒤집기보다 쉬운 일이었다.

그리고 상황이 그렇게 되었을 때, 티에라가 두 번째로 만든 성력의 구슬이 딜룬을 지나쳐 렉스가 있는 곳으로 날아갔다. 하나하나에 깃든 힘은 별것 아니었는데, 그 수가 엄청나게 많았다.

퍼버버버버버버벅!

렉스를 괴롭히던 언데드들이 그 구슬을 하나씩 몸에 맞고 뒤로 주춤주춤 물러났다. 그리고 빛의 폭발에 휩싸였다.

화아아아악!

언데드를 뚫고 나온 빛은 주변에까지 영향을 미쳤다. 구슬에 맞지 않은 언데드들도 그렇게 차례차례 빛의 폭발에 휩싸였다.

그렇게 모든 빛의 향연이 끝나고 남은 건 온몸이 만신창이가 된 언데드 군주 세 명뿐이었다.

에르미스와 마찬가지로 티에라 역시 탈진에 가까울 정도로 힘을 쏟았다. 그리고 그 덕분에 렉스는 남은 언데드 군주를 정말 쉽게 상대할 수 있었다.

고작 네 명 남은 언데드 군주가 쓰러져 가루로 흩어지는 데에는 그리 오래 걸리지 않았다.

"우흐흐흐. 막아 냈군요. 우리끼리. 우흐흐흐흐."

딜룬이 기분 좋게 웃었다. 그걸 보며 다들 빙긋 미소를 지었다. 그들도 기분이 좋았다. 진득한 성취감이 온몸을 휘감았다.

렉스가 바닥에 털썩 주저앉았다. 그러자 딜룬도 따라 앉았다.

"우흐흐흐. 좀 쉬자고. 설마 적이 또 나타나겠어?"

딜룬은 그렇게 말하며 티에라의 어깨에 앉은 카수스를 쳐다봤다.

"아직 힘 남은 놈이 하나 있으니 그놈이 알아서 하겠지."

딜룬의 말에 카수스가 하늘로 날아올랐다. 그 말대로 아직 힘이 남은 건 카수스뿐이었다. 카수스는 하늘에서 저택 주변에 특별한 움직임이 없는지 확인했다.

카수스가 날아오르자 티에라와 에르미스도 적당한 자리에 앉아 휴식을 취했다. 막대한 성력을 갑자기 쏟아 내는 바람에 조금만 더 무리하면 그대로 쓰러질 것만 같았다.

"그나저나 이 주변을 막고 있는 건 대체 뭐죠?"

에르미스는 문득 아까의 일이 떠올라 물었다. 수백의 언데드가 그대로 튕겨 날아가는 모습은 정말 대단했다.

"아마…… 반탄의 고리 같은데 저도 확실히는 모르겠군요. 우흐흐흐."

"반탄의…… 고리?"

"허락 받지 않은 손님을 튕겨 냅니다. 우흐흐. 아주 쓸모 있죠. 우흐흐흐."

"카이엔 님이 해 놓고 가신 건가요?"

"아마 그렇겠죠? 그런 아티팩트를 가진 사람은 우리 주인님 아니면 마왕뿐일 테니까요. 아니, 마왕도 그런 건 별로 없으려나? 우흐흐흐."

"정말…… 대단하시네요."

티에라의 중얼거림에 대한 답이 그녀의 뒤에서 들려왔다.

"별로 대단할 거 없다. 그놈들을 막은 너희가 더 대단한 거지."

다들 깜짝 놀라 티에라의 뒤를 바라봤다. 그곳에는 언제 도착했는지 카이엔이 손에 팔찌 하나를 들고 서 있었다. 그 팔찌가 바로 반탄의 고리였다.

"괜히 서둘러서 왔군. 좀 더 천천히 와도 괜찮았을 텐데."

카이엔은 그렇게 말하며 빙긋 웃었다. 그의 미소에는 뿌듯함이 가득 담겨 있었다.

"우흐흐. 갔던 일은 어떻게 됐습니까? 그놈 잡았습니까? 우흐흐흐."

딜룬은 당연히 카이엔이 잡았을 거라 믿고 물었다. 딱 표정도 그랬다. 그리고 카이엔은 딜룬의 기대를 저버리지 않았다.

"완전히 가루로 만들어 버렸다."

"우헤헤헤헷! 역시 주인님이십니다. 우헤헤헤헷!"

카이엔은 그렇게 말하고는 조금 굳은 표정으로 에르미스를 바라봤다. 카이엔의 심상치 않은 얼굴을 본 에르미스는 가슴이 덜컥 내려앉는 것 같았다.

"무슨…… 일이 있군요?"

"헬게이트를 지키던 자들이 모두 죽었다."

"예에?"

에르미스의 눈이 커다래졌다. 카이엔은 헬게이트에서 벌어진 일을 차근차근 모두 설명해 주었다. 에르미스는 그걸 모두 들으며 눈물을 흘렸다. 하지만 지금은 그냥 슬퍼하고만 있을 때가 아니었다.

"교단에 다녀오겠어요. 사실을 알려야지요."

카이엔이 고개를 끄덕였다.

"딜룬과 함께 다녀오도록. 그리고……."

카이엔은 잠시 뜸을 들이다가 말을 이었다.

"헬게이트는 내가 없앴다."

그 말이 일행에게 준 충격은 상당했다.

"우흐흐흐. 주인님, 왜 농담을 하고 그러십니까. 주인님이 가진 힘의 근간을 아는데 제가 그 말을 믿을 거라 여기십니까? 우흐흐흐."

"나도 그렇게 생각했는데, 해 보니 되더군."

다들 멍하니 카이엔을 바라봤다. 분위기를 보니 농담이나 장난은 아니었다. 아니, 카이엔이 농담이나 장난을 잘하는 사람이 아니지 않은가. 더구나 이런 일로 말이다.

"저, 정말 없앤 건가요?"

에르미스가 다시 확인하듯 물었다.

"그래. 이제 그곳에 더는 사제와 성기사를 파견할 필요가 없다. 그 부분도 잘 말해 두도록."

에르미스는 머릿속이 복잡해졌다. 어쨌든 카이엔이 그걸 없앴다는 사실을 함부로 드러내서 좋을 게 없었다. 그냥 그 부분은 모른 척하는 게 나았다.

"알겠어요. 그럼…… 다녀올게요."

에르미스가 고개를 살짝 숙여 인사하고는 저택을 나섰다. 그리고 그 뒤를 딜룬이 즐거운 표정으로 따라갔다.

카이엔은 그들의 뒷모습을 잠시 지켜보다가 몸을 돌려 무너진 저택을 쳐다봤다.

"우선…… 여기부터 정리를 해야겠군."

카이엔은 순식간에 저택 잔해를 없애 버렸다. 주먹 한 번 휘두르는 걸로 몽땅 가루로 만든 것이다.

카이엔은 그곳을 정리하며 머릿속도 함께 정리했다. 조만간 마도 황제와 진짜로 싸우게 될 것이다. 그 준비도 나름대로 해야만 했다.

*　　*　　*

대신전에 다녀온 에르미스는 몇 가지 소식을 들고 왔다. 오는 길에 에델슈타인 자작가에 들러 중요한 정보를 얻고, 또 일리오스 교단에서 수집한 정보도 정리해서 가져왔다.

"전쟁이 일어났어요."

에르미스가 첫 번째로 꺼낸 소식에는 누구도 별 감흥을 보이지 않았다. 그렇게 될 걸 알고 있었으니 새삼스럽게 놀라거나 관심을 보일 필요도 없었다.

"여기서는 제법 먼 곳이에요. 그런데 전쟁이 정말로 크게 일어났나 봐요. 한쪽은 왕국민을 몽땅 동원할 정도로 사활을 걸었다고 해요."

"뭐, 예상했던 일이잖아?"

"예. 우리야 그렇죠. 하지만 다른 사람들은 안 그렇잖아요. 다들 혼란스러워해요."

"하긴, 그렇겠군."

아무리 전쟁을 해도 그런 식으로 하지는 않는다. 모든 왕국민을 동원한다는 건 뒤를 보지 않겠다는 뜻이다. 즉, 같이 죽자고 덤비는 셈이다.

"그리고 또 전쟁이 벌어질 것 같아요."

"이번엔 어디지?"

"여기예요. 겔트 왕국."

에르미스의 말에 다들 깜짝 놀랐다. 겔트 왕국에 전쟁이 벌어진다니, 그게 무슨 말인가.

"겔트 왕국에 전쟁을 걸 만한 왕국이 있었나?"

"그게 황당하긴 한데 코랄 왕국이에요."

"코랄 왕국? 거긴 겔트 왕국의 주변국 중에서 제일 약한 곳일 텐데?"

"그곳도 모든 왕국민을 동원하고 있어요. 다른 국경의 병력은 벌써 겔트 왕국 쪽에 모여 있고요."

카이엔의 표정이 심각해졌다.

"마도황제로군."

"네. 아마도요."

"아무리 약체라지만 죽자고 덤비면 겔트 왕국도 막아 내기가 버겁겠군."

"그래서 전 귀족에 동원령이 내려졌어요. 벌써 1차 방어군이 국경을 향해 출발했어요."

상황이 제법 심각한 모양이었다. 이렇게 서두르는 걸 보면 말이다. 더구나 주변국도 신경을 써야 하기에 힘이 분산될 수밖에 없다. 아마 쉽지 않은 싸움이 될 것이다.

"피가 많이 흐르겠군."

카이엔의 말에 티에라와 에르미스는 침울한 표정을 지었다. 정말 참혹한 상황이 펼쳐질 것이다. 전쟁이란 그런 거니까. 하지만 지금 그녀들로서는 아무 도움도 줄 수 없었다.

카이엔은 잠시 고민했다. 마음 같아서는 지금 당장이라도 날아가 전쟁에 개입하고 싶었다.

왕국민 전체가 전쟁에 참여한다는 건 정상적인 상황이 아니었다. 그러니 뭔가 마도황제의 수작이 들어간 것이 분명했다.

"마도황제만 찾아서 죽이면 되지 않을까요?"

딜룬이 의견을 냈다. 딜룬도 마도황제가 원하는 대로 상황이 흘러가는 게 싫었다. 또한 그 문제로 에르미스가 슬퍼하는 것도 싫었다.

"저나 렉스가 가면 간단히 해결될 것 같은데요? 안 그렇습니까?

우흐흐흐."

그곳에 마도황제의 분신 중 가장 강한 놈이 있지는 않을 것이다. 그러니 딜룬이나 렉스가 나서기만 해도 충분하다.

"혹시 모르니 둘 다 가는 게 좋을 것 같군."

"우흐흐흐흐. 기대하셔도 좋습니다. 단숨에 끝장을 내고 오겠습니다. 우흐흐흐흐."

사실 가장 확실한 방법은 카이엔이 직접 나서는 것이었다. 하지만 카이엔은 당분간 이곳을 지키는 게 나았다. 마도황제가 또 어떤 수를 들고 나올지 알 수 없으니 말이다.

'그 괴물 같은 몸이 대체 몇 개나 있을까?'

헬게이트 앞에서 가루로 만들어 버린 그 몸은 정말 엄청난 회복력을 가지고 있었다. 그렇게 가루로 만들고 나서야 몸에서 생기가 사라졌으니 얼마나 대단한가.

아마 딜룬이나 렉스가 지금보다 훨씬 강해져도 그 마도황제를 만난다면 상대하기가 쉽지 않을 것이다.

몇 개 안 만들었다고 했지만 그 말을 곧이곧대로 믿을 수 없었다. 마도황제가 살아온 세월이 몇 년인가. 그 세월을 다 투자했다면 수천 개가 있다고 해도 이상할 게 없었다.

'뭐, 그 정도로 많지는 않겠지만.'

어쨌든 지금은 다른 걸 생각할 때가 아니라 마경을 지키면서 상황을 좀 더 주시할 때였다. 정보도 좀 모으고 말이다.

'마경을 제대로 지켜줄 수 있는 사람이 있다면 좋을 텐데……'

속으로 그런 생각을 하던 카이엔의 시선이 한스에게서 멎었다.

한스와 무트는 지금까지 계속 함께 있었지만 마치 없는 사람처럼 조용히 구석에 찌그러져 있었다.

카이엔은 한스를 보며 턱을 쓰다듬었다.

"그렇군. 나한테는 문지기가 있었어."

다른 건 몰라도 그저 지키기만 하는 거라면 어떻게든 되지 않을까?

한스는 카이엔의 시선을 느끼고 몸을 부르르 떨었다. 왠지 모를 불길한 예감이 스멀스멀 기어 올라왔다.

"좋아. 정리하지. 일단 딜룬과 렉스는 당장 전쟁터로 출발해. 최대한 서둘러서 일을 처리하도록."

"우흐흐흐. 다녀오겠습니다."

딜룬이 훌쩍 몸을 띄웠다. 그리고 쏜살같이 날아갔다. 렉스가 한숨을 푹 내쉬고는 그 뒤를 따랐다.

두 사람이 떠나자 카이엔은 에르미스와 티에라를 쳐다봤다.

"할 수 있는 모든 방법을 통해 정보를 모아. 마도황제와 관계된 것 같다 싶은 건 싹 모아. 그리고 마도황제와 똑같은 얼굴을 가진 자들을 찾아."

두 여인이 동시에 고개를 끄덕였다. 그녀들의 눈빛은 결연하게 빛났다. 직감적으로 싸움의 끝이 다가오고 있다는 걸 느낀 것이다.

그다음으로 카이엔은 바리둔에게 연락했다. 그동안 모아둔 정보를 받기 위함이었다. 바리둔은 기대 이상의 성과를 모아뒀다. 마도황제와 똑같은 얼굴을 가진 자를 무려 서른 명 넘게 찾아낸 것이다.

문제는 그들이 제법 중요한 위치에 있는 자들이라는 점이었다. 새삼 마도황제의 힘이 얼마나 대단한지 느꼈다.

"아! 중요한 걸 잊고 있었군."

카이엔은 그렇게 말하며 원래 건물이 서 있던 공터를 쳐다봤다. 그곳 지하에 마경이 있었다. 일단 마경을 확인하고 마경을 보호할 방편 몇 가지를 추가할 생각이었다.

카이엔은 바닥을 살피다가 은닉의 고리가 있는 곳을 확인하고 그곳으로 갔다. 아래로 내려가는 일은 아주 간단했다.

은닉의 고리를 통해 지하로 내려간 카이엔의 표정이 그대로 굳었다.

그곳에 더 이상 마경은 없었다.

"헬게이트……."

모든 것이 사라지고 오로지 헬게이트 하나만 덩그러니 남아 있었다. 게다가 그것은 크고 강력했다.

"아니, 이건 그냥 헬게이트가 아니야."

카이엔은 헬게이트를 본 순간 깨달았다. 이것이 바로 마도황제가 말했던 그것이었다. 마계와 인간계를 잇는 진정한 통로 말이다.

Chapter 5

마도황제의 꿈

헬게이트를 바라보는 카이엔의 시선은 섬뜩할 정도로 날카롭게 빛
났다. 대체 왜 이런 변화가 생긴 건지 확실히 파악해야만 한다.

"보아하니 그냥 헬게이트는 아니고……."

카이엔이 그렇게 중얼거릴 때, 헬게이트 안에서 사람 머리 하나가
불쑥 튀어나왔다.

"큭큭큭. 늦었군."

카이엔은 그놈을 보며 눈살을 찌푸렸다. 마도황제였다. 대체 자신
이 여기 온 걸 어떻게 알았는지 궁금했다.

"여기서 내가 오길 기다리기라도 한 건가?"

"큭큭큭. 잘 아는군. 널 기다렸지."

"대체 왜 나한테 그렇게 관심을 갖는 거지? 넌 그냥 너 할 일만 하면 되잖아."

"큭큭큭큭. 왜? 이렇게 내가 뭘 하는지 알려주면 너도 좋지 않나? 막기가 편해지잖아. 안 그래? 큭큭큭큭."

카이엔은 헬게이트를 향해 한 발 다가갔다. 순식간에 헬게이트 앞에 도착한 카이엔은 마도황제의 멱살을 쥐고 확 끌어당겼다.

그 빠른 속도와 압도적인 힘 앞에 마도황제는 그저 힘없이 카이엔의 손에 대롱대롱 매달려 괴로운 표정을 지었다.

"커억!"

"나야 이렇게 하나씩 네 분신을 줄일 수 있으니 나쁘지 않지. 앞으로도 계속 그렇게 해."

"정말 궁금하지 않나? 저 헬게이트가 어떻게 생겼는지, 그리고 왜 여기 생겼는지?"

카이엔은 대답 대신 손에 힘을 주었다. 마도황제는 찍소리도 못하고 자신의 목을 움켜쥐었다. 숨을 쉴 수가 없었다.

"정말 신경 거슬리는군."

쫘드득!

카이엔이 손에 더 힘을 주자, 마도황제의 목이 그대로 꺾였다. 단숨에 절명한 것이다. 카이엔은 시체를 헬게이트 안에 휙 던져 넣었다.

"당했군."

카이엔은 헬게이트를 보며 눈살을 찌푸렸다. 바움 숲에서 마도황제가 자신에게 한 도발은 이걸 위해서였다.

그때 헬게이트에서 마도황제가 또 불쑥 머리를 내밀었다.

"그걸 알아차리다니 제법인데? 큭큭큭큭."

카이엔은 눈살을 찌푸렸다. 대체 저 분신은 몇 명이나 있는 걸까? 아니, 어쩌면 저들은 진짜 분신이 아닐지도 모른다.

"너 양산형이로군?"

마도황제가 크게 웃으며 손뼉을 쳤다.

"크하하하하! 맞아! 이제야 그걸 알았구나! 크하하하!"

"미친놈."

"크하하하! 그것도 맞아! 난 미친놈이지! 크하하하!"

마도황제는 실컷 웃은 뒤에야 카이엔을 바라보며 말했다.

"나도 혹시나 해서 던져 본 말이었는데, 설마 네가 정말로 헬게이트를 없앨 수 있을 줄은 몰랐어. 대단해, 정말 대단해. 그건 나조차 불가능하다고 여겼는데 말이야."

"대체 몇 명이나 만들어 놓은 거지?"

마도황제가 묘한 미소를 지으며 고개를 갸웃거렸다.

"글쎄. 그건 나도 잘 모르겠군. 모든 정보를 가지고 있는 건 아니라서. 한 가지 확실한 건, 아무리 양산형이라지만 그것에 들어가는 시간과 돈이 상당하다는 점이야."

"무한하지는 않다는 뜻이로군."

카이엔은 그렇게 중얼거리며 눈살을 찌푸렸다. 무한하지는 않지만 엄청나게 많긴 할 것이다. 그렇다면 진짜 마도황제의 분신과 섞여서 상당한 혼란을 초래할 가능성이 있었다.

"생각보다 많지 않으니까 걱정하지 말라고. 그나저나……."

마도황제는 헬게이트를 돌아보며 말을 이었다.

"이 헬게이트 어떤가? 정말 크고 아름답지 않은가?"

그렇게 말하고 다시 돌아선 마도황제가 양팔을 활짝 벌리며 황홀한 표정을 지었다.

"게다가 강하기까지 하지. 단언컨대, 이건 누구도 없앨 수 없을 거야! 크하하하!"

카이엔은 헬게이트를 가만히 살펴봤다. 그리고 고개를 끄덕였다. 확실히 이건 아직 벨 수 없을 듯했다.

'완벽하군. 빈틈이 없어.'

조금이라도 빈틈이 있어야 거길 파고들어서 벨 텐데 이 헬게이트에는 그런 것이 없었다. 아니, 아예 흐름 자체가 달랐다. 마치 예전 가이아 교단에서 봤던 단절의 탑처럼 말이다.

그나마 단절의 탑은 카이엔의 힘이 미치는 범위 안에 있었는데, 이 헬게이트는 그것과는 차원이 달랐다.

헬게이트와 마경이 하나로 뒤섞이며 그 자체로 섭리가 되었다.

'그러니까 원래는 마계와 인간계가 하나였다는 뜻인가?'

그게 아니라면 저기 서 있는 헬게이트가 섭리로 인정될 리 없었다.

섭리라는 건 가장 자연스러운 흐름, 즉 그렇게 흘러갈 수밖에 없는 길을 뜻한다. 물이 위에서 아래로 흐르는 것처럼 말이다.

카이엔은 잠시 헬게이트를 노려봤다. 과연 저걸 벨 수 없을까? 지금 당장은 무리지만 언젠가는 되지 않을까? 물론 그렇다고 해서 저 헬게이트가 완전히 사라지는 건 아니겠지만 말이다.

'차라리 여기 두고 지키는 편이 낫겠군.'

이걸 없애면 다른 어딘가에 나타날 것이다. 그건 오히려 더 좋지 않다. 그렇게 생각하면 차라리 잘된 일이었다. 어차피 여길 지키는 건 한스가 될 테니까.

'진짜 문지기가 되는 거지.'

다만 그 문이 저택의 정문이 아니라 지옥문이라는 게 좀 다르긴 하지만 말이다.

카이엔이 그렇게 생각을 정리하는 사이 마도황제가 묘한 표정을 지으며 헬게이트에서 나왔다. 그리고 그 뒤를 이어 또 다른 마도황제가 헬게이트 안에서 나왔다. 그렇게 줄지어 열 명이나 되는 마도황제가 헬게이트를 빠져나왔다.

그걸 본 카이엔이 눈살을 찌푸렸다.

"대체 뭐 하자는 거지?"

그렇게 말한 카이엔의 눈이 살짝 커졌다. 마지막에 나온 마도황제는 지금까지와는 좀 달랐다.

"넌 양산형이 아닌데?"

"오오! 그것까지 단숨에 알아보는 건가? 정말 대단한데? 그냥 보는 것만으로는 절대 모를 거라고 생각했는데 말이야."

마도황제는 그렇게 말하고는 주위 바닥을 둘러봤다.

"설마 이런 걸 깔아 뒀을 줄이야. 하마터면 계획이 날아갈 뻔했지. 하지만 아이러니하게도 이것 덕분에 계획이 다시 완성됐어. 정말 재미있지 않나? 큭큭큭큭."

"방심했다."

카이엔의 무심한 말에 마도황제가 크게 고개를 끄덕였다. 확실히 그랬을 것이다. 지금 이곳에 깔린 마법진을 보면 충분히 인정할 수 있었다.

"정말 대단해. 나만큼은 아니지만 인간 중에 이 정도로 마법에 대한 이해가 깊은 자가 있을 줄은 몰랐으니까."

마도황제는 흥미진진한 눈으로 카이엔을 바라봤다.

"아무튼 여기에 어둠의 힘을 잔뜩 모아 준 덕분에 쉽게 계획을 이룰 수 있었어. 그 점은 참으로 고맙군. 마경을 알아서 부숴 준 것도 고맙고 말이야. 큭큭큭큭."

마경뿐 아니라 헬게이트도 어둠의 힘이 더 강한 곳에 우선해서 생성된다. 카이엔은 그걸 간과했다. 아니, 아예 그 점에 생각이 미칠 틈이 없었다. 헬게이트는 무작위로 생겨난다고 알고 있었으니까.

하지만 카이엔으로서도 나쁠 건 없었다. 차라리 모르는 데 생겨나서 찾는 것보다는 이게 더 나았다.

마경이 여기에 생겨나는 바람에 대륙 전역으로 뻗어 나가던 흑마력 감지 마법진이 제 기능을 발휘하지 못하고 있었기에 다른 장소에 새로 마법진을 구축할 계획이었는데, 그럴 필요가 없어진 것이다.

"대체 저게 뭔데 그렇게 만들려고 애쓰는 거지?"

카이엔이 궁금한 건 사실 딱 그거 하나였다. 어차피 여기를 틀어막으면 끝인데 대체 왜 저걸 만드느라 그렇게 고생을 하는지 말이다.

마도황제는 그 질문을 기다렸다는 듯이 빙긋 웃었다. 그리고 어디에서 가져왔는지 의자를 꺼내놓고 느긋하게 앉았다.

"혹시 그거 알고 있나? 사실 마족들이 원래는 인간이었다는 거 말이야."

카이엔이 황당한 눈으로 마도황제를 쳐다봤다.

"그래? 그럼 인간이 죽으면 그 영혼이 마계로 날아가 마족으로 다시 태어나기라도 하는 건가?"

"큭큭큭. 그렇게 비아냥거리지 말라고. 난 진실을 얘기하고 있을 뿐이니까. 아, 그리고 인간의 영혼이 마족으로 어쩌고는 머릿속에서 지우는 게 좋을 거야. 그럴 일은 없으니까. 인간이든 마족이든 죽은 뒤 영혼은 똑같거든."

"뿌리가 같아서인가?"

짝짝짝!

마도황제는 기쁜 표정으로 손뼉을 쳤다.

"이해가 빠르니 대화가 편하군. 맞아. 같은 뿌리이기 때문이지."

"마족은 생김새가 인간과는 많이 다르지 않나?"

"다르지. 그것도 많이 다르지. 하지만 아무리 그래도 베이스는 인간에서 크게 다르지 않아. 그렇게 생각하지 않나?"

"확실히……."

그 점은 카이엔도 고개를 끄덕일 수밖에 없었다. 확실히 마족은 베이스가 인간이라고 해도 이상할 게 없었다. 물론 아무리 그래도 인간과는 차이가 컸지만 말이다.

"자, 여기서 문제. 그럼 대체 왜 같은 인간이 그렇게 크게 달라졌을까?"

카이엔은 눈살을 찌푸렸다. 저 질문 자체가 마족과 인간이 원래는 하나였다는 전제에서 출발한다. 그 전제가 틀렸으면 성립할 수 없는 문제였다.

한데 그 순간 카이엔의 뇌리를 번개처럼 스쳐 가는 생각 하나가 있었다.

"설마 시간?"

마도황제의 눈이 화등잔만 해졌다. 그는 잠시 멍하니 카이엔을 바라보다가 이내 믿을 수 없다는 듯 고개를 저으며 느릿느릿 손뼉을 쳤다.

짝! 짝! 짝! 짝!

"정말이지 믿을 수가 없군. 설마 원래 이 얘기 알고 있었던 건 아니겠지?"

카이엔도 마도황제만큼 놀랐다. 자신이 말하고도 정말 그 이유로 마족이 생겨났을 줄은 몰랐던 것이다.

"시간축이 비틀린다는 건 생각보다 큰 문제를 일으키지. 우리가 생각지도 못했던 여러 가지 문제들을 말이야."

마도황제는 그렇게 말하며 잠시 아련한 표정을 지었다.

"사실 이 계획은 이번이 처음 실행하는 게 아니야. 두 번째지."

카이엔은 어이없는 눈으로 마도황제를 쳐다봤다. 이 미친 짓이 설마 두 번째였을 줄이야.

"그때는 실패하고도 왜 실패했는지 알 수가 없었지. 상당한 세월을 그 이유를 찾으며 보냈고, 결국 이유를 알아냈다."

"그게 마족의 비밀인가?"

마도황제가 고개를 끄덕였다.

"그래. 실패 이유는 마족을 제외했기 때문이었지."

거기까지 들은 카이엔은 눈살을 찌푸리며 물었다.

"대체 그 계획이라는 게 뭐지? 설마 인간의 능력을 받아들여 한 차원 위의 존재가 된다거나 하는 허황한 건가?"

마도황제가 단호히 고개를 저었다.

"그런 단순한 게 아니야. 아무 인간이나 다 받아들이지 않아. 중요한 건 다양성이야."

"다양성?"

"이 세상 모든 종류의 인간을 다 받아들이는 거지. 왕, 귀족, 기사,

심지어는 거지까지."

마도황제가 씨익 웃으며 말을 이었다.

"그뿐인가? 왕에도 다양한 종류가 있잖아? 좋고, 나쁘고, 평범하고, 등등등."

마도황제의 눈빛에 광기가 어렸다.

"그 모든 종류를 다 맞췄지. 처음부터 치밀한 계획을 세워서 말이야. 그 모든 걸 컨트롤한다는 게 얼마나 어려운 일인지 아나?"

카이엔은 문득 마도황제가 한 차원 위의 존재가 되려 한다는 것이 떠올랐다.

'아마…… 그걸 다 컨트롤하는 것도 큰 역할을 하겠지.'

그 수많은 경우의 수를 다 따져서 자신의 분신을 만들어 내고, 그 주변은 물론이고 상황을 일일이 다 조절해 원하는 인간을 만들어 내는 일이 과연 가능할까?

그걸 마도황제가 해냈다는 뜻이었다.

'어떤 의미에선 진짜 신 같은 존재가 되었군.'

그것 하나만으로도 마도황제의 능력을 인정할 수 있었다. 그는 정말 대단한 자였다.

한데 그런 대단한 자가 말하는 한 차원 위의 존재라는 것이 과연 어떤 것일지 상상도 가지 않았다.

"그런데 마족이 없어서 실패했다 이건가?"

"그래. 이유는 그것뿐이지. 달리 설명할 길이 있나?"

카이엔은 눈살을 찌푸렸다. 이제 다시 원점으로 돌아와 질문할 차례였다.

"대체 근거가 뭐지?"

"뭐라고?"

"그렇게 하면 한 차원 위의 존재가 될 수 있다는 근거가 있느냐고. 대체 뭘 어떻게 조사했기에 그런 거창한 계획을 세우고 실행할 수 있는지 궁금해서."

마도황제가 피식 웃었다. 그리고 자신의 머리를 손가락으로 톡톡 두드렸다.

"이거다."

카이엔은 아연한 표정으로 마도황제를 멍하니 쳐다봤다. 그리고 그제야 확신을 가졌다.

'이 정도는 되어야 진짜 미친놈이라고 할 수 있지.'

저놈은 완벽한 미친놈이었다.

카이엔이 어떤 생각을 하건, 또 어떤 시선으로 바라보건 마도황제는 전혀 개의치 않았다.

"그 생각 자체를 최초로 해낸 사람이 나인데 다른 근거가 있을 리 없잖아? 이건 지극히 논리적이고 합리적인 추론에 근거해서 나온 방법이다."

"……어디가?"

마도황제가 양팔을 쫙 펼쳤다.

"모든 것이 다! 전부! 몽땅!"

카이엔은 더 들을 것도 없다는 듯 목을 이리저리 꺾었다. 이제 슬슬 힘을 써야 할 시간이 되었다.

"내가 그저 분신의 능력만 받아들일 거라고 생각하나? 분신이 된 인간의 모든 것을 받아들여 하나로 만드는 거다. 난 수만 가지 관점을 동시에 가진 존재가 되는 거야!"

"그래서?"

"그래서는 뭐가 그래서인가! 과연 신이 그런 걸 할 수 있을까? 수만 가지 관점을 동시에 가진 존재가 세상에 존재할 수 있을 거라고 여기나?"

마도황제가 단호히 고개를 저었다.

"결코 그렇지 않다. 내가 그 최초의 존재가 되는 거야. 그런데 말이야, 과연 그런 존재가 되면 어떤 일이 벌어질까?"

마도황제의 입가에 스산한 미소가 맺혔다.

"내가 왜 몇 차원 위의 존재를 언급했는지 아나? 잘 생각해 봐. 세상은 3차원으로 이루어져 있어. 단지 3차원이지. 그건 신조차 어쩌지 못하는 섭리야."

마도황제의 눈이 광기로 물들었다.

"난 그 상위 차원의 주인이 될 수 있어. 현재 차원의 섭리로는 건드릴 수조차 없는 걸 난 아무렇지도 않게 할 수 있는 존재가 될 수 있다고. 그게 신이 아니면 뭐지?"

카이엔은 고개를 끄덕였다. 한 가지 확실한 건 눈앞에 있는 놈은 미쳤고, 자신은 지금 그 미친놈을 죽여야 한다는 점이었다.

마도황제는 카이엔이 뭘 할지 안다는 듯 빙긋 웃으며 먼저 카이엔에게 달려들었다. 그리고 달려가는 도중 스스로 목숨을 끊었다.

이내 마도황제의 몸이 새까맣게 물들었다.

카이엔은 그걸 이미 경험한 적이 있기에 한숨을 푹 내쉬며 손을 휘저었다. 검은 기운이 손에서 뿜어져 나가 거대한 막을 만들었다.

꽈아아아아아앙!

마도황제가 그대로 폭발했다. 어마어마한 폭발이었지만 그 폭발 범위는 카이엔이 만든 막을 벗어나지 못했다.

하지만 그건 시작에 불과했다. 조금 전 헬게이트에서 나왔던 나머지 마도황제들이 일제히 검게 물든 것이다. 사방에 흩어진 채로.

"돌겠군."

카이엔의 중얼거림과 동시에 어마어마한 폭발이 연달아 일어났다.

꽈과과과과과광!

*　　　*　　　*

카이엔의 저택 한가운데, 원래는 건물이 있었으나 이젠 공터가 된 곳에 갑자기 불기둥이 치솟았다.

꽈아아아아아앙!

엄청난 폭음과 함께 새빨간 불기둥이 하늘을 꿰뚫을 기세로 솟구쳤다.

다들 이게 무슨 일인가 놀라 와르르 몰려왔다. 그리고 쉽게 사라지지 않는 불기둥을 멍하니 바라봤다.

불기둥은 이내 재를 눈처럼 흩날리며 사라졌다. 그리고 공터 한가운데에 커다란 구멍이 뻥 뚫렸다.

모두 그 구멍 안을 확인하고자 모여들었다. 그리고 그 안에서 누군가 획 뛰어나왔다.

카이엔이었다.

카이엔의 몸에는 그을림 하나 없었다. 폭발의 중심에 있던 사람이라고는 믿을 수 없을 정도로 깨끗한 모습이었다.

카이엔은 눈살을 찌푸리며 주위를 둘러봤다. 마치 누군가를 찾는 듯한 모습이었다. 카이엔의 시선이 멈춘 곳은 한스와 무트가 있는 곳이었다.

다짜고짜 두 사람에게 다가가 목덜미를 쥔 카이엔은 둘을 구덩이에 획 던졌다.

"으아아악!"

비명을 지르는 두 사람 귓가로 카이엔의 목소리가 들려왔다.

『목숨을 걸고 지켜.』

처음에는 무슨 말인지 몰랐지만 이내 바닥에 떨어진 다음 눈앞에 펼쳐져 있는 헬게이트를 바라본 두 사람은 한동안 멍하니 있을 수밖에 없었다.

그렇게 세상의 운명을 결정지을 싸움이 본격적으로 시작되었다.

Chapter 6
진짜 전쟁

전장에 도착한 딜룬과 렉스는 무심한 눈으로 전황을 살폈다.

"벌써 시작한 거야? 빠른데?"

그냥 빠른 정도가 아니었다. 코랄 왕국군은 작전이고 뭐고 없이 그냥 밀고 들어왔다. 이른바 인해전술이었다.

"머릿수라는 게 이렇게 강력할 줄은 몰랐군."

렉스는 순수하게 감탄했다. 코랄 왕국군은 그냥 미친놈처럼 돌격하고 또 돌격했다. 어마어마한 사람이 죽어 나갔지만 아랑곳하지 않고 달려들었다.

"우흐흐흐. 쓸데없는 데 신경 쓰지 말고 왕이나 찾아."

"안 그래도 찾는 중이다. 분명히 근처에 있을 텐데……."

렉스와 딜룬은 눈을 번득이며 코랄 왕국군을 살폈다. 저들은 지금 모두 미쳐 있었다. 즉, 정신 지배를 받는 중이라는 뜻이다.

저 많은 인원의 머릿속을 지배하려면 가까이 있어야 한다. 멀리서 저 정도 인원을 마음껏 조종하는 건 누가 와도 불가능했다.

그러니 왕도 근처에 있을 것이다. 어딘가에 조용히 숨어서 말이다.

"꼭꼭 잘도 숨었군. 쉽지 않겠는데?"

"우흐흐. 서둘러야 해. 점점 피가 많이 흐르고 있어."

그 말에 렉스의 표정이 굳었다. 확실히 지나칠 정도로 많은 피가 흘렀다. 이 전쟁에서 죽는 사람은 특이하게도 피를 철철 흘렸다. 보통은 죽고 시간이 지나면 피가 굳기 마련인데 여기선 그렇지 않았다.

문제는 그렇게 흐른 피가 바닥으로 고스란히 스며든다는 데 있었다. 그래서 정작 전장 자체에는 피가 적었다.

"저 평원 바닥에 뭔가 수작을 부려 놓은 모양이군."

"그렇게 당연한 얘기는 해서 뭐해? 빨리 왕이나 찾으라고."

딜룬은 그렇게 핀잔을 주고서 훌쩍 날아올랐다. 이렇게 가만히 서서 찾는 것보다는 하늘에서 보는 편이 훨씬 나았다.

물론 모습을 감춰야 하기에 힘은 좀 더 들겠지만 말이다.

딜룬이 하늘로 올라가자, 렉스는 전장으로 직접 들어갔다. 가까이서 보지 않으면 모를 수도 있는 법이다.

그렇게 전장에 스며든 렉스는 병사라기엔 좀 이상한 자들을 발견했다. 한둘이 아니었다. 일반 병사보다 훨씬 강력한 힘을 발휘하는 자들이었는데, 그들은 사람을 죽이는 방법을 알고 있었다.

'이놈들 봐라? 아주 난자를 하는데?'

그들은 상대와 싸우며 최대한 많은 상처를 내어 죽였다. 당연히 순식간에 피가 빠져나갔다.

그렇게 피가 빠진 시체는 마치 마른 나뭇가지처럼 바짝 말라비틀어졌다. 곳곳에 그런 시체가 널려 있었지만 싸움의 광기에 휘말린 전쟁터에서 그런 걸 눈여겨보는 사람은 아무도 없었다.

'일단 저놈들을 족쳐야겠군.'

렉스의 선택은 단순 명료했다. 저들은 마도황제와 어떻게든 연관이 있을 것이다. 또한 마도황제가 세운 계획의 일부일 것이다.

그럼 없애면 된다.

렉스는 바람처럼 빠르게 움직였다. 그렇게 첫 번째 목표 앞에 도착한 렉스는 옆구리로 파고드는 상대의 칼날을 손으로 꽉 잡았다.

렉스의 옆구리에 상처를 내려다가 칼을 잡힌 자는 당황한 눈으로 그를 바라봤다.

깡!

칼이 부러졌다. 그리고 격통이 온몸을 휩쓸고 지나갔다.

그걸로 끝이었다. 수십 명의 병사를 잔인하게 학살한 자 하나가 바닥에 쓰러졌다. 상처 하나 없이.

쓰러진 병사를 슬쩍 쳐다본 렉스의 눈에서 섬뜩한 빛이 일어났다.

'이놈 봐라?'

죽어 쓰러진 놈이 여전히 몸을 꿈틀거리고 있었다. 온몸의 뼈가 박살 났는데도 아직 죽지 않은 것이다. 심지어 뇌나 내장은 곤죽이 되었는데도 여전히 움직이는 말도 안 되는 상황이 벌어지고 있었다.

그렇게 꿈틀거리는 병사의 얼굴 부분에서 묘한 위화감이 들었다. 렉스는 망설임 없이 병사의 얼굴을 발로 쓸었다. 그러자 정교한 가면 하나가 벗겨졌다.

렉스조차 몰랐을 정도로 정교하게 만들어진 가면이었다. 그리고 가면이 사라지고 드러난 얼굴은 렉스에게 아주 익숙했다.

"역시……."

렉스는 이를 갈았다. 역시 예상대로 병사는 마도황제의 얼굴을 하고 있었다. 저런 정교한 가면을 만들어 썼으니 몰라보는 게 당연했다.

"후우."

렉스는 한숨을 내쉬며 개미 떼처럼 몰려오는 코랄 왕국군을 둘러봤다. 저기 대체 얼마나 많은 마도황제의 분신이 숨어 있을지 상상이 가지 않았다.

"그래도 다 죽인다."

렉스는 이를 악물고 몸을 날렸다. 하나하나 찾아서 죽이다 보면 언젠가는 몽땅 죽일 수 있을 것이다.

렉스가 전장을 휘젓기 시작했다. 의심스러운 놈은 일단 잡아서 죽였다. 그러다 보니 마도황제가 꼭 코랄 왕국군에만 있는 게 아니라는 사실을 알 수 있었다.

결국 렉스는 적아 구분 없이 마도황제로 의심되는 자를 찾아 죽일 수밖에 없었다.

전쟁터가 점점 난장판이 되어 갔다.

*　　　*　　　*

"저놈들 진형을 갖추고 있는 것 같지 않나?"

한창 높은 곳에서 전장을 살피던 겔트 왕국군의 총사령관은 의아한 표정으로 옆의 부관에게 물었다.

부관 역시 함께 전황을 지켜보고 있었기에 확실히 대답할 수 있었다.

"제 눈에도 그렇게 보입니다."

"무슨 일이지? 갑자기 왜 저래?"

"그래도 차라리 잘되지 않았습니까? 저렇게 머릿수를 가지고 막무가내로 밀어붙이는 바람에 피해가 제법 컸는데, 저들도 슬슬 진형을 갖추며 후퇴할 분위기가 보이니 말입니다."

"저기 저 부분은 좀 이상하군. 저기도, 그리고 저기도."

총사령관이 적 진형에서 위화감이 느껴지는 부분을 손으로 가리켰다. 부관은 그걸 보며 자신의 의견을 말했다.

"진형이 갖춰지지 않아 내부적으로 충돌하는 것 같습니다. 진형을 갖추려고 제자리를 찾는 자들과 막무가내로 돌진하는 놈들이 뒤엉킨 듯합니다."

"내가 보기에도 그래. 저놈들 갑자기 왜 저러지?"

"지금이 기회인 것 같습니다. 적이 혼란스러운 틈을 타서 밀어붙이거나 후퇴하는 것이 어떻습니까?"

부관의 말에 총사령관이 손을 들며 제지했다.

"잠깐! 상황이 변했다. 저길 봐."

조금 전까지 혼란스럽던 곳이 순식간에 정리되었다.

"저놈은 뭐지?"

총사령관이 눈살을 찌푸리며 손가락으로 방금 정리된 코랄 왕국군 근처를 가리켰다.

부관은 의아한 표정으로 그곳을 바라보다가 눈을 크게 떴다. 그곳에는 바람처럼 움직이는 사내 한 명이 있었다.

"굉장하군요."

"그게 문제인가? 저놈 대체 적군이야, 아군이야?"

"그래도 주로…… 코랄 왕국군을 공격하는 걸로 봐서 아군에 가깝지 않겠습니까?"

부관의 어이없는 대꾸에 총사령관이 고개를 휙 돌려 노려봤다.

"장난하나? 아군이 죽고 있는데!"

"죄, 죄송합니다."

부관이 당황해 사과를 하다가 전황이 눈에 들어와 다급히 말했다.

"적이 물러가고 있습니다!"

코랄 왕국군은 어느새 모든 진형이 안정된 채 차근차근 퇴각하고 있었다.

"어쩔까요?"

"내버려 둬. 그리고 저놈 잡아와."

"기사단을 출진시키겠습니다."

아무리 대단한 실력을 가졌다 해도 기사단이 나서면 어쩌지 못할 것이다. 병사들 사이를 무인지경으로 휩쓸고 다녔지만 그 상대가 기사단이라면, 더더구나 겔트 왕국 최강의 기사단이라면 도망치기도 어려울 것이다.

막 부관이 기사단에 명령을 전달하려는 순간, 하늘에서 뭔가가 전장을 향해 내리꽂혔다.

꽈앙!

다들 깜짝 놀라 굉음이 일어난 곳을 바라봤다. 그곳에는 멋들어진 미소를 머금은 사내 한 명이 서 있었다. 딜룬이었다.

"우흐흐흐. 찾았다."

딜룬은 그렇게 말하고는 코랄 왕국군을 향해 달려들었다. 그러자 코랄 왕국군에서 거대한 체구를 가진 자가 쏜살같이 달려 나왔다.

꽈앙!

딜룬과 거구의 사내가 맞부딪혔다. 그렇게 부딪힌 여파가 사방으로 물결처럼 퍼져 나갔다.

콰아아아아!

"우와악!"

충격파가 병사들을 덮쳤다. 코랄 왕국군과 겔트 왕국군의 앞쪽에 있던 병사들이 일제히 뒤로 밀려났다. 거의 날아가듯 밀려났기에 단숨에 진형이 무너졌다.

하지만 그걸로 끝이 아니었다. 딜룬과 사내의 싸움은 아직 시작에 불과했다.

꽝! 꽝! 꽝! 꽝!

두 사람의 주먹과 발이 서로 얽히며 연달아 폭음을 토해 냈다. 그리고 그때마다 충격파가 동심원을 그리며 사방으로 퍼져 나갔다.

병사들은 충격파에 밀리고 또 밀리다가 결국 자신들이 알아서 더 뒤로 후퇴를 해 버렸다.

그렇게 거대한 평원이 비어버렸고, 거기에서 딜룬과 사내의 싸움이 계속되었다.

사내는 믿을 수 없을 정도로 강했다. 마도황제도 아닌데 이렇게 강한 힘을 가진 사람이 있을 수 있다는 사실이 참으로 놀라웠다.

"우흐흐흐. 이거 놀라운데? 정체가 궁금할 지경이야."

사내는 말이 없었다. 아니, 말뿐 아니라 표정도 없어서 마치 인형 같았다. 그저 끊임없이 손발을 휘둘러 공격과 방어를 이어갈 뿐이었다.

하지만 그 힘과 파괴력은 무지막지했다. 마왕급 힘을 가진 딜룬조차 쉽게 상대하기 어려울 정도였다. 딜룬은 사내와 싸우며 렉스에게 소리쳤다.

"뭐해! 이놈은 내가 막을 테니까 넌 가서 그놈을 잡아!"

현재 코랄 왕국군은 광기가 완전히 사라졌다. 이제 남은 건 왕의 지배력뿐이었다.

왕국군 전체가 광기에 물든 것은 군데군데 숨어 있던 마도황제의 복제들 때문이었다. 그들이 마도황제의 정신파를 몸으로 받아들여 증폭하는 역할을 맡은 것이다.

한데 그들을 렉스가 싹 죽여 버렸으니 더 이상 광기에 물들 이유가 없었다.

코랄 왕국군은 다들 복잡한 표정으로 딜룬과 거대한 사내의 싸움을 지켜보고 있었다.

그리고 그때 렉스가 나섰다. 렉스는 딜룬을 도와 저 사내를 먼저 없앨까 하다가 마음을 바꿨다. 다른 데 신경을 쓰다가 마도황제가 도망치기라도 하면 곤란했다.

"자아, 그럼 죽여 볼까?"

렉스가 섬뜩하게 웃으며 코랄 왕국군을 향해 성큼성큼 걸어갔다.

그러자 코랄 왕국군 앞쪽에 있던 병사 하나가 후다닥 뒤로 달려갔다.

렉스는 즉시 몸을 날려 그를 뒤쫓았다.

꽈득!

렉스가 병사들을 파고들며 도망치는 자의 목덜미를 움켜쥐었다. 그리고 그대로 뒤로 던져 버렸다.

"쳇! 아깝군."

마도황제는 허공에서 균형을 잡고서 가볍게 바닥에 내려섰다. 아무리 그래도 마도황제는 마도황제였다. 비록 분신이긴 하지만 상당한 힘을 가지고 있었다. 물론 딜룬이나 렉스에 비하면 조족지혈이지만 말이다.

렉스는 다시 자세를 잡았다. 이번에는 단번에 베어 버릴 생각이었다.

난감한 표정을 짓고 있던 마도황제가 순간 눈을 빛내며 하늘을 바라봤다. 렉스도 그의 시선을 따라 위를 바라볼 수밖에 없었다. 하늘에서 어마어마한 존재감이 느껴졌기 때문이다.

"젠장. 늦었군."

렉스는 나직이 투덜거리며 하늘에서 천천히 내려오는 마도황제를 노려봤다. 그에게서 풍기는 존재감은 상당히 익숙했다.

"혼자서는 절대 안 되는데……."

렉스는 딜룬을 힐끗 쳐다봤다. 딜룬이 상대를 압도하고 있긴 했지만 쉽게 결판이 날 것 같지는 않았다.

"후우. 어쩔 수 없지."

렉스는 굳은 표정으로 검을 꽉 움켜쥐었다. 어떻게든 버텨내는 수밖에 없었다. 어떻게든 되겠지 하는 심정이었다. 지금까지 그러했듯이 말이다.

하지만 정작 새로 나타난 마도황제는 딜룬이나 렉스에게 전혀 관심을 두지 않았다. 그는 젤트 왕국군과 코랄 왕국군을 한 번씩 슥 훑어봤다.

"딱 적당한 자리를 잡았군."

그 말이 끝나자마자 마도황제의 몸이 새까맣게 물들었다.

렉스와 딜룬은 그 순간 엄청난 위기감을 온몸으로 느끼고 위로 훌쩍 날아올랐다.

꽈아아아아앙!

마도황제가 그대로 폭발했다. 한데 이번 폭발은 일반적인 폭발과 많이 달랐다.

새까만 고리가 끝없이 커지는 듯했다. 위아래 없이 가운데로 응축된 검은 덩어리가 평평한 상태로 대폭발을 일으켜 사방으로 퍼져 나갔다.

그 새까만 고리는 위아래로 압축되어 있어서 끝이 날카롭기 그지없었다.

그 날카로운 칼날이 사방으로 퍼져 나가는 바람에 거기에 걸린 모든 병사가 두 동강 나버렸다. 병사뿐 아니라 딜룬이나 렉스와 대치하고 싸우던 마도황제의 분신조차 반으로 잘려 바닥을 뒹굴었다.

"뭐야 이게!"

딜룬이 황당한 눈으로 아래를 내려다보며 소리쳤다. 온통 피바다였다. 모든 병사가 죽었다. 살아남은 자는 폭발하며 사방을 휩쓴 검은 고리보다 더 높은 곳에 있던 자들뿐이었다.

딜룬은 등줄기가 서늘해졌다. 만일 위기감을 무시하고 그 자리에 서 있었다면 자신도 저기에 누워 있을 것이다. 몸이 둘로 잘린 채 말이다.

"늦었군."

딜룬은 위에서 들려온 목소리에 고개를 젖혔다. 언제 도착했는지 카이엔이 심각한 표정으로 허공에 떠 있었다.

"어라? 주인님, 언제 오셨습니까?"

카이엔은 대답하지 않고 아래를 내려다봤다. 병사들의 몸에서 흘러나온 피가 그대로 바닥에 스며들었다. 처음에 그렇게 낭자하던 피가 이젠 조금도 보이지 않았다.

"그걸 희생해서 이런 결과를 만들어 낼 줄이야."

조금 전 자폭한 마도황제는 그가 나중에 자신의 육체로 쓰고자 만들어 낸 것이다. 당연히 강력했고, 마도황제도 그것을 상당히 아꼈다.

한데 그걸 버리는 패로 써 버리다니. 이는 대체할 몸이 얼마든지 있거나 아니면 이걸 버려도 될 정도로 오늘 벌인 일이 중요하다는 뜻이었다.

"이제 어쩔까요?"

딜룬이 조심스럽게 물었다. 왠지 카이엔의 분위기가 심상치 않아서 말을 걸기도 무서웠다.

잠시 아래를 내려다보던 카이엔이 뭔가가 떠올랐다는 듯이 눈을 번득였다.

"돌아가자."

카이엔은 그렇게 말하고 순식간에 사라져 버렸다.

딜룬은 멍하니 카이엔이 있던 곳을 바라보다가 고개를 돌려 렉스를 바라봤다.

"우흐흐. 뭐해? 안 가?"

딜룬이 휙 날아가자, 렉스도 딜룬의 뒤를 따랐다.

간신히 살아남은 총사령관과 부관은 이 믿지 못할 광경을 멍하니 바라봤다. 겔트 왕국의 어두운 미래가 펼쳐져 있는 것 같아 절로 한숨이 나왔다.

*　　　　*　　　　*

한스와 무트는 긴장감 가득한 표정으로 헬게이트를 노려보고 있었다. 거기서 나오는 것이 하급 마물이 아니라면 무엇이 나오든 두 사람이 상대하기 어려울 것이다.

마족이라도 나오면 나오자마자 끝이고 말이다.

"이거 긴장되는군."

무트는 그렇게 말하며 몸을 풀었다. 언제 무슨 상황이 벌어질지 모르니 미리 준비해 둬야만 한다.

반면 한스는 한껏 긴장해서 뻣뻣하게 몸이 굳은 채로 서 있었다.

"너도 몸 좀 풀어라. 그러다가 일 터지면 바로 죽는다."

무트의 말에 퍼뜩 정신을 차린 한스는 쓴웃음을 지으며 고개를 끄덕이고는 천천히 몸을 풀었다. 그렇게 몸을 풀다 보니 긴장도 조금씩 풀리기 시작했다.

"대체 왜 여기에 헬게이트가 있는 걸까요?"

"내가 그걸 어떻게 알아? 문제는 저기서 나올 놈들을 우리가 과연 막을 수 있느냐지. 아무리 목숨을 건다고 해도 말이야."

둘이 한가득 걱정을 안고 있을 때, 위에서 누군가가 구덩이로 뛰어들었다.

쿵!

바닥이 살짝 울릴 정도의 소음과 함께 에르미스를 안은 티에라가 모습을 나타냈다.

"걱정 많았죠?"

에르미스가 부드럽게 웃으며 두 사람을 따스한 시선으로 바라봤다. 무트와 한스는 그 미소에 그저 뒷머리만 긁적였다.

"이제부터 같이 지켜요. 아마 쉽지 않을 것 같으니까요."

"하지만 위험합니다."

두 여인은 동시에 빙긋 웃었다.

"우리도 목숨을 걸고 막아야죠. 이건 우리 일이기도 하잖아요."

두 사람이 난감한 표정을 지었다. 아무리 그래도 이 위험한 곳에 티에라와 에르미스를 둘 수는 없었다.

"저기서 뭔가 나오는 것 같아요!"

　갑작스러운 티에라의 외침에 다들 깜짝 놀라 헬게이트를 바라봤다.

　헬게이트에서 검은 팔이 불쑥 튀어나왔다. 그리고 뒤이어 팔의 주인이 모습을 드러냈다.

　온몸이 새까만 갑각으로 뒤덮인 마족이었다.

　그리고 그 마족 뒤로 똑같이 생긴 마족들이 우르르 쏟아져 나왔다.

　마족 군단이었다.

Chapter 7

차원이 다른 존재

헬게이트에서 나온 마족은 모두 같은 종류였다. 새까만 갑각이 온 몸을 뒤덮고 있었는데, 형체는 인간형에 가까웠다. 다만 옆구리에 팔 다리의 절반쯤 되는 길이의 작은 팔이 나 있는 게 달랐다.

꼭 곤충이 인간으로 변해 가는 과정 중인 것 같은 모습이었다.

"정말 벗어날 수 있어. 마경이 달라졌을 거라고는 생각했지만 이 정도일 줄이야."

가장 앞에서 나온 마족이 섬뜩한 미소를 지으며 말했다. 기존 마경 을 통해서 인간계로 나갔을 때 느끼는 특유의 거북함이 전혀 없었다. 물론 그 역시 듣기만 했기에 그게 정확히 어떤 느낌인지는 모르지만 말이다.

갑자기 나타난 마족 군단의 위용에 한스와 무트는 한껏 긴장했다. 저들을 대체 어떻게 상대한단 말인가. 아마 1초도 견디지 못할 것이다.

그런 한스와 무트의 등에 따스한 빛이 닿았다. 두 사람은 흠칫 놀랐으나 이내 편안한 표정으로 그 빛을 받아들였다.

온몸에서 활력이 샘솟았다. 그리고 힘이 넘쳤다. 몇 배나 더 강해진 느낌이었다.

하지만 그것만으로 저 마족 군단을 상대하는 건 역부족이었다. 어차피 1초도 못 버티는 건 마찬가지였다.

"저들이 밖으로 나가면 정말 문제가 커질 거예요."

티에라는 그렇게 말하며 지그시 눈을 감고 두 손을 맞잡았다. 그녀의 몸에서 불그스름한 빛이 흘러나왔다. 정확히 말하면 그녀가 입은 옷, 가이아의 장막이 빛났다.

그 빛은 티에라의 몸 주위를 맴돌다가 마치 우산이 펴지듯 쫙 펼쳐져 위로 나가는 구멍을 꽉 틀어막았다.

그걸 본 마족이 피식 웃었다.

"고작 그런 걸로 우릴 막을 수 있다고 여기는 건가?"

티에라는 그 말을 못 들은 듯 장막에 힘을 보태는 데 집중했다. 그리고 그 옆에 서 있던 에르미스가 환하게 웃으며 앞으로 나섰다.

그러자 한스와 무트가 에르미스를 보호하듯 앞으로 나왔다.

"위험합니다. 일단 저희가 어떻게든……."

에르미스는 고개를 저으며 말했다.

"전 신을 모시는 사람입니다. 희생할 일이 있으면 누구보다 먼저 나서야 해요. 저도 목숨을 걸고 저들을 막을 거예요."

그렇게 말한 에르미스가 눈을 감았다. 그녀의 몸에서 폭발적인 백광이 뿜어져 나왔다. 그 빛은 쏟아지듯 위로 올라가 티에라가 만든 붉은 막에 닿았다.

번쩍!

붉은 막이 강렬하게 빛났다. 그러자 그 형태가 변했다. 마치 붉은 천에 하얀 실을 촘촘히 엮어놓은 듯한 모습이었다.

"크흐흐흐. 우습군. 저걸 강화한다고 우리가 못 뚫을 거라 여기나?"

마족은 그렇게 말하며 손을 위로 들어 올렸다. 그의 손이 새까맣게 물들었다.

꽈앙!

새까만 덩어리가 폭음과 함께 위로 쏘아졌다. 그것은 그대로 붉은 막을 직격했다.

퍼엉!

검은 가루가 흩날렸다. 놀랍게도 마족의 공격이 거의 통하지 않았다.

그제야 마족들이 심각한 표정으로 붉은 막과 두 여인을 번갈아 바라봤다. 설마 저렇게 허무하게 공격이 막힐 줄은 몰랐다.

그리 강한 공격은 아니었지만 인간의 힘으로 막아 낼 수 있는 수준을 아득히 넘어선 위력이었다. 한데 그걸 저리도 수월하게 막아 내다니.

마족들의 분위기가 가라앉았다. 그러자 그중 하나가 음산하게 웃으며 앞으로 나섰다.

"제법인데? 하지만 그게 무슨 소용이지? 저걸 만든 너희를 죽이면 끝인데."

마족이 앞으로 성큼 나서려 할 때, 동료 마족이 손을 들어 그의 움직임을 막았다.

"멍청한 놈. 모르면 잠자코 있어."

"뭐라고?"

"사제를 죽인다고 그 효과가 사라질 거 같나?"

그 말을 들은 마족이 설마 하는 표정으로 입을 다물었다. 그러자 동료 마족이 비웃음을 머금으며 말을 이었다.

"오히려 더 강해지지 않으면 다행이다. 그러니 괜히 일 망치지 말고 찌그러져 있어."

"강해진다고?"

"희생을 통해 성력을 증폭시키는 거지."

"끄응. 그럼 어쩌지?"

"어쩌긴."

마족이 씨익 웃으며 위를 바라봤다.

"부서질 때까지 때려야지."

마족 군단 전원이 위를 향해 손을 뻗었다. 그러자 수십 개나 되는 검은 구체가 포탄처럼 쏘아져 나갔다.

퍼버버버버벙!

검은 가루가 끊임없이 흩날렸다. 마족들은 포기하지 않고 막을 두드렸다. 그렇게 계속 힘을 쓰니 결국 그 효과가 나타나기 시작했다.

붉은 막이 거세게 요동쳤다. 검은 덩어리에 맞을 때마다 출렁거렸다. 마치 금방이라도 뚫릴 것 같았다.

티에라와 에르미스는 이를 악물고 더 많은 성력을 보냈다. 어떻게든 저들이 밖으로 나가는 건 막아야만 했다.

그리고 그런 그녀들을 보고 있는 한스와 무트는 그들 자신의 무력함에 화가 치밀었다. 이렇게 아무것도 해 보지 못하고 구경만 할 수는 없었다. 하지만 생각만으로는 그 무엇도 이루어지지 않는다.

"가자. 우리도 목숨을 걸어야지."

무트의 말에 한스가 무겁게 고개를 끄덕였다.

두 사람은 검을 들고 마족들을 향해 천천히 다가갔다. 두 사람의 검에 막대한 힘이 모여들었다. 젖 먹던 힘까지 박박 긁어서 한 방 먹이기만 해도 눈곱만큼이나마 도움은 되지 않겠는가.

무트의 피부가 푸석푸석해졌다. 몸의 근원이 되는 힘까지 싹 긁어모은 바람에 몸 상태가 급격히 나빠졌다. 그것은 한스도 마찬가지였다.

그리고 그렇게 한 덕분에 그들의 검에는 그야말로 막대한 힘이 쌓였다.

"흐아아압!"

두 사람이 동시에 검을 휘두르며 기합을 내질렀다. 무트는 세로로 검을 휘둘렀고, 한스는 가로로 휘둘렀다.

쉬악! 쉬아악!

막대한 힘을 머금은 거대한 초승달이 두 사람의 검에서 쏘아져 나갔다. 그 두 개의 초승달이 서로 겹치며 십자를 만들었다.

그때까지 한스와 무트가 무엇을 하든 별다른 신경을 쓰지 않고 있던 마족들이 초승달이 겹친 순간 화들짝 놀라며 시선을 그쪽으로 돌렸다.

"막아!"

마족들이 일제히 검은 기운을 뿜어내 앞에 막을 만들었다. 수십 개의 검은 막이 겹치며 무트와 한스의 공격을 막아 냈다.

쩌어어어엉!

수십 개의 막이 부서져 나갔다. 하지만 그걸로 끝이었다. 마족들의 몸에는 생채기 하나 내지 못했다.

하지만 무트와 한스는 그걸로 충분히 만족했다. 어쨌든 마족의 공세를 잠시나마 늦출 수 있었으니까.

다리가 풀린 두 사람이 쓰러지려다가 검을 바닥에 꽂으며 버텼다. 이대로 쓰러지면 다시는 못 일어날 것 같았다. 어쨌든 죽지 않았으니 죽기 전까지는 버틸 것이다.

그런 의지를 담아 무트와 한스가 마족들을 노려봤다.

마족들은 어이가 없었지만 이미 죽은 거나 다름없는 두 사람은 일단 무시했다. 위를 막은 붉은 막이 다시 단단해지고 있었다. 잠시의 휴식이 티에라와 에르미스에게 상당한 힘이 된 것이다.

"거기 서서 네놈들의 행동이 얼마나 무의미한 짓인지 지켜봐라."

마족 중 하나가 그렇게 말하며 손에 흑마력을 모았다. 나머지 마족도 흑마력을 모아 천장의 붉은 막을 다시 공격했다.

퍼버버버버벙!

검은 가루가 흩날렸고, 붉은 막이 연신 출렁거렸다. 잠시 힘을 내서 시간을 좀 더 끌 수 있긴 했지만 역시 그것만으로는 턱없이 부족했다.

붉은 막의 출렁임이 점점 더 심해졌다. 그리고 점점 풍선처럼 위로 부풀어 올랐다. 그러더니 이내 터져 버렸다.

뻐엉!

마치 거대한 풍선이 터지는 듯한 소리가 났다. 아래에서 지속적으로 힘을 받아 그것이 위로 터져 버린 것이다.

"크하하하하하! 드디어 뚫렸다!"

마족들이 크게 웃었다. 그들은 힘없이 주저앉은 티에라와 에르미스를 보며 비웃었다.

"우리가 나가서 얼마나 많은 인간을 학살하고 그 피를 마실지 떠올리며 죽을 때까지 괴로워해라. 크하하하하!"

그 말을 들으면서도 티에라를 비롯한 네 사람은 그저 가만히 있을 수밖에 없었다. 너무 과도한 힘을 쏟아서 지금은 움직이기는커녕 말할 힘도 없었다.

수십의 마족이 일제히 위를 바라봤다. 그들의 어깨와 등에 달린 얇은 날개가 맹렬히 진동했다. 그러더니 위로 훌쩍 떠올랐다.

그렇게 떠오른 수십의 마족이 쏜살같이 날아갔다. 그렇게 그들이 구멍을 막 벗어나는 순간, 갑자기 무언가에 짓눌리기라도 한 듯 마족들이 후두둑 떨어졌다.

콰과과과광!

수십의 마족이 바닥에 처박힌 채 몸을 부르르 떨었다. 어찌나 큰 충격을 받았는지 제대로 움직일 수가 없었다.

그렇게 마족들이 널브러진 곳에 카이엔이 가볍게 내려섰다.

카이엔을 확인한 티에라와 에르미스는 그제야 편안한 표정을 지었다. 그리고 억지로 버티던 한스와 무트도 그제야 대자로 누웠다.

카이엔은 산책이라도 하듯 마족 사이를 누비며 그들을 하나씩 잡아 헬게이트 안으로 던져 넣었다. 얼핏 보기에는 그냥 마계로 돌려보내는 것 같지만 사실은 그렇지 않았다.

헬게이트로 던져 넣기 전, 마족의 몸에 강력한 어둠의 힘을 심었다. 그 짙은 어둠의 힘은 마족이 가진 마력의 원천인 심장에 자리를 잡았다.

그렇게 헬게이트를 넘은 마족은 일정 시간이 지난 후, 마력이 폭주해 대폭발을 일으킬 것이다.

수십의 마족이 다시 헬게이트 속으로 사라졌다.

마족을 모두 처리한 카이엔은 일행에게 돌아섰다.

"고생했군."

그 한 마디 말이 왠지 가슴에 깊이 와 닿았다. 그래서 다들 빙긋 웃었다.

"늦지 않게 오셔서 다행이에요."

티에라가 그렇게 말하며 억지로 몸을 일으켰다. 그냥 앉아 있기 싫었다. 어떻게든 일어나 카이엔과 나란히 서고 싶었다.

카이엔은 그런 티에라를 보며 부드럽게 미소 지었다. 그리고 성큼성큼 다가가 그녀를 번쩍 안아 들었다.

티에라가 깜짝 놀란 눈으로 카이엔을 바라봤다. 하지만 이내 그녀도 빙긋 웃었다.

"그나저나 저건 대체 어쩔 건가? 아무리 생각해도 우리가 헬게이트를 지키는 건 힘들 것 같은데……."

무트가 조심스럽게 나섰다. 사실 무트는 슬슬 자신이 돌아가는 것이 쉽지 않겠다는 사실 깨달아가는 중이었다. 아마 이런 일을 겪다가 에델슈타인 자작가로 돌아가 평범한 생활을 하게 되면 좀이 쑤셔서 미쳐 버릴 것이다.

하지만 아무리 그래도 이건 아니었다. 헬게이트라니. 더구나 마족 군단을 만나는 진귀한 경험까지 했다. 한 번 나왔는데 또 나오지 말 란 법이 없지 않은가.

"그래도 시간은 벌었으니 상관없어. 아마 다시 마족이 등장할 때쯤 이면 충분히 지킬 수 있을 테니까."

카이엔은 그렇게 말하며 한스를 쳐다봤다. 카이엔과 눈이 마주친 한스가 화들짝 놀라며 자리에서 벌떡 일어났다.

"제, 제가 말입니까?"

카이엔은 대충 고개를 끄덕여 주고는 위를 올려다봤다. 위에서 딜 룬과 렉스가 훌쩍 뛰어서 내려왔다.

"에르미스! 대체 어떻게 된 겁니까! 왜 그러고 있는 겁니까? 설마 어떤 놈들이 감히 에르미스를 건드린 건 아니겠지요?"

에르미스는 딜룬의 호들갑에 슬며시 미소를 지었다. 조금 가볍긴 하지만 그래도 마음만은 충분히 와 닿았다. 그리고 가끔은 저렇게 가 볍고 활발한 것도 상당히 괜찮았다.

"괜찮아요. 한데…… 저도 움직이기가 좀 힘드네요."

에르미스의 말이 떨어지기 무섭게 딜룬이 달려와 그녀를 번쩍 안 아 들었다.

"우흐흐흐. 진작 말씀하시지."

"그럼 슬슬 나가지."

카이엔이 그렇게 말하며 위로 훌쩍 뛰어올라 단숨에 그곳을 벗어 났다. 딜룬 역시 마찬가지였다.

그러자 남은 한스와 무트는 당황했다. 저렇게 티에라와 에르미스만 데리고 훌쩍 떠나 버리면 자신들은 어쩌란 말인가.

이곳 지하는 위로 똑바로 뚫려 있었는데, 벽면이 아주 매끄러워서 벽을 타고 올라가는 건 불가능했다. 날아가거나 아니면 위에서 밧줄을 내려 주는 수밖에 없었다.

"항상 떨거지 뒤처리는 내 몫이군."

렉스는 그렇게 말하며 한스와 무트의 뒷덜미를 움켜쥐고 휙 날아올랐다.

* * *

마경에 갇혀 있던 마족들은 선발대를 기다렸다. 카이엔이 마경을 부순 이후, 문이 닫혔는데 최근에 그게 다시 열렸다.

하지만 아무리 마경이 열렸다고 해도 거길 함부로 나갈 수는 없었다. 마경을 나가는 일은 그리 간단치 않았다. 아무 대책 없이 나갔을 때의 페널티가 엄청났기에 심사숙고해서 결정해야만 했다.

한데 그러던 와중에 변화가 생겨났다. 마경이 달라진 것이다. 마치 헬게이트처럼.

그래서 그들은 일단 선발대를 보내기로 했다. 선발대가 밖의 상황을 살피고 마경의 부작용을 확인한 뒤 돌아오기로 했다.

만일 선발대가 돌아오지 않는다면 마경이 변해 생겨난 헬게이트

역시 상당한 페널티가 있다는 뜻이니 반드시 확인해야 할 문제였다.

그렇게 마족 군단에서 가장 약한 부대를 선발대로 보냈다. 곤충형 마족은 수가 많고 약하기에 이런 일에 써먹기 딱 좋았다.

그렇게 얼마나 기다렸을까. 헬게이트에서 뭔가가 툭 튀어나왔다.

나갔던 곤충형 마족 중 하나였다. 한데 그에게서 느껴지는 마력의 흐름이 조금 이상했다.

몇몇 마족들이 다가가 그의 모습을 살폈다. 겉은 비교적 멀쩡해 보였다.

"뭔가 충격을 받은 것 같은데?"

"나가서 싸웠나?"

싸움이라는 말에 다들 이를 드러내며 웃었다.

"전투 좋지. 나가면 싸울 수 있는 건가? 큭큭큭큭."

마족들은 일단 쓰러진 곤충형 마족을 질질 끌고 동료들이 있는 곳으로 갔다. 깨워서 무슨 일이 있었는지 물어야 했다.

그때 헬게이트에서 또 마족 하나가 툭 튀어나왔다.

"어라?"

똑같은 상태의 곤충형 마족이었다. 그걸 시작으로 선발대로 나갔던 곤충형 마족이 연달아 툭툭 튀어나왔다.

그렇게 십여 번 반복해서 마족이 튀어나오더니 이내 잠잠해졌다.

"왜 이거밖에 안 되지? 나머지는 어쩌고 있는 거지?"

"아직도 싸우나?"

그러자 모든 마족이 일제히 대장을 바라봤다. 그들의 눈빛에는 전투에 대한 강렬한 염원이 담겨 있었다.

만일 아직 나머지가 전투 중이라면 나가서 도와야만 했다. 하지만 대장은 그렇게 섣부른 결정을 내릴 수 없었다.

"일단 깨워."

대장의 명령이 떨어지자 다들 군소리 없이 따랐다. 뺨을 때려 축 늘어진 곤충형 마족들을 깨웠다. 그들은 그리 오래지 않아 정신을 차렸다.

어떻게 된 일인지 물어보려는 순간, 깨어난 곤충형 마족의 심장에 카이엔이 심어 놓은 어둠의 힘이 갑자기 증폭했다. 그러자 곤충형 마족의 몸이 새까맣게 물들었다. 안 그래도 까만 몸을 가졌는데 그렇게 되니 아예 어둠 그 자체가 되어 버린 듯했다.

그와 동시에 축 늘어진 모든 곤충형 마족의 몸이 똑같이 변했다.

다들 깜짝 놀라 그걸 지켜보기만 했다. 그리고 그것이 끝이었다.

꽈아아아아아아앙!

거대한 폭발이 일어났다. 그것도 한 번이 아니었다. 십여 번에 이르는 폭발이 연이어 일어났다.

어찌나 폭발이 강력했는지 근처에 있던 마족들을 가루로 만들어 날려 버릴 정도였다.

그리고 그 폭발의 여파가 헬게이트를 넘었다.

　　　　　*　　　*　　　*

우르르르르.

"음? 지진인가요?"

티에라가 의아한 표정을 지었다. 지금 분명히 땅이 흔들리고 있었다.

"신경 쓸 것 없어."

카이엔은 그렇게 일축하고는 걸음을 옮겼다. 지금 폭발이 어떤 의미를 갖는지 유일하게 아는 사람이 바로 그였으니까.

마족에게 어둠의 힘을 심어 마력과 충돌시켜 폭발을 일으키는 방법은 마도황제가 그의 분신을 자폭시키는 모습을 보고 생각해 낸 방법이었다.

아마 카이엔의 계산대로라면 그때 봤던 그 모든 마족 군단을 싹 날려 버릴 수 있을 것이다.

'아마…… 세 군데로 분산되겠지? 같은 비율로 돌아갔으면 좋겠는데……'

헬게이트가 마경과 합쳐졌으니 그 통로도 세 개가 되는 것이 당연했다. 하나는 마족 군단이 있던 곳, 그리고 다른 하나는 마경의 서와 연결된 공간, 그리고 마지막으로 원래 헬게이트와 연결된 마계.

아마 헬게이트에 들어갈 때마다 위치가 바뀔 것이다. 세 군데를 번갈아 들어가게 되는 것이다.

그렇게 계산대로 되었다면 아마 지금쯤 마족 군단은 전멸했을 것이다.

'물론 확인은 해야겠지만.'

확실히 하는 게 좋다. 카이엔은 발걸음을 서둘렀다. 일단 티에라를 침대에 눕히고, 헬게이트를 넘을 생각이었다.

어느 순간부터 헬게이트가 자신을 부르는 듯한 느낌이 강하게 들었다. 아마 그곳에 이 모든 일의 끝이 기다릴지도 모른다.

아니, 분명히 그럴 것이다.

카이엔은 그렇게 확신하며 침실의 문을 열었다. 그리고 얼굴이 살짝 상기된 티에라를 침대에 눕혔다.

*　　*　　*

카이엔은 헬게이트 앞에 도착했다. 티에라가 잠든 것을 확인하고 오느라 살짝 지체되긴 했지만 그래도 큰 문제는 없을 것이다.

"그럼 가 볼까?"

헬게이트를 넘은 카이엔의 눈앞에 텅 빈 공간이 나타났다. 아무것도 없었다. 그저 사방이 막힌 방이 하나 있을 뿐이었다. 제법 넓었다. 천장도 높았다.

"여기가 마경의 서와 연결된 그 공간인가?"

카이엔은 잠시 주위를 둘러봤다. 이곳에도 분명히 자신이 던진 마족들이 왔을 것이다. 그렇다면 그들이 폭발하고 남은 흔적이 있어야 하는데 그조차 없었다.

카이엔은 손에 어둠의 힘을 모아서 벽에 날렸다. 마족의 폭발과는 비교도 할 수 없을 정도로 막대한 위력을 가진 검은 덩어리가 벽에 꽂혔다.

퍼억!

검은 기운은 벽에 박힌 채 맹렬히 회전했다.

키이이이잉!

그렇게 자신의 힘을 한껏 과시한 어둠의 기운은 그대로 폭발했다.

꽈아앙!

그러자 놀라운 일이 벌어졌다. 방이 넓어진 것이다. 폭발의 위력에 반응하기라도 한 듯 공간이 몇 배나 넓어졌다. 벽뿐 아니라 천장도 높아졌다.

그제야 카이엔은 고개를 끄덕였다. 마족이 폭발한 잔해가 왜 없는지 알아냈다. 그 모든 것을 이 공간 자체가 먹어 버린 것이다.

"성장하는 공간이라니, 정말 특이하군."

아무리 마경에 연결된 특별한 공간이라지만 이런 곳이 있을 줄은 몰랐다.

어쨌든 여기서는 더 이상 얻을 게 없다고 판단한 카이엔은 다시 헬게이트를 넘었다.

원래 세상으로 돌아온 카이엔은 지체하지 않고 또다시 헬게이트를 넘었다.

이번에는 확실히 폭발의 흔적을 확인할 수 있었다. 예전 마족 군단이 머물던 그 공간이었다.

"여기도 독립적인 공간인데?"

사방이 꽉 막힌 곳이었다. 그때 밖에서 볼 때는 그래도 어느 정도 열린 공간이라 여겼는데, 이렇게 와서 보니 그렇지 않았다.

주변을 살피던 카이엔은 대충 이곳의 정체를 알 수 있었다. 또한 이런 닫힌 공간에 어떻게 마족 군단이 들어올 수 있었는지도 말이다.

이곳은 일종의 봉인 공간이었다. 그것도 마왕을 넘어서는 힘이 깃든 곳이었다. 마왕을 넘어서는 힘을 가지고서 이런 공간을 만들어 낼 수 있는 존재는 마신뿐이다.

마신의 힘이 깃든 장소를 마왕이 특별한 의식을 통해 봉인 공간으로 쓰는 듯했다.

"어쨌든…… 여기도 오래가지 않겠군."

그건 바로 전에 들어갔던 그 공간 역시 마찬가지였다. 마경에 연결되었던 공간들은 헬게이트와 연결됨과 동시에 변질되기 시작했다.

시간이 오래 걸리긴 하겠지만 결국 하나로 모일 것이다. 그렇게 되면 아주 자연스럽게 이 공간도 마계 어딘가와 합쳐질 것이다.

그 어딘가는 헬게이트가 열린 바로 그곳이 될 확률이 높고 말이다.

카이엔은 밖으로 나갔다. 이제 더 이상 이곳에도 볼일이 없었다.

헬게이트 앞에 선 카이엔은 심호흡을 한 번 하고는 다시 헬게이트를 넘었다. 끈적끈적하고 농밀한 어둠의 힘이 파도처럼 밀려왔다.

드디어 마계에 도착한 것이다.

＊　　　＊　　　＊

카이엔의 저택 주위로 어둠이 내려앉았다. 아직 해가 지지도 않았는데 딱 저택만 어두워진 것이다. 물론 저택에 머무는 사람들은 이 변화에 대해 아무도 인지하지 못했다.

그렇게 어둠에 휩싸인 저택을 향해 누군가가 천천히 걸어오고 있었다.

마도황제였다. 그는 정말로 즐거워 보였다.

그런 그에게서 범접할 수 없는 오오라가 흘러나왔다.

"정말 즐겁군. 가장 완벽한 형태로 조각이 맞춰졌어."

어느새 마도황제는 카이엔의 저택 정문에 도착했다. 정문을 지키는 사람은 아무도 없었다. 문을 지키던 무트와 한스는 지금 정양 중이었다. 워낙 원기 소모가 심해서 그걸 원래대로 회복하려면 열흘은 필요했다.

마도황제는 굳게 닫힌 정문을 스윽 통과했다. 마치 그곳에 원래 정문이 없는 것처럼 자연스럽게 지나간 것이다.

"애초의 계산보다 훨씬 뛰어나. 인간들만으로 이렇게 된 건 역시 헬게이트의 영향인가?"

그 부분 역시 계산에 있었다. 헬게이트를 만들기로 작정했을 때부터 그 효과가 보통이 아닐 거라고 예상했다. 그리고 그 예상은 보기 좋게 적중했다.

인간들을 흡수한 것만으로 어느 정도 차원을 넘어선 것이다. 물론 완벽하게 상위 차원으로 올라선 게 아니라 불안 요소가 있었지만, 지금 이 상태만으로도 최강이라 자신했다.

그리고 이제 불안 요소를 없애기 위해 마지막 작업을 할 차례였다.

"새 육체를 얻은 다음 마족을 섭렵하면 완벽해지는 거지. 크하하하하!"

마도황제는 크게 웃으며 성큼성큼 걸어갔다. 워낙 숨김없이 움직였기에 저택에 있는 자들이 그의 존재를 알아차리는 건 당연했다. 특히 가장 강하다고 할 수 있는 딜룬과 렉스는 마도황제가 저택에서 제법 멀리 떨어져 있을 때부터 알고 대비했다.

딜룬과 렉스가 마도황제 앞을 가로막았다. 두 사람은 마도황제를 보고는 깜짝 놀랐다.

"이거…… 아주 곤란한데? 우흐흐흐."

딜룬은 일단 한 발 뒤로 물러났다. 마도황제가 얼마나 강력한지 피부로 느낄 수 있었다.

"난 물러서지 않는다."

딜룬과 달리 렉스는 오히려 한 발 앞으로 나섰다. 언데드가 되면서까지 버틴 이유가 바로 이 순간을 위해서였는데 어찌 물러나겠는가.

그렇게 앞으로 나선 렉스의 뒷덜미를 딜룬이 잡았다.

"이 멍청아! 상대를 보고 덤벼!"

"그게 기사에게 할 소리인가?"

"그럼 기사는 개죽음을 당하는 게 당연한 거야?"

렉스가 굳은 표정으로 말했다.

"개죽음당하지 않는다. 저 몸에 생채기 하나는 내고 죽을 것이다."

"그게 개죽음이지."

둘이 옥신각신하는 모습을 가만히 쳐다보던 마도황제가 빙긋 웃었다.

"생채기? 그게 가능할 거 같나? 어디 한번 해 봐."

마도황제가 양팔을 벌렸다. 마치 얼마든지 와서 쳐 보라는 듯이.

"손가락 하나 까딱하지 않겠다고 약속하지. 여기 가만히 서 있기만 할 거야. 반격 따위는 안 할 테니 안심하고 공격해 보라고."

그렇게 말하는데도 딜룬은 의심을 풀지 않았다. 하지만 렉스는 오히려 화난 표정으로 딜룬의 손을 강하게 뿌리치고 달려 나갔다.

순식간에 마도황제 앞에 도착한 렉스는 어느새 뽑아 든 검을 그대로 내리쳤다.

쉬익!

렉스의 검은 마도황제를 허무하게 관통하고 지나갔다. 마치 허공을 가르는 것처럼 전혀 손맛이 없었다.

"환영?"

"크하하하! 환영이라니! 그 무슨 격 떨어지는 소리인가! 잘 보라고! 이게 과연 환영인지!"

렉스는 이를 악물고 마도황제를 노려봤다. 겉으로는 그랬지만 속으로는 당황스러움을 금치 못했다. 정말로 환영이 아니었다. 아무리 봐도 이건 실체였다. 한데 왜 베지 못한단 말인가.

문득 예전 단절의 탑에서의 일이 떠올랐다. 그때도 환영은 아니지만 환영 같은 기이한 일을 겪었다.

"신의…… 힘?"

그때 겪은 건 가이아, 즉 신의 힘이었다. 한데 지금 마도황제로부터 그 비슷한 느낌을 받은 것이다.

"크하하하! 신의 힘이라! 아직은 그 정도밖에 안 되려나? 잘 알아 둬라. 이건 신을 넘어서는 힘이다. 아니, 어쩌면 이것이야말로 진정한 신의 힘이라 할 수 있으려나? 크하하하!"

마도황제가 우월감을 한껏 드러내며 크게 웃었다.

"자, 이제 다 해 본 건가?"

"웃기지 마라!"

렉스가 다시 달려들어서 마구 검을 휘둘렀다. 렉스의 검에는 기사의 신념이 담겨 있었다. 하지만 전혀 통하지 않았다. 마도황제는 그저 조소를 머금은 채 여유로운 눈으로 렉스를 지켜보기만 했다.

"거기 넌 가만히 있을 생각인가?"

마도황제가 딜룬을 향해 말하자, 딜룬이 웃으며 뒤로 한 발 또 물러났다.

"우흐흐흐. 쓸데없는 데 힘 빼는 스타일이 아니라서."

마도황제는 씨익 웃었다.

"어디…… 그럼 가볍게 힘을 써 볼까?"

그 말이 떨어진 순간 마도황제가 사라져 버렸다. 말 그대로 사라졌다. 그 어떤 조짐도 없이 말이다. 그리고 렉스 뒤에 나타났다.

공간이동이 아니었다. 느낌이 전혀 달랐다. 마치 이 세상에서 존재 자체가 사라졌다가 다시 나타난 것 같았다.

쩡!

렉스는 등에 강렬한 충격을 받고 날아갔다.

쿠당탕탕!

조금도 반격할 수 없었다. 아니, 반격은 고사하고 피할 수조차 없었다.

렉스가 아연한 얼굴로 바닥에 쓰러진 채 마도황제를 바라봤다. 뭐가 어떻게 된 건지도 모르고 당했다. 대체 어떻게 이럴 수가 있단 말인가.

상대가 설사 카이엔이라 해도 이런 식으로 당할 것 같지는 않았다.

마도황제는 그런 렉스를 힐끗 쳐다보고는 이제 더 관심이 없다는 듯 고개를 돌려 딜룬을 바라봤다.

"자…… 너에겐 어떤 힘을 보여 줄까?"

지금 그것만 해도 놀라 자빠질 것 같은데 또 다른 힘이 있다니 끔

찍한 일이었다.

"우흐흐흐. 굳이 보여 주지 않아도 될 것 같은데……."

아무리 전투를 좋아하는 딜룬이라도 이렇게 차이가 나는 상대와 싸우는 건 사양이었다. 그러니 카이엔과도 싸울 엄두를 못 내는 것 아니겠는가.

"아니지. 그러면 너무 섭섭하지."

마도황제는 그렇게 말하며 딜룬을 지그시 바라봤다. 그러자 딜룬의 팔이 떨어졌다.

"어라?"

딜룬은 너무 황당해 팔이 잘린 고통조차 잊었다. 이건 정말로 뭘 어떻게 한 건지 알 수 없었다. 그 어떤 기척도 느끼지 못했다.

이건 공격의 빠름이 문제가 아니었다. 마도황제는 자신에게 아무 짓도 하지 않았다. 그저 쳐다봤을 뿐이다. 그건 확신할 수 있었다. 그런데 고작 그것만으로 팔이 떨어져 나갔다.

"어때? 이제 내 위대함을 좀 알 수 있겠나? 차원이 다르다는 건 이런 걸 말하는 거지. 크하하하!"

마도황제가 크게 웃었다. 자신의 힘에 도취되어 약간 몽롱한 표정이었다. 어찌 안 그렇겠는가. 이런 어마어마한 힘을 얻었는데.

"이 무슨 황당한……."

정말 황당하기 그지없었다. 공격은 아예 통하지도 않고, 상대는 그저 자신을 보기만 해도 팔이 떨어져 나간다. 더구나 어떤 방식으로 이동하는지조차 알 수 없으니 저런 자를 어떻게 상대한단 말인가.

"딜룬 경!"

저택 쪽에서 방금 뛰어나온 에르미스가 딜룬의 팔이 떨어진 모습을 보고 비명을 지르며 달려왔다. 딜룬은 그런 에르미스를 보며 살짝 어색한 표정을 지었다.

"우흐흐. 이거 못난 꼴을 보였군요."

에르미스는 딜룬의 말에 대꾸하지 않고 허겁지겁 딜룬의 잘린 팔을 주워 원래 자리에 붙였다. 온몸이 피투성이가 되었지만 아랑곳하지 않고 팔이 붙은 자리를 손으로 꽉 쥐고 눈을 감았다.

에르미스는 집중했다. 지금까지 살아오면서 이렇게 집중한 적이 있나 싶을 정도로 몰두해서 성력을 끌어냈다.

화아아아악!

그 어느 때보다 눈부신 백광이 에르미스의 손에서 뿜어져 나왔다. 그 빛은 남김없이 딜룬의 팔에 스며들었다.

그걸 지켜보던 마도황제가 눈살을 찌푸렸다.

"쯧. 역시 아직 완전치가 않아서 안 되는군."

마도황제는 에르미스가 뿜어낸 신의 빛을 보자마자 깨달았다. 자신은 아직 일리오스에 미치지 못한다는 것을.

마치 신의 힘이라도 얻은 것처럼 행동했지만, 실제로는 아직 멀었다는 사실을 말이다.

그걸 깨달은 마도황제는 발걸음을 서둘렀다. 여기서 힘에 취해 시간을 낭비할 필요가 없었다. 어차피 자신이 완전해지면 저들 따위는 언제든 처리할 수 있다. 굳이 지금 설쳐서 일리오스나 가이아의 신경을 건드릴 필요가 없었다.

"나중에 보자고. 나중에······."

마도황제는 어금니를 꽉 물고 헬게이트가 있는 구멍으로 뛰어들었다.

그리고 그 광경을 지켜보던 티에라가 한참을 고민하다가 구멍 쪽으로 걸음을 옮겼다.

*　　*　　*

마계에 도착한 카이엔은 놀란 표정으로 주위를 둘러보고 아래를 내려다봤다.

헬게이트는 높은 탑 꼭대기에 있었다. 구름이 근처에 떠다닐 정도로 높은 탑이었다.

카이엔은 일단 앞에 보이는 계단을 타고 내려갔다. 계단은 끝없이 아래로 이어져 있었다. 내려가다 보니 탑의 모양을 대충 알 수 있었다.

사각뿔 모양의 탑이었다. 꼭대기에는 헬게이트가 놓여 있고, 사방이 계단처럼 되어 있었다. 사각형 돌판을 차례차례 쌓아서 만든 탑이었다.

탑에서 내려가 주위를 살피니 아무것도 없는 허허벌판이 사방에 끝없이 펼쳐져 있었다.

문득 이곳이 마계의 어느 왕국인지 궁금했다. 허허벌판에는 마족은 물론이고 마물조차 보이지 않았다. 땅속도 마찬가지였다.

보통 마계 벌판에는 땅속을 다니다가 갑자기 위로 치솟아 공격하는 마물이 서식하는데, 이 들판은 그렇지 않았다.

이 탑을 마도황제가 세운 게 분명했다. 아니, 마족 중에도 마도황제의 분신이 섞여 있을 것이다. 그들이 모여 이걸 세웠을지도 모른다.

카이엔은 탑에서 조금 떨어져 탑 위를 올려다봤다. 그리고 눈을 빛냈다. 방금 헬게이트에서 누군가 나왔다.

구름 위에 있는 헬게이트에서 나온 사람이었지만 카이엔의 눈에는 그의 모습이 아주 선명하게 보였다.

마도황제였다.

순간, 마도황제가 사라졌다. 그리고 카이엔 뒤에 나타났다. 렉스를 농락했던 것과 똑같이 이동한 것이다.

카이엔의 몸이 옆으로 쭉 미끄러지듯 움직였다. 그러자 카이엔이 방금 서 있던 자리를 뭔가가 훅 훑고 지나갔다.

콰아아!

강렬한 돌풍이었다. 그것은 탑 아래쪽을 휩쓸고 지나갔다.

콰아앙!

탑 한쪽이 부서져 나가며 돌조각이 사방으로 튀었다. 물론 탑이 워낙 컸기에 그 정도로는 끄떡도 없었다.

마도황제는 놀란 눈으로 카이엔을 바라봤다. 카이엔은 어느새 돌아서서 마도황제를 마주 보고 있었다.

"그걸 피해? 놀랍군."

"내가 더 놀랐다. 대체 어떻게 한 거지?"

그제야 마도황제는 얼굴에서 놀란 기색을 지우고 빙긋 웃었다.

"이게 바로 차원이 다른 힘이지."

"고작 그 정도를 원해서 지금까지의 일을 벌인 거라면 실망이군."

"크하하하! 그건 걱정하지 않아도 돼. 아직 완전한 게 아니니까."

카이엔의 표정이 살짝 굳었다.

'완전한 게 아니라고? 그럼 저것보다 더 대단해진다는 건가? 그게 뭔지 상상도 가지 않는군.'

조금 전 카이엔은 마도황제가 세상에서 사라지는 느낌을 받았다. 그리고 등 뒤에 나타난 것이다. 더 무서운 건 마도황제가 특별한 방법을 쓴 게 아니라 그저 숨 쉬듯 자연스럽게 움직였을 뿐이란 점이다.

"그나저나…… 내 앞에 그렇게 서 있어도 되나?"

카이엔은 그렇게 말하며 손을 그었다. 검을 꺼낼 여유가 없어 일단 손으로 눈앞에 보이는 결을 베었다. 현재 마도황제는 세상과 살짝 유리된 상태였다. 그걸 알기에 제대로 된 결을 벤 것이다.

스걱!

마도황제의 어깨에서 살짝 피가 튀었다. 마도황제가 다급히 뒤로 피했기에 간신히 작은 상처만으로 끝낼 수 있었다. 마도황제의 얼굴에 놀람을 넘어 경악이 어렸다.

대체 어떻게 자신의 몸에 상처를 낼 수 있단 말인가. 이건 물리적으로 불가능한 일이었다. 자신의 몸은 여기 있지만 사실 여기 있지 않으니까. 이곳의 몸은 상차원에서 투영한 그림자나 다름없었다.

그런 마도황제를 보며 카이엔이 피식 웃었다.

"역시 쓸데없는 일에 심력을 소모하느라 진짜 강해지진 못했군."

"웃기지 마라! 난 차원이 다른 존재야!"

카이엔이 고개를 끄덕였다.

"차원이 다를지도 모르지. 하지만 그래 봐야 어차피 원래 약한 놈이었잖아? 그래서 내가 뭘 한 건지도 모르고 말이야."

카이엔은 그렇게 말하며 심연의 검을 꺼냈다. 마도황제를 상대하려면 심연의 검 없이는 불가능하다는 걸 방금 깨달았다.

"후우우. 내가 너무 흥분했군."

마도황제는 심호흡을 하며 흥분을 가라앉혔다. 앞으로는 이렇게 흥분할 일도 없을 것이다. 정말 차원이 다른 존재가 된다면 말이다.

"나도 기쁘군. 네가 약하지 않아서. 내 마지막 조각이 이렇게 뛰어나다니 말이야."

"마지막 조각?"

"큭큭큭큭. 너도 예상했으면서 왜 모른 척을 하고 그래? 네 몸. 그게 내 마지막 조각이야."

"내 몸? 그럴 수 있나? 난 네 분신이 아닐 텐데?"

"큭큭큭큭. 잊었나? 원래 내가 내 몸으로 쓰려고 했던 것들도 내 진짜 분신이 아니야. 그저 모습만 같게 만들었을 뿐이지."

마도황제의 섬뜩한 말에도 카이엔은 전혀 흔들리지 않았다.

"그거 재미있군. 한데 그러려면 먼저 날 이겨야 하지 않나? 말로는 뭘 못 해?"

마도황제가 빙긋 웃었다.

"안 그래도 그럴 참이다."

순간 카이엔은 어깨에서 뭔가 섬뜩함을 느끼고 몸을 옆으로 굴렀다.

팍!

어깨에서 피가 튀었다. 카이엔은 놀랄 틈도 없이 또 몸을 굴렸다.

핏! 핏! 핏!

몸에서 연달아 피가 튀었다.

그리고 마도황제는 그 모습을 놀란 눈으로 바라보면서 연이어 힘을 썼다.

핏! 핏! 핏!

하지만 아무리 공격해도 카이엔에게 치명상을 입힐 수가 없었다.

마도황제의 공격은 그 어떤 기척과 소음도 없었다. 당연하다. 상위 차원에서 모든 준비를 마치고 공격하는 순간에만 실체가 드러나니 말이다.

그렇다면 그 순간 공격을 알아차리고 몸을 피한다는 건데 그건 불가능에 가까웠다. 한데 그걸 카이엔이 아무렇지도 않게 하고 있는 것이다. 물론 완벽히 피하지는 못하지만 말이다.

결국 마도황제는 공격을 멈췄다. 이런 걸로는 카이엔에게 치명상을 입히지 못한다. 단번에 죽일 정도로 위력적인 공격이 필요했다.

"이제 끝난 건가? 그럼 내 차례로군."

카이엔은 마도황제가 공격을 멈춘 틈을 타서 달려들었다. 여기서 더 여유를 주면 곤란했다. 또 어떤 힘이 남아 있을지 모르니 말이다.

마도황제는 카이엔이 달려드는 순간 사라져 버렸다. 하지만 공격을 완전히 피할 수는 없었다.

파악!

마도황제의 가슴에서 피가 튀었다. 그는 어느새 수십 미터 밖으로 멀어져 있었다.

"정말…… 놀랍군. 이것이 심연의 검이 가진 힘인가?"

아무리 심연의 검을 들고 있다고 해도 가능한 일이 아니었다. 하지만 카이엔은 굳이 그런 말을 하지 않았다. 지금 중요한 건 그게 아니었으니까.

"후우욱!"

카이엔은 심호흡을 하며 기운을 다스렸다. 몸에 난 상처들을 모조리 치료할 수 있었지만 그렇게 하지 않았다. 그런 데 쓸 기운조차 아까웠다.

마도황제는 자잘한 공격은 소용이 없다는 걸 깨달았다. 큰 거 한 방이 필요한 시점이었다.

일반적으로 큰 공격을 하려면 준비를 많이 해야 한다. 마도황제 또한 그 범주에서 벗어나지는 못했다. 그는 큰 공격을 위해 준비를 시작했다.

카이엔은 마도황제가 가만히 서 있자 그의 의도를 알아차렸다. 이럴 때는 그냥 내버려 둬선 안 된다. 카이엔은 즉시 몸을 날렸다.

후웅!

카이엔의 검이 바람을 가르며 마도황제의 목을 향해 날아갔다. 마도황제는 예전의 일이 있는지라 황급히 뒤로 물러났다. 하지만 카이엔의 공격을 완벽히 피할 수는 없었다.

핏!

마도황제의 목에 생채기가 생겼다. 사실 좀 더 깊이 베이긴 했는데, 실제로 난 상처는 그것뿐이었다.

"이거 정말 이해할 수가 없군. 대체 왜 네 공격이 먹히는 거지?"

카이엔은 다시 검을 휘두르며 대수롭지 않게 말했다.

"난 본질을 베기 때문이지."

"본질?"

"나야말로 이상해. 본질을 베는데 대체 왜 널 제대로 벨 수 없는지 말이야.”

“본질! 너 정말 대단하군! 아니, 내가 대단한 건가? 으하하하!”

마도황제는 갑자기 미친 듯이 웃었다. 답을 찾아낸 것이다.

현재 마도황제는 반 차원 위에 있었다. 아직 완전히 한 차원 위의 세상으로 가지 못한 것이다. 그걸 완성하려면 마족의 관점과 힘까지 모두 흡수해야만 한다.

그래서 베인 것이다. 하지만 반 차원 위에 있기에 절반만 베였다. 즉, 한 차원 위로 올라가면 현 차원에서는 본질조차 파악하지 못한다는 뜻이다. 카이엔은 본질을 베었다고 했으니.

‘그나저나 정말 무서운 놈이로군.’

만일 반 차원 위의 존재가 되지 못했다면 속절없이 당했을 것이다.

마도황제는 상념을 접고 카이엔을 노려봤다. 어쨌든 지금은 큰 거 한 방이 제일 중요하다. 마도황제는 꾸준히 힘을 모았다.

“자, 이제 진짜가 간다. 어디 막아 봐.”

지나칠 정도로 무리해서 힘을 모았다. 분명히 부작용이 있을 것이다. 하지만 충분히 그럴 가치가 있었다. 이건 반 차원 위의 힘이 아니라 한 차원 위의 힘이니까.

검을 겨누고 있는 카이엔의 손이 뒤집어졌다. 피부가 안으로 들어가고 안에 있던 근육과 핏줄이 밖으로 나왔다. 말 그대로 뒤집힌 것이다. 살에 상처도 내지 않고 그렇게 만들어 버렸다. 이건 물리적으로 불가능한 일이었다.

카이엔의 눈이 커다래졌다. 고통은 둘째 문제였다. 방금 그 공격은 조금도 인지할 수가 없었다. 마치 자신의 몸이 그렇게 바뀌는 것이 섭리라도 되는 것 같았다.

손에서 시작한 뒤집기가 팔뚝으로 이어졌다. 빠르게 몸을 피해 봤지만 소용이 없었다. 뒤집히는 속도가 점점 빨라졌다. 그리고 검을 쥐지 않은 왼손도 그렇게 뒤집히기 시작했다.

"크하하하! 어떠냐! 이것이 바로 상차원의 힘이다!"

카이엔은 이를 악물고 마도황제를 노려봤다. 이런 식이라면 단숨에 자신을 죽일 수도 있었을 것이다. 한데도 그렇게 하지 않는다는 건 갖고 논다는 뜻이다.

'그리고 방심하고 있다는 뜻이기도 하지.'

어느새 팔뚝은 물론이고 어깨까지 뒤집혔다. 어깨 다음은 좀 심각하다. 내장이 밖으로 튀어나올 테니까. 아마 그렇게 되면 살아도 산 게 아니리라.

카이엔은 검을 쥔 손에 힘을 꽉 주었다. 그리고 결연한 표정으로 마력을 흘려보냈다. 이젠 마력을 아끼고 자시고 할 여유도 없었다.

퍼버버벅!

카이엔의 팔이 터져 나갔다. 아예 팔을 넝마처럼 만들어 버린 것이다. 뒤집히든 말든 전혀 상관없는 모습이 되어 버렸다.

하지만 그렇게 해도 뒤집기는 멈추지 않았다. 어깨를 지나가 가슴이 뒤집히기 시작했다. 이대로 심장이 밖으로 나오면 아마 더 버틸 수 없을 것이다.

'더럽게 아프군.'

카이엔은 그렇게 생각하며 검을 꽉 쥐었다. 어차피 죽을 거라면 지금 승부를 보는 것이 나았다. 하지만 문제는 제대로 된 일격을 성공시킬 힘이 남아 있느냐 하는 것이었다.

가능성은 지극히 낮았다. 팔에 힘이 제대로 들어가지 않았다. 왼팔이라도 멀쩡하면 어떻게 해 보겠는데 왼팔도 마찬가지로 걸레가 되어버렸으니 방법이 없었다.

그때 카이엔 뒤에 있던 탑 꼭대기에서 새하얀 빛 덩어리가 마치 유성처럼 떨어져 내렸다.

화아아아악!

그 빛은 그대로 카이엔의 등에 스며들었다. 카이엔은 그걸 그대로 받아들였다. 누군지 보지 않아도 알 수 있었다. 강력한 가이아의 성력이 뼈만 남은 카이엔의 팔을 급속도로 재생시켰다.

한 번 터져 나갔다가 다시 돌아왔기에 팔은 원래의 모습이었다. 근육과 핏줄이 생겨나고 그 위를 새하얀 피부가 자라나 덮었다.

"짜증 나는 가이아의 종자가 여기까지 쫓아왔군."

마도황제가 무심한 눈으로 탑 위쪽을 바라봤다. 그가 무엇을 하려는지는 굳이 묻지 않아도 알 수 있었다.

카이엔은 팔이 완전히 복구되기 전에 움직였다. 더 늦으면 티에라가 위험하다.

제대로 몸이 만들어지지도 않은 상황에서 급격히 움직이고 힘을 주는 바람에 팔이 다시 터져 나갔다. 하지만 카이엔은 그쪽으로는 아예 신경도 쓰지 않았다.

카이엔은 모든 신경과 힘을 검 끝에 모았다. 집중력이 한계를 넘어서 발휘되었다. 그 순간 벽 하나를 넘은 것이다.

스아악!

심연의 검이 마도황제의 몸을 훑고 지나갔다. 마도황제는 피할 생각도 하지 않았다. 아니, 피할 수가 없었다. 하지만 크게 걱정하지 않았다. 어차피 카이엔은 자신을 완벽히 벨 수 없을 테니까.

지금은 탑 꼭대기 헬게이트 앞에 서 있는 티에라를 죽이는 게 먼저였다. 그녀를 죽여 싸움의 변수를 없애야만 했다.

"어?"

갑자기 세상이 비스듬하게 기울어졌다. 그래서 제대로 힘을 쓸 수가 없었다.

마도황제는 잠시 혼란에 빠졌다. 하지만 금세 어떤 상황인지 알아차렸다. 허리가 반쯤 잘려 피와 내장을 쏟아 내고 있었다. 그래서 균형이 무너져 상체가 옆으로 기운 것이다.

"어떻게?"

마도황제는 의아한 눈으로 카이엔을 바라봤다. 자신은 현 차원에 존재하지 않는다. 한데 카이엔은 존재하지 않는 자신을 베었다.

'본질을 벤다고 했던가? 하지만 아무리 그래도…….'

그건 아까 확인했다. 완전히 상차원에 올라서면 본질을 베는 건 아무 소용이 없을 것이다. 지금 마도황제는 불완전하게나마 상차원에 올라갔다. 한데 베인 것이다.

"허리가 두 동강 날 줄 알았는데 절반도 채 못 베었군."

카이엔의 중얼거림에 마도황제는 자신도 모르게 고개를 끄덕였다. 모든 것은 완전한 상차원에 오르지 못했기에 벌어진 일이었다.

'아니, 원인은 방심이지.'

마도황제가 이를 드러내며 웃었다. 그리고 카이엔을 노려봤다. 아직 죽지 않았다. 죽기 전에 한 방 제대로 날려주지 않으면 분이 풀리지 않을 것 같았다.

마도황제의 눈이 흑요석처럼 새까맣게 빛났다. 그리고 그 순간 카이엔이 다시 검을 휘둘렀다.

스아악!

마도황제의 목이 그대로 잘려 피를 뿜으며 날아갔다.

그리고 카이엔의 몸에 사선의 핏줄기가 생겨났다. 마도황제의 마지막 일격이 들어간 것이다.

카이엔의 상체가 비스듬하게 미끄러졌다. 매끈하게 몸이 잘린 것이다.

"카이엔 님!"

탑에서 열심히 계단을 타고 뛰어 내려가던 티에라가 깜짝 놀라 외치며 그대로 몸을 던졌다. 허공에 붕 뜬 채 아래로 추락하는 티에라의 몸이 백광에 휩싸였다.

카이엔의 몸이 완전히 분리되기 직전에 티에라의 몸이 바닥에 떨어져 데굴데굴 굴렀다. 워낙 높은 곳에서 떨어졌기에 몸 곳곳에 상처가 나고 뼈가 두두둑 부러졌다.

하지만 티에라는 그 모든 것을 아랑곳하지 않고 휘청거리며 카이엔에게 다가갔다. 그녀의 몸은 여전히 백광에 휩싸인 채였다.

티에라는 카이엔의 몸을 다시 원래대로 맞췄다. 바닥에 떨어지기 전이라 할 수 있었다. 그녀의 몸을 휘감고 있던 백광이 고스란히 카이엔에게로 옮겨갔다.

그걸 확인한 티에라가 안도의 한숨을 내쉬며 스르르 눈을 감고 옆으로 쓰러졌다. 정작 자신을 위해서는 한 톨의 성력도 쓰지 않고 모든 걸 카이엔에게 몰아준 것이다.

지금 카이엔이 받은 상처는 그렇게 하지 않으면 고치는 게 불가능했다.

그렇게 정신을 잃은 티에라의 입가에 부드러운 미소가 드리워졌다. 세상 그 어떤 것보다 아름다운 미소였다.

에필로그
영광의 기사

전쟁이 끝났다. 그리고 대륙에는 다시 평화가 찾아왔다. 마치 언제 전쟁이 일어났었느냐는 듯 조용하기 그지없었다.

왕국의 모든 백성을 동원해 전쟁을 일으키려 했던 두 왕국은 결국 멸망했다. 남아난 사람이 거의 없는데 어떻게 다시 일어날 수 있겠는가.

그 왕국들과 싸운 두 왕국은 다른 운명을 맞았다. 하나는 몰락의 길을 걸었고, 다른 하나는 정반대의 길을 갔다.

몰락의 길로 걸어가지 않은 왕국은 당연히 겔트 왕국이었다. 겔트 왕국은 카이엔을 대공으로 추대했다. 또한 겔트 왕국과 전쟁을 일으켰다가 몰살당해 망한 코랄 왕국을 봉지로 내렸다.

그것은 살아남기 위한 발악에 가까웠다.

하지만 정작 카이엔은 자신의 주변에서 벌어지는 모든 일에 관심을 끊고 저택에 칩거했다. 누가 찾아와도 만나지 않았고, 또 저택을 나서지도 않았다.

대외적 활동을 하는 것은 딜룬과 렉스였다.

두 사람은 놀랍게도 왕국 사교계에 진출해 뭇 여성들의 관심을 한 몸에 받았다.

딜룬과 렉스에게는 헬게이트의 또 다른 생존자라는 칭호가 따라다녔다.

두 사람의 힘은 코랄 왕국과의 전쟁을 통해 아주 널리 알려졌다. 당시 전쟁을 지켜본 총사령관과 부관이 절절한 보고서를 국왕에게 올린 것이다.

그 즉시 왕국 차원에서 조사가 시작되었고, 결론을 내렸다. 그들은 헬게이트의 생존자이며, 각각 왕국과 싸울 수 있을 정도로 강한 힘을 가졌다고 말이다.

상황은 그렇게 정리되었다.

*　　　*　　　*

"신물이 나도록 파티를 해 놓고 아직도 모자라나?"

"우흐흐흐. 내게 목을 매는 레이디가 워낙 많아야지. 그들을 다 버리면 벌 받는다고. 우흐흐흐."

"에르미스가 들으면 슬퍼하겠군."

에르미스란 말에 딜룬이 침울한 표정을 지었다. 그가 이런 표정을 짓는 건 정말 드문 일이었다.

"오히려 슬픈 건 나지. 안 그래?"

"뭐…… 절반은 인정하지."

에르미스는 딜룬의 팔을 붙여 준 그날, 교단으로 돌아갔다. 그리고 2년이 지났는데도 아직 돌아오지 않았다.

"그래도 네 팔을 붙여 줬잖아. 아마 에르미스가 아니었으면 그거 절대 못 붙였을걸?"

"그래서…… 그래서 더 슬픈 거지."

마도황제의 공격은 확실히 남달랐다. 팔이 그냥 잘린 게 아니라 상당히 특별한 방식으로 잘려 있었다. 그래서 그냥 붙일 수가 없었다.

딜룬과 렉스는 아마 에르미스가 성력의 원천을 썼을 거라고 예상했다. 그걸 썼다는 건, 다시 성력을 쓸 수 없는 몸이 되었다는 뜻이기도 했다.

"내가 원한 건 그냥 에르미스거든. 성력이 아니라."

침울하게 가라앉은 분위기를 깨려는 듯 렉스가 평소와 다르게 살짝 밝은 목소리로 말했다.

"자, 그런 꿀꿀한 얘기는 그만하고 오늘 파티에 관한 얘기나 하자고. 오늘 파트너는 정하셨나?"

"우흐흐흐. 이제부터 골라 봐야지."

딜룬의 말이 끝나기 무섭게 문 쪽에서 누군가의 목소리가 들렸다.

"그 파트너, 제가 하면 안 될까요?"

딜룬의 고개가 번개처럼 돌아갔다. 그리고 화등잔만 해진 눈으로 멍하니 문 앞에 선 여인을 바라봤다.

"죄송해요. 제가 너무 늦었죠?"

"에, 에르미스……."

에르미스는 눈부신 미소를 지으며 사뿐사뿐 걸어왔다. 그리고 딜룬을 가만히 끌어안았다. 딜룬은 떨리는 손으로 그런 에르미스의 등을 조심스럽게 감쌌다.

"정말…… 에르미스로군요."

"네. 정말 저예요."

그렇게 두 사람은 잠시 서로의 체온을 느꼈다. 먼저 손을 떼고 물러선 것은 에르미스였다. 그녀는 장난스러운 눈으로 딜룬을 올려다보며 말했다.

"저 없는 동안 재미있게 즐기셨나 봐요? 소문이 아주 화려하시던데요? 듣자니 파트너도 매일 바꾸신다면서요?"

"우흐흐흐. 다 껍데기죠, 껍데기. 에르미스가 없는 빈자리를 메우고자 하는 몸부림입니다. 몸부림."

에르미스가 빙긋 웃었다.

"변한 게 없으시네요. 딜룬 경은."

딜룬도 빙긋 웃었다.

"제가 변할 리 없잖습니까?"

"저, 성녀가 되었어요."

"예?"

딜룬이 멍하니 에르미스를 바라봤다. 성녀라니. 일리오스 교단에서 왜 성녀가 나온단 말인가.

"놀라셨죠? 저도 놀랐어요. 가이아 교단에서는 이제 없어졌는데 우리는 다시 생겼네요."

가이아 교단 얘기가 나오자 딜룬과 렉스가 어색한 표정을 지었다. 그걸 못 알아차릴 에르미스가 아니다.

"아, 그러고 보니 티에라하고는 인사도 못 하고 헤어졌네요. 잘 있죠?"

"아, 그게……."

딜룬이 대답을 못하고 머뭇거리자, 옆에 있던 렉스가 나섰다.

"이러다가 파티에 늦겠는데? 서둘러야겠어."

렉스는 딜룬과 에르미스를 최대한 보채고 볶아서 파티장으로 데려갔다. 그래서 티에라에 대한 얘기는 아주 자연스럽게 묻혀 버렸다.

*　　　*　　　*

커다란 헬게이트 앞, 한스와 무트가 한껏 긴장한 눈으로 게이트를 노려보고 있었다.

"온다. 이번에는 심상치 않은 놈이야."

무트의 말에 한스가 고개를 끄덕였다.

잠시 후, 헬게이트 안에서 거대한 마족 하나가 튀어나왔다. 소머리에 온몸이 근육으로 꽝꽝 뭉친 검붉은색 마족이었다.

"엄청 강해 보이는데?"

"그래도 어쩝니까? 막아야지. 저놈만 막으면 한동안은 걱정 없겠는데요?"

"그럴 거 같긴 하다."

그 말과 동시에 무트가 몸을 날리며 검을 휘둘렀다. 그리고 마족이 그 검을 막는 순간, 빈틈을 노리고 한스가 미끄러지듯 마족 품으로 파고들었다.

치열한 싸움이 벌어졌다. 처음에는 한스와 무트가 밀렸지만 차츰 분위기가 바뀌어 갔다. 그리고 결국은 마족의 목을 잘라 냈다.

"허억! 허억! 간신히 이겼다."

"이거 점점 마족이 강해지는 거 같지 않아요?"

"그래도 이기잖아. 우리도 점점 강해지는 거지."

두 사람은 바닥에 털썩 주저앉아 얘기를 나눴다. 오늘은 이렇게 잠시 쉬다가 위로 올라가면 된다.

원래 이 헬게이트는 마계와 인간계를 누구나 자유롭게 이동할 수 있었다. 그래서 처음에는 엄청나게 고생했다. 밀려드는 수많은 마족과 치열하게 싸워야 했으니까.

하지만 1년 전부터는 그럴 필요가 없어졌다. 카이엔이 상차원의 힘을 얻으면서 헬게이트를 바꿔 버린 것이다.

아무리 카이엔이라도 헬게이트 자체를 완전히 없애는 건 불가능했지만, 헬게이트의 본질을 조금 비트는 건 얼마든지 할 수 있었다.

그렇게 해서 헬게이트를 통과할 수 있는 마족이 제한되었다. 힘이 너무 강하면 통과할 수 없고, 누군가가 헬게이트를 통과하면 한동안 게이트를 이용할 수 없었다.

오늘 마족이 하나 나왔으니 당분간은 안전하다는 뜻이다. 물론 그 당분간이 얼마나 되는 시간인지는 알 수 없다. 하지만 하루 안에 다시 나오지 않는 건 확실했다.

"문지기 노릇 지겹지 않느냐?"

"매일 강해질 수 있는데 뭐가 지겹습니까? 전 지금이 좋습니다."

한스의 대답에 무트가 기특하다는 듯 부드럽게 웃었다. 아마 이 저택에 사는 사람들을 제외하면 전 대륙을 통틀어 한스보다 강한 인간은 없을 것이다.

'그러고 보면 이 저택, 보통이 아니군.'

무트는 속으로 웃음 지었다. 이 저택에 있는 자들이 모두 나서면 마계 정벌도 가능하리라.

"기분 나쁘게 웃지 말고 나가죠."

"이놈이 버릇없이."

무트는 그렇게 말하며 자리에서 일어났다. 말과는 다르게 표정은 상당히 밝고 기분이 좋아 보였다.

"오늘 아가씨가 온다고 했으니 오랜만에 즐겁겠어."

무트에게 있어서 에델슈타인 자작가의 릴리는 딸과 다름없었다. 그걸 잘 알기에 한스도 빙긋 웃었다. 사실 릴리를 보는 건 한스에게도 상당히 즐거운 일이었다.

그렇게 오늘도 평범한 저택에서의 하루가 저물어 갔다.

*   *   *

크고 화려한 침대 앞, 카이엔이 가만히 서서 침대에 누운 여인을 조용히 바라보고 있었다.

침대에 누운 사람은 다름 아닌 티에라였다.

마도황제와의 싸움이 끝난 뒤, 티에라는 잠든 채 깨어나지 못했다. 성력을 과다하게 쓴 것이 원인이었다. 에르미스와 같은 경우였다. 하지만 상태는 에르미스보다 훨씬 나빴다.

에르미스는 성녀가 되면서 그걸 극복했지만 티에라는 그럴 수가 없었다. 현재 그녀는 점점 죽어가는 상태였다. 아니, 이미 죽었어도 이상하지 않았다.

카이엔은 2년이 넘는 시간을 티에라 옆에서 떠나지 않고 그녀를 돌봐 주었다.

티에라의 죽음을 막기 위해서는 끊임없이 힘을 불어넣어 줘야만 했다.

보통 사람이라면 며칠도 버티지 못하고 기운이 바짝 말라비틀어졌겠지만 카이엔은 무려 2년을 버텼는데도 끄떡없었다.

티에라는 가이아 교단의 교황이었다. 한데 교황이 2년이나 잠들어 있으니 교단이 제대로 돌아갈 리가 없었다. 그래서 몇 달 전 가이아 교단에 새로운 교황이 즉위했다. 물론 카이엔은 그런 것에는 전혀 관심이 없었다.

카이엔은 자신의 손을 들어 가만히 쳐다봤다.

"차원이 다른 힘이 있으면 뭐하지? 이렇게 아무짝에도 쓸모없는데."

마도황제와의 싸움 이후, 카이엔은 그가 가진 힘에 대한 깨달음을 얻었다. 그리고 그 깨달음은 티에라를 돌보면서 점점 커졌다.

결국 지금은 마도황제가 가졌던 차원이 다른 힘을 손에 넣었다. 하지만 그걸로도 잠든 티에라를 다시 깨울 수는 없었다.

똑똑!

노크 소리가 들렸다. 카이엔은 대답하지 않았다. 하지만 문은 열어주었다. 누가 왔는지 알고 있었으니까.

저절로 문이 열렸고, 릴리가 들어왔다.

"아직도 그러고 계신 거예요? 그러다 큰일 나요. 좀 쉬세요."

릴리가 걱정스러운 표정으로 말했다. 하지만 카이엔은 그저 릴리를 한 번 쳐다보고 고개를 까딱였을 뿐 입도 열지 않았다.

잠시 침묵이 감돌았다. 릴리는 조심스럽게 그 침묵을 깨뜨렸다.

"브리케 백작 부인이 자살했어요."

카이엔이 고개를 돌려 릴리를 쳐다봤다. 지금까지 중에 가장 큰 반응이었다. 릴리는 조금 더 자세히 설명했다.

"슈메츠 후작가가 몰살당한 이후, 정신적, 물질적으로 상당히 어려웠나 봐요. 안 그래도 사치스러운 생활을 하던 사람이었는데, 그 어려움을 겪기 힘들었겠죠."

카이엔은 잠시 릴리를 쳐다보다가 다시 고개를 돌려 티에라를 바라봤다.

사실 카이엔이 대공위에 오르면서 복수는 끝났다고 봐야 했다. 그 이후 엘레나가 겪은 두려움은 말로 형언할 수 없을 정도니까. 어쩌면 그 두려움을 이기지 못해 자살했을 수도 있다.

다시 원래대로 돌아간 카이엔을 바라보던 릴리가 조용히 한숨을 내쉬었다. 오늘은 그래도 좀 성과가 있을 줄 알았는데 아무 소용이 없었다.

잠시 후, 릴리가 돌아갔다. 고개를 푹 숙이고서.

카이엔은 한동안 티에라를 바라보다가 이내 결연한 표정을 지었다. 티에라를 되살리기 위해 한 가지 해 볼 만한 시도가 남아 있긴 했다. 오늘 그걸 시도할 생각이었다. 이대로는 답이 없었다.

하지만 그 시도는 카이엔은 물론이고 티에라의 목숨까지 걸어야 하는 일이었다. 자신의 목숨이야 그렇다치고 티에라의 목숨을 함부로 걸 수가 없어서 지금까지 미뤄 왔다. 그렇지만 이제 한계에 봉착했다.

"더 버틸 수가 없군."

카이엔이 아니라 티에라의 몸이 문제였다. 이대로 더 버티다간 아무리 힘을 불어넣어도 죽음을 피할 수 없을 것이다.

카이엔은 티에라를 안아 들었다. 그리고 헬게이트가 있는 지하로 발걸음을 옮겼다.

마침 헬게이트에는 아무도 없었다. 카이엔은 티에라를 안은 채 헬게이트 옆에 섰다.

"후우, 무조건 성공한다."

카이엔은 마음을 다시 한 번 다지고 눈을 지그시 감았다. 카이엔이 생각한 마지막 방법은 헬게이트의 힘을 이용하는 것이다. 한 차원 높은 존재가 되지 않았다면 시도조차 못 할 방법이기도 했다.

눈을 감은 카이엔의 몸에서 회색빛 기운이 흘러나왔다. 그러자 헬게이트가 일렁이기 시작했다.

헬게이트에서 거미줄처럼 가느다란 기운이 실타래를 풀듯 천천히 흘러나왔다.

그렇게 시간이 하염없이 흘러갔다.

*　　　*　　　*

거대한 헬게이트 앞, 수많은 사람이 초롱초롱한 눈으로 그것을 바라보고 있었다. 헬게이트 옆에는 지적으로 생긴 사내가 열정적으로 설명 중이었다.

"이 헬게이트의 기능이 언제부터 멈췄는지에 대해서는 의견이 분분합니다. 하지만 한 가지 확실한 것은 헬게이트를 막은 것이 영광의 기사라는 점입니다."

사내는 자신과 헬게이트의 반대쪽에 서 있는 석상을 손으로 가리켰다. 기사가 여인을 안아 들고 있는 모습의 석상이었다.

"저것이 바로 영광의 기사, 카이엔 대공의 석상입니다."

사내는 뚜벅뚜벅 걸어서 카이엔의 석상 옆에 섰다.

"이 석상에 대해서는 역사학계에서도 상당히 재미난 의견들이 많습니다."

그렇게 말을 꺼낸 사내가 흥미로운 얼굴로 설명을 이어갔다.

"일단 누가 석상을 세웠는지 알려지지 않았습니다. 당시의 기록은 제법 잘 남아 있는 편인데 유독 이 석상에 대해서만큼은 남아 있는 자료가 없습니다."

사내는 석상의 눈을 바라보며 말했다.

"그리고 보시면 아시겠지만 석상이 눈을 감고 있습니다. 보통은 이런 식으로 석상을 조각하지 않습니다. 대체 이 석상을 만든 사람은 왜 눈을 감겼을까요?"

구경꾼들의 눈이 흥미로 물들었다. 역시 여기 와 보길 잘했다는 생각이 들었다. 이런 구경거리를 보고 흥미로운 얘기를 듣는 건 쉽지 않은 일이었다.

"그리고 영광의 기사께서 안고 있는 이 여인에 대한 설도 여러 가지가 있습니다. 잘 알려졌다시피 당시 이분 곁에는 수많은 여인이 있었으니까요."

사내는 잠시 뜸을 들이다가 말을 이었다.

"대체로 당시 가이아 교의 첫 여성 교황이자, 최단 기간 재위 기록을 가진 티에라 성하이거나 에델슈타인 가문의 여식이라는 설이 유력합니다만…… 아, 당시에도 에델슈타인 가문이 거느린 글란츠 상단은 지금과 마찬가지로 대륙 제일이었습니다. 아무튼 그 어느 설도 확실치 않습니다."

사내가 구경꾼들을 둘러보며 빙긋 웃었다.

"무려 수백 년이 지났습니다. 이곳 겔트 왕국은 그 오랜 기간을 살아남은 역사와 전통의 왕국입니다. 거기에 가장 큰 역할을 한 것이 바로 이분이라는 점은 의심의 여지가 없습니다. 이분에 대한 위대한 여정의 기록은 에델슈타인 가문에도 남아 있고, 가이아 교단에도 남아 있으니까요."

거기까지 말한 사내가 입술을 축이며 마무리를 했다.

"마지막으로 이 중요하고 흥미로운 곳을 관광지로 개발해 모두에게 공개하신 딜룬 후작 각하께 감사드리며 이 자리를 마칠까 합니다."

사내가 그렇게 말하며 멋들어지게 인사하자, 구경꾼들이 짝짝짝 손뼉을 쳤다. 박수 소리가 잦아들자 사내가 헬게이트 쪽을 손으로 가리키며 말했다.

"시간이 되기 전까지 석상과 헬게이트를 자유롭게 감상하시기 바랍니다. 아, 혹시 헬게이트에 들어갈 수 있을까 하고 시도하진 마십시오. 그러다 정말로 들어가면 마계에 갇히게 될 테니까요. 하하하하."

물론 마지막 말은 농담이었다. 이곳 헬게이트는 닫힌 지 수백 년이 넘었고, 그동안 그 누구도 게이트를 넘을 수 없었다.

구경꾼들이 분주히 움직였다. 헬게이트를 감상하고 만져보고, 또 석상을 감상했다. 한데 신기하게도 석상을 만져보는 사람은 아무도 없었다. 왠지 만지면 안 될 것 같은 기분이 들어 근처에 다가가는 것도 쉽지 않았다.

시간이 흐르자 구경꾼들이 모두 돌아갔다. 헬게이트와 석상이 서 있는 지하 공간에 적막이 찾아왔다.

그렇게 얼마나 더 시간이 지났을까. 갑자기 헬게이트가 일렁이기 시작했다.

원래 회색빛이었는데, 색이 검붉게 변하더니 연기처럼 넘실거렸다. 그리고 그렇게 넘실거리는 검붉은 연기가 옆에 선 석상으로 흘러 들어가기 시작했다.

마치 수백 가닥의 실이 뽑혀 나와 석상을 휘휘 감는 것 같았다.

그렇게 실타래가 뽑히면 뽑힐수록 헬게이트가 점점 작아졌다. 마치 헬게이트를 가늘게 뽑아 실을 만드는 듯했다. 그리고 그 실이 석상을 칭칭 감았다.

이내 헬게이트가 사라져 버렸다. 그리고 석상을 감은 실이 안으로 스며들었다.

쩌저저적!

석상에 금이 가기 시작했다. 그리고 후두둑 돌가루가 떨어져 내렸다.

쩌저저적!

쩡!

석상이 깨져 버렸다. 아니, 카이엔과 티에라를 감싸고 있던 돌이 깨졌다.

카이엔이 서서히 눈을 떴다.

티에라도 눈을 떴다.

두 사람이 서로를 바라봤다. 한동안 말없이 바라보기만 했다. 말할 필요가 없었다. 지금까지 수백 년이 넘는 시간을 함께했으니까. 체온을 나누고 마음을 나누며 그 세월을 견뎠으니까.

둘이 동시에 미소 지었다. 더없이 부드럽고 따스한 미소였다.

카이엔이 티에라를 내려놓았다. 그렇게 둘이 서서, 서로를 한참 동안 바라보다가 손을 잡았다.

둘은 그렇게 손을 잡고 밖으로 걸어갔다.

헬게이트가 있는 지하 공간에는 밖으로 나갈 수 있게 마련한 계단이 있었다.

두 사람은 손을 잡은 채 계단을 하나하나 올라갔다.

반가운 느낌이 사방에서 모여들었다.

가장 가까이 있는 것은 딜룬이었다. 근처 건물 높은 곳에서 딜룬의 기척이 느껴졌다.

그보다 조금 더 먼 곳에서는 기사들과 함께 있는 렉스가 느껴졌다. 기사단장이라도 하는 모양이었다.

그리고 더 멀리 정문이 있는 곳에 문을 지키는 한스와 무트가 있었다.

카이엔의 입가가 반가움으로 길게 늘어났다. 티에라의 온기가 손을 타고 느껴졌다. 카이엔은 손에 더 힘을 주었다. 이 손을 절대 놓지 않겠다는 듯이.

〈완결〉

魔劍王

마검왕

나민채 퓨전무협 장편소설

PUSION ORIENTAL FANTASY STORY

『죽지 않는 무림지존』, 『천지를 먹다』
베스트 셀러 작가 나민채의 신작!

강호와 현실을 자유롭게 넘나들며 벌이는 스펙터클한 퓨전 무협

강호의 마교 소교주, 현실의 고등학생이라는 두개의 삶.
나를 다른 세상으로 부른 흑천마검에는 놀라운 비밀이 숨어 있다!

dream
books
드림북스

가우리 신무협 장편소설

대한민국, 강철의 열제 가우리가 돌아왔다!
전쟁터에서 필사적으로 굴러먹던 인간 장무위,
그에게도 마침내 기연이 찾아왔다.
삼류도 되지 못했던 한 남자의
처절한 일대기가 이제 시작된다.

의 흑제록

dream
books
드림북스